10|18
12, avenue d'Italie — Paris XIIIe

Les enquêtes de Miss Seeton aux Éditions 10/18

par HERON CARVIC

Miss Seeton entre en scène, n° 2805
Miss Seeton persiste et signe, n° 2806
Miss Seeton jette un sort, n° 2847
Miss Seeton fait des vocalises, n° 2915
Miss Seeton joue et gagne, n° 2937

par HAMPTON CHARLES

Miss Seeton prend l'avantage, n° 2989
Miss Seeton au service de Sa Majesté, n° 3052
Miss Seeton à la barre, n° 3104

HAUT LES MAINS, MISS SEETON !

PAR

HAMILTON CRANE

Traduit de l'anglais
par Katia HOLMES

10|18

INÉDIT

« Grands Détectives »
dirigé par Jean-Claude Zylberstein

Titre original :
Hands up, Miss Seeton

ISBN 2-264-02989-7

Note de l'éditeur

Que peut faire un acteur anglais qui, après avoir interprété le rôle d'Hortensio dans *La Mégère apprivoisée* et celui de Feste dans *La Nuit des rois*, s'est spécialisé dans la comédie policière, d'abord au théâtre puis à la radio, lorsque sonne l'âge de la retraite ? Quand il s'agit d'Heron Carvic, il invente Miss Seeton. Et que faire lorsqu'il décède en laissant derrière lui, après cinq aventures, une héroïne excentrique et déjà célèbre qui ne demande qu'à vivre ? Eh bien, reprendre le flambeau, comme on dit (sans trop savoir pourquoi). C'est ce qu'a fait Hampton Charles d'abord, le temps de trois romans, avec un succès croissant et une belle longévité puisque Hamilton Crane a pris sa suite.

CHAPITRE PREMIER

— Et maintenant, il est exactement neuf heures moins cinq. Voici donc Felton Butler de la Station météorologique de Londres, déclara la voix du speaker, émergeant de la TSF.

Miss Seeton dressa l'oreille. Martha Bloomer, occupée à l'évier, interrompit la vaisselle et se fit attentive.

— Bonjour ! dit le météorologue à son auditoire national.

Miss Seeton se surprit comme souvent à lui rendre son salut.

— Et c'est *en effet* un bel et bon jour qui s'annonce pour la majeure partie du pays, assura Felton Butler d'une voix claire et ferme, tandis que Martha, souriant avec indulgence, se retournait vers l'évier pour éviter à sa patronne de piquer un fard. Ensoleillé et chaud, continua la TSF, avec un ciel dégagé et des températures en hausse constante. Voilà le tableau d'ensemble mais, tout au nord du pays, le temps est plutôt nuageux et, plus tard dans la journée, l'Ouest peut s'attendre à des ondées, avec un vent forcissant qui pourrait se déplacer vers l'est en début de soirée...

Miss Seeton écouta attentivement le reste des prévisions qui énumérait les variations régionales susceptibles d'affecter les différentes parties des îles Britanniques. À en croire Felton Butler — dont les propos apparemment toujours si assurés inspiraient confiance à ses auditeurs —, Londres et le Sud-Est devraient jouir d'une belle journée d'été, agrémentée d'une douce brise.

— Ma petite excursion à Londres n'en sera que plus plaisante, conclut Miss Seeton avant que la TSF ne lui annonçât les titres des informations.

Elle n'avait pas envie de voir les plaisirs de la journée gâchés à la pensée de violences et de malheurs auxquels, après tout, elle ne pouvait pas grand-chose (sinon rien).

— Avez-vous déjà remarqué, chère Martha, que Mr. Butler tombe souvent juste dans les prévisions qu'il donne ? Enfin, plus juste que la plupart de ses collègues, devrais-je dire, et bien que je ne sois pas stupide au point de croire qu'il fait ça tout seul, il semble avoir bien plus de chance que les autres dans le choix des bulletins qui lui sont confiés à lire par ceux qui le font. Qui établissent les prévisions, j'entends. Non qu'on puisse jamais être tout à fait sûr en Angleterre, évidemment, et je vais le prendre malgré tout — mon parapluie, veux-je dire. Quoique pas mon plus beau, à la réflexion. On ne se méfie jamais assez, pendant la saison des touristes — avec les foules qu'il y a ! — et je n'aimerais pas qu'il soit cassé ou abîmé.

— Et comment donc ! renchérit Martha. Sans compter quc ça chiffonnerait le commissaire divisionnaire, vu que c'est un cadeau de lui et qu'il vous a recommandé de le garder pour les grandes occasions. Prenez plutôt le numéro deux, et méfiez-vous des foules, comme vous l'avez bien dit !

Martha pensait moins aux dégâts possibles que pourrait subir ledit riflard qu'au risque de vol. Car les dames anglaises qui se protègent des caprices du climat britannique avec un pébroque à poignée en or massif sont fort rares, sinon inexistantes. Une poignée creuse, s'empressait toujours de préciser Miss Seeton, à cause du poids, mais tout de même, en or à vingt-quatre carats certifiés ! Elle était innocemment fière de son bien le plus précieux, mais l'innocence n'est pas forcément une bonne chose, de l'avis de Martha Bloomer, plus au fait des mœurs du monde. Pourtant, celle-ci répugnait à gâcher le plaisir de Miss Emily en l'inquiétant pour rien et elle prit grand soin pour formuler sa mise en garde.

— Sûr que Londres va être bondé et grouillant de gens, par une belle journée comme aujourd'hui ! renchérit-elle. Guère le genre d'endroit pour des objets de valeur, avec tous ces touristes, je vous en fiche mon billet !

— Pareil à Plummergen, je n'en doute guère, lui rappela Miss Seeton, finissant de nettoyer la table avec son élégant ramasse-miettes à poignée en laiton, avant d'aller secouer la nappe à la porte pour que les oiseaux profitent des restes. Les touristes, je veux dire. Tout le monde en semble ravi, bien que nous ne soyons arrivés que seconds au concours des Villages pimpants. Mr. Stillman m'a dit que le bureau de poste avait vu une belle augmentation de ses recettes. Ou devrais-je dire de son chiffre d'affaires ? s'interrogea-t-elle en plissant le front, tandis que ses pensées prenaient un tour culinaire. Je suppose que les pommes seront bientôt prêtes à cueillir...

— Qu'importe que les pommes soient prêtes, c'est plutôt vous qui devriez l'être, si vous ne voulez pas rater votre bus ! s'exclama Martha, réprimandant gentiment sa patronne abîmée dans sa rêverie.

Elle lui prit la nappe des mains et la plia en rectangle d'un geste vif.

— Vous avez fait votre yoga matinal ?

Miss Seeton lui sourit d'un air reconnaissant et confirma en opinant du bonnet. Cette chère Martha, toujours si préoccupée de son bien-être !

— Vous avez vérifié l'heure du train pour l'aller-retour dans la journée à tarif réduit ?

Le sourire de Miss Seeton s'agrandit et, de nouveau, elle acquiesça du chef.

— Et votre liste de courses ? demanda Martha Bloomer, incapable de croire qu'on pouvait envisager une journée à Londres sans se rendre à Oxford Street ou à Kensington.

De la tête, Miss Seeton, toujours souriante, esquissa un non :

— Tout ce que j'ai l'intention de faire, c'est de visiter les musées et de prendre le thé à Corner House. Peut-être aussi un saut chez Harrods, pour y acheter des fournitures de dessin — cela dit, je ne crois pas avoir besoin de quelque chose de précis, sans compter que ça m'obligerait à porter mes emplettes dans le train et, avant cela, dans le métro qui est toujours si bondé. Et, bien qu'un taxi ne soit pas ruineux, ce n'est pas commode d'en héler un quand on est embarrassé par des paquets encombrants. Non, réfléchit Miss Seeton, aujourd'hui, je n'ai pas vraiment besoin d'une liste de courses...

— L'heure d'y aller ! lança Martha, un œil sur la pendule de la cuisine, encourageant sa patronne d'une légère pression dans le bas du dos. Souvenez-vous : Jack Crabbe ne retarde son bus pour personne, alors vous feriez mieux de filer. Mais ne vous inquiétez de rien ! Ce soir, la maison sera nickel et en ordre, comme vous aimez, le dîner sur la table — si un repas froid suffit, puisque je ne sais pas à quelle heure vous prévoyez dc rentrer. Allons, ne traînez pas plus longtemps !

Martha continua à entraîner Miss Seeton vers la petite table de l'entrée où l'attendaient son sac à main et son chapeau, puis vers la porte. À côté de la table, il y avait au mur une série de crochets : chacun retenait un parapluie, bien rangé. Quand Miss Seeton eut ajusté son couvre-chef caractéristique, il ne lui fallut qu'un instant pour choisir un de ses parapluies numéro deux et le suspendre à son bras par sa commode poignée recourbée. Le sac à main sur l'autre bras, elle était prête.

— J'ai du mal à croire qu'un chapeau soit nécessaire aujourd'hui, murmura-t-elle en regardant le ciel sans nuages. Mr. Butler avait l'air si sûr que le temps resterait au beau...

— Il se peut qu'il ait raison mais, même s'il s'est trompé, vous serez le plus souvent à deux pas d'un abri d'une sorte ou d'une autre, n'est-ce pas, entre les magasins, fit Martha qui ne voulait pas en démordre, et vos chers musées, puisque vous y tenez vraiment. En tout cas, passez une bonne journée, ma chère, à faire ce qui vous plaira, et rentrez quand vous en aurez bien profité.

Elle regarda la petite silhouette vêtue de tweed trotter dans l'allée de *Sweetbriars* et se racla la gorge avec insistance quand sa patronne s'arrêta à la barrière pour admirer la nouvelle clôture qu'avait posée Daniel Eggleden, forgeron de Plummergen, le village du Kent où habitait Miss Seeton. Il avait réalisé une grille traditionnelle, aux barreaux en forme de flèches, pour remplacer la palissade de bois réduite en cendres le mois précédent par un incendiaire qui comptait se débarrasser de la barrière, de la maison et de sa propriétaire en une seule attaque nocturne. Mais l'ange gardien de Miss Seeton veillait, en service de nuit : l'incendiaire avait été neutralisé et elle en avait été quitte pour un mal de tête. Ayant de toute façon prévu de remplacer sa clôture — sa contribution au concours des Villages pimpants —, elle avait dès la première heure, le lendemain matin, traversé la Rue (nom de l'artère principale de Plummergen) pour glisser un mot sous la porte du forgeron. Dan Eggleden travaillait vite et bien, avec compétence, et Miss Seeton était ravie du résultat de ses efforts. Le petit portail pivota gaiement sur ses gonds : ses motifs complétaient si bien le reste de la grille...

— Dépêchez-vous donc, Miss Emily, ou vous allez rater le car ! avertit la voix de Martha Bloomer.

Miss Seeton sursauta, se sentant prise sur le fait. Elle se retourna aussitôt pour adresser un signe d'adieu à cette fidèle amie qui la surveillait de si près, émit un bref soupir de plaisir, referma la porte derrière elle d'une tape affectueuse et traversa la Rue en diagonale, en direction du garage Crabbe.

La topographie de Plummergen est fort simple : la Rue en courbe douce suit pratiquement un axe nord-sud et les rares venelles qui s'y embranchent ne distraient pas l'œil de la largeur de cette voie aux accotements herbus. L'extrémité sud rétrécit tout d'un coup pour devenir une petite route de campagne à laquelle un pont fait enjamber le Royal Military Canal. La petite route est bordée d'un côté par une rangée de cottages, dont l'un habité par Martha Bloomer et son mari, Stan, qui travaillent chez Miss Seeton, à des titres différents : Martha officie deux fois la semaine comme femme de ménage et factotum, Stan s'occupe du jardin en plus de son emploi officiel d'ouvrier agricole. Un côté dudit jardin est clos par un mur qui longe la petite route, en face des cottages, mais la maison de *Sweetbriars*, elle, donne sur le nord et la Rue. Il y a dans ce mur de brique aux couleurs adoucies par le temps une porte dont Martha et Stan ont une clé et que Miss Seeton oublie souvent de boucler. Elle tâche pourtant de ne pas oublier, à cause des poules et des œufs, mais ne voit guère de raison de la fermer pour sa sécurité personnelle...

Car cette dame, malgré toutes les preuves du contraire — preuves qu'elle semble incapable d'assimiler —, reste persuadée qu'il n'y a rien de remarquable chez elle. Le commissaire divisionnaire Delphick de Scotland Yard, pour ne citer que lui, a beau la contredire vigoureusement sur ce point, Miss Seeton soutient qu'elle n'est qu'un professeur de dessin à la retraite parmi tant d'autres, une demoiselle célibataire qui coule des jours tranquilles au fin fond de la campagne anglaise, où il ne se passe jamais rien d'anormal. Pourquoi une telle personne aurait-elle besoin de serrures, de verrous et d'alarmes antivol ?

Le commissaire divisionnaire Delphick, lui, connaissait si bien la réponse à cette question qu'il y avait belle lurette qu'il avait tenu à faire installer un système d'alarme dernier cri à *Sweetbriars*, pour sa propre tranquillité d'esprit sinon pour celle de la maîtresse de céans. Celle-ci s'intéressait du reste si peu à l'alarme que lorsque le dispositif avait récemment sauté, frappé par la foudre, elle n'avait pas cherché à le faire réparer, trouvant que l'engin causait bien trop de tracas. Il n'y avait à son sens guère de rapport entre la vie paisible et bien réglée qu'on menait à Plummergen et la criminalité qui sévit dans des lieux tels que, disons, Chicago. Ou même Londres (soupir).

Cependant, c'était bien à Londres que Miss Seeton avait prévu de se rendre ce matin-là. Cette petite virée était une gâterie qu'elle s'accordait pour fêter la fin du trimestre scolaire car, bien qu'elle fût officiellement en retraite, elle avait travaillé comme suppléante à l'école du village pour remplacer Miss Maynard, partie soigner sa mère malade. L'opération de Mrs. Maynard n'avait pas aussi bien réussi qu'on l'espérait et sa convalescence durait plus longtemps que prévu. Miss Seeton venait donc de passer plusieurs semaines à enseigner et, bien qu'elle aimât les enfants, elle les avait trouvés plus fatigants que du temps où elle professait à Hampstead. Elle soupira de nouveau. Sans doute l'âge, songeat-elle, bien qu'elle jouît dans l'ensemble d'une remarquable santé. Les exercices de yoga qu'elle s'était mise à pratiquer quelques années plus tôt, à cause de ses genoux, étaient vraiment aussi excellents que le proclamait le livre qui l'avait inspirée à l'origine : *Rajeunissez de jour en jour grâce au yoga.*

Miss Seeton en était à ce point de sa rêverie quand elle arriva au garage Crabbe, situé à peu près à mi-hauteur de la Rue, côté est, juste après la poste tenue par Mr. Stillman. Il y a un car qui part de chez Crabbe deux fois la semaine pour Brettenden, la ville voisine, dotée d'une gare où passe un train qui dessert Charing Cross, à Londres. Bien à l'heure pour le bus, Miss

Seeton s'installa sur un siège, sourire aux lèvres, après avoir murmuré un bonjour au chauffeur, le jeune Jack Crabbe, et aux autres passagers. Ils n'allaient pour la plupart sans doute pas plus loin que Brettenden, un très bon endroit pour les courses où l'on trouvait presque tout ce qu'on voulait. Cependant, il y avait des moments, elle le reconnaissait, où son comté d'adoption ne pouvait satisfaire à ses besoins, comme c'était le cas ce jour-là. Elle savait que son art se bornait à une compétence technique, mais ça ne l'empêchait pas d'admirer le véritable génie chez les autres : elle se languissait de contempler des œuvres nobles et de profiter du moment d'escapade mentale qu'elles lui offriraient. Et peut-être qu'après tout, songea-t-elle en se souriant à elle-même, elle irait voir ces fameux magasins qui font la renommée de Londres. Elle essayerait de dénicher un petit cadeau pour Martha, si gentille avec elle — et pour Stan aussi — et peut-être quelque chose pour cette pauvre Mrs. Maynard. Non que Miss Seeton l'eût jamais vue, mais sa fille en parlait toujours dans des termes tels qu'elle avait l'impression de la connaître.

Un programme simple, pensa-t-elle. Rien de trop fatigant ou excitant, juste de quoi rider doucement l'eau calme de ses jours ordinaires, sans plus...

Quelle n'eût été sa surprise si on lui avait annoncé que, quelques heures plus tard, elle se retrouverait à Scotland Yard.

En état d'arrestation.

CHAPITRE II

Le train de Miss Seeton arriva en gare de Charing Cross avec juste deux minutes de retard sur l'heure prévue, ce qu'elle considéra comme une louable tentative de respect de l'horaire. Si compliqué, l'horaire, avec toutes ces correspondances écrites en lettres minuscules, avec des flèches dans tous les sens, en travers des colonnes. Extraordinaire qu'un train arrivât quelque part à l'heure ! Elle marchait sur le quai en direction du contrôle des billets, quand elle remarqua le conducteur du train qui descendait de sa locomotive et elle lui sourit.

— Bonjour ! Quel agréable trajet, merci, et pas cahoteux pour un sou ! Je dirais même apaisant, quasi musical. Teuteu, teutom, teuteu, teutom, enchaîna-t-elle sous les yeux étonnés du cheminot qui, sur le point de lui rendre son sourire, s'arrêta pour la regarder, interloqué, tandis que, le parapluie à la main, elle battait la mesure du rythme scandé par des roues imaginaires sur des rails de la même farine. *Scherzando*, ajouta Miss Seeton qui aimait la musique mais ne s'y connaissait guère. Ou devrais-je plutôt dire *rubato* ?

— Plutôt *espresso*, non ? suggéra le conducteur avec un sourire un peu gêné et un signe de tête en direction du café. Z'êtes montée en virée pour la journée, poulette[1] ? Eh ben, prenez du bon temps ! lança-t-il, disparaissant avant qu'elle eût le temps de le dérouter davantage.

Prendre du bon temps, Miss Seeton en avait bien l'intention. Elle avait initialement pour projet de passer la journée à visiter les musées et à étudier les tableaux, jusqu'à ce qu'il fût l'heure de rentrer à la maison. Mais l'allusion de Martha aux magasins avait fait vibrer la corde sensible de Miss Seeton — des plus sensibles chez elle. Les souvenirs de sa sortie londonienne seraient deux fois plus doux s'ils incluaient le plaisir d'acheter et d'offrir quelques menus cadeaux, témoignages d'affection et de gratitude. Elle devait tant à Martha et à Stan qui l'avaient si chaleureusement accueillie au village : elle s'en émerveillait encore, une demi-douzaine d'années plus tard. Martha, cockney en exil, apprécierait sûrement à sa juste valeur le sac en papier vert et or dans lequel elle lui rapporterait son présent, dans un bel emballage cadeau — Miss Seeton aurait insisté —, sorti tout droit du célèbre grand magasin de Knightsbridge[2].

Miss Seeton était sûre qu'en annulant la visite des Marlborough Fine Art Galleries et en prenant par Piccadilly, de la Royal Academy jusqu'à la station de métro Green Park, elle réussirait à trouver une bonne heure pour flâner chez Harrods, en quête de cadeaux. Mieux valait éliminer complètement un endroit que d'essayer de tout voir très vite, ce qui lui gâcherait le plaisir. Elle visiterait la National Gallery et la National Portrait Gallery, y passerait le temps qu'elle avait prévu, et reviendrait une autre fois admirer les œuvres du Marlborough.

— Voulez donner à manger aux pigeons, Miss ? Un shilling le cornet !

1. Terme de familiarité affectueuse chez les cockneys londoniens (équivalent du titi parisien). (*N. d. T.*)

2. Harrods de Londres. (*N. d. T.*)

Miss Seeton, qui fonctionnait en pilote automatique, émergea de son agréable rêverie et constata qu'elle avait traversé le Strand sans encombre et se trouvait au milieu de Trafalgar Square, prête à remonter vers le nord de la place. À travers la nuée tournoyante des pigeons et par-dessus les têtes des lions de Landseer[1], elle apercevait en effet les portes accueillantes de la National Gallery.

— Allons, cocotte, faites plaisir à un vieux zigue ! insistait le petit homme à casquette de tweed en lui tendant un sac en papier. Vous ferez plaisir aux pigeons par-dessus le marché. Un shilling de bonheur. Garanti. C'est vraiment donné ! Est-ce que je vous raconterais des bobards ?

— Non, je suis sûre que non, répondit Miss Seeton en le gratifiant d'un de ses plus gentils sourires.

De fait, c'était un charmant spectacle que de voir les oiseaux décrire des cercles au-dessus de la place ; pas un vol gracieux, à vrai dire, mais vigoureux et aérodynamique, un plaisir pour les yeux, quoique épuisant aussi. Quelle énergie ils devaient dépenser à entretenir ce mouvement perpétuel !

— Un shilling, n'est-ce pas ? Cinq nouveaux pence ? Eh bien, décida Miss Seeton, j'en prendrai deux sacs, s'il vous plaît.

Et elle lui tendit quatre pièces de six pence (elle ne pouvait s'empêcher de continuer à les appeler ainsi, bien que chacune valût maintenant deux nouveaux pence et demi, songea-t-elle tristement), et reçut en échange deux sacs en papier.

Le bonhomme la salua en soulevant sa casquette, lui adressa un clin d'œil en guise d'adieu et reporta son attention sur un petit groupe de passants qui portaient des appareils photo en sautoir et s'apprêtaient à l'évi-

1. Lord Henry Landseer, peintre et sculpteur anglais du XIXe siècle, célèbre pour ses représentations d'animaux. (*N. d. T.*)

dence à se tirer mutuellement le portrait. La saison des touristes battait son plein.

— Donnez à manger aux pigeons, m'sieu dames ? Un shilling le sac, pour vous ce sera cinq nouveaux pence...

Miss Seeton sourit et se remit en route. Elle ne voulait pas lui gâcher son... terrain de chasse, c'est comme ça qu'on dit, non ? Bizarre, quand il n'y a pas un brin d'herbe en vue. Terrain de football, terrain de cricket, court de tennis : au moins ils sont verts, pas du gris du béton et de la pierre. D'où vient donc cette expression de « terrain de chasse » ? Pourquoi pas plutôt « court », pourquoi ne pourrait-on pas dire que le petit bonhomme *court*isait ses clients ? Ça aurait autant de sens que...

— Aboyer ! s'exclama Miss Seeton, contente de se rappeler le terme qui convenait pour les camelots vendant à la criée.

Non loin d'elle, une mère avec trois enfants en bas âge la considéra d'un œil inquiet et rappela sa marmaille pour l'éloigner de cette folle qui s'imaginait que les pigeons font comme les chiens...

Ignorant les regards fixés sur elle, Miss Seeton sema le grain d'une main généreuse, essayant d'attirer les pigeons toujours plus près de ses pieds aux chaussures bien cirées. Dessinée par le soleil qui brillait derrière elle, son ombre se détachait, nette, sur les grandes dalles de la place ; les pigeons entraient et sortaient de la zone d'ombre, les plumes tantôt sombres, tantôt ruisselantes de lumière. Des petits yeux noirs et luisants se posaient sur elle, des becs avides picoraient allégrement tandis que les pattes griffues arpentaient le sol dur. Un sol, remarqua Miss Seeton, jonché de taches blanches...

— Oh ! là, là ! s'écria-t-elle quand, avec un bruit humide, une autre tache blanche atterrit plutôt près de son pied gauche. Oh, c'est vraiment, euh, sale ! Mais, naturellement, on ne peut pas s'attendre à ce que les pigeons comprennent... De toute façon, maintenant, il ne reste plus rien, leur annonça-t-elle en se hâtant de vider le reste des sacs en papier par terre, devant elle.

Elle releva la tête, observa avec méfiance la nuée d'oiseaux qui voletait au-dessus d'elle, détachée sur le bleu du ciel estival, et, d'un œil exercé, estima la distance qui la séparait de la National Gallery où elle serait en sûreté. Elle hocha pensivement la tête puis sourit.

Ignorant une fois de plus les regards posés sur elle, Miss Seeton, le parapluie ouvert au-dessus de son chapeau en forme de crête de coq, s'éloigna des pigeons et traversa en trottinant le vaste dallage de Trafalgar Square. Il n'y avait pas la moindre trace de nuage dans le ciel. Les passants charitables supposèrent que la dame souffrait d'une insolation et se faisait une ombrelle de son riflard. Les pigeons, comprenant qu'ils avaient perdu la partie, portèrent leur attention ailleurs.

Ayant intensément communié avec le génie artistique dans les salles de la National Gallery, Miss Seeton se rendit compte qu'elle éprouvait le besoin de respirer une bouffée d'air frais. Sortant par la porte principale pour s'attarder devant les marches, elle nota que le ciel était devenu un rien brumeux et que les ombres dessinées par le soleil n'étaient peut-être plus aussi nettes que tout à l'heure. Quant à elle, elle avait un peu le tournis. Se pouvait-il qu'il y eût de l'orage dans l'air, en dépit des prévisions de Felton Butler ?

Une heure plus tard, sortant de la National Portrait Gallery et prenant la direction d'Orange Street, elle en était sûre. Le ciel était plein de nuages sombres, gris et menaçants, qui ne dérivaient plus au souffle d'une brise légère mais défilaient à toute allure, poussés par des vents pressés. Des touristes à l'air inquiet cherchaient du regard des boutiques vendant, pensa-t-elle, des imperméables ou des parapluies (elle approuva d'un hochement de tête). Prenant bien en main la poignée de son propre pépin, elle fourra son sac sous son bras et se dirigea vers Haymarket.

Elle débouchait d'Orange Street quand le vent s'engouffra dans les rues. Avec lui arriva la pluie, déversant ses eaux soudaines en piques acérées qu'elle lançait de-ci de-là. Tentant d'ouvrir son parapluie, Miss Seeton laissa choir son sac à main, le chercha à tâtons au milieu des trombes d'eau aveuglantes qui transperçaient ses vêtements, et se sentit vite trempée jusqu'aux os. D'autant qu'elle pataugeait dans les flaques qui s'étaient aussitôt formées sur le trottoir. Continuant à se débattre avec son riflard, elle lâcha de nouveau son sac et émit un petit cri d'exaspération que le vent emporta et noya dans le tumulte de l'averse.

Ayant dûment rouvert son pépin et récupéré son sac à main pour la deuxième fois, Miss Seeton se retrouva titubante, poussée par le vent le long de Haymarket, et s'arrêta au coin de Panton Street pour reprendre son souffle avant de se diriger vers le havre de sécurité de Piccadilly Circus et du métro. Haletante, elle se rendit compte qu'il valait mieux laisser la visite de Burlington House pour un autre jour et se rendre directement chez Harrods en métro. La station ne devait plus être qu'à quelques mètres...

Mais c'est alors que, sans crier gare, le vent capricieux déboucha à toute allure du coin de la rue, puissant, rapide et méchant. Et d'une rafale rugissante, il retourna complètement le parapluie de Miss Seeton, le lui arrachant presque des mains.

À peine eut-elle le temps de se louer de la prescience qui lui faisait toujours choisir une poignée recourbée — tellement plus facile à tenir qu'une lanière, ou l'un de ces pommeaux qui vous rentrent si cruellement dans la paume de la main ! — que le vent l'envoya valser de l'autre côté de Panton Street. Un roulement de tonnerre se fit entendre : elle avait été trop absorbée par ses mésaventures pour remarquer l'éclair qui avait dû le précéder.

— Oh ! là, là ! souffla Miss Seeton, pantelante, s'efforçant de percer le rideau de pluie d'un œil désolé pour apercevoir Piccadilly Circus.

Elle ne pouvait guère être plus trempée qu'elle ne l'était déjà, certes, mais c'était si désagréable de se faire ainsi arracher le souffle du corps avec une telle violence. Sans parler de son parapluie qui avait besoin d'être redressé. Il fallait s'abriter jusqu'à la fin de l'orage et retrouver ses esprits.

Elle considéra l'immeuble contre lequel le vent l'avait projetée et qui lui fournissait un minimum d'abri. La porte était surmontée par une inscription soulignée à l'or mat, annonçant : *Van Meegeren Gallery*. Miss Seeton eut un soupir de soulagement et sourit : elle allait enfin pouvoir récupérer dans un cadre sympathique. Elle secoua son parapluie du mieux qu'elle put et s'arrêta devant la porte de la galerie pour tenter de redresser les baleines — heureusement, le tissu n'était pas déchiré ! Elle réussit à retourner le pépin et à le refermer, puis l'accrocha à sa place habituelle, sur son bras.

La Van Meegeren Gallery était une découverte pour Miss Seeton. Elle ne se rappelait pas ce qu'il y avait là auparavant ; c'était si tranquille par ici que la galerie aurait fort bien pu s'y trouver depuis des années sans qu'elle l'eût remarquée. Quelle chance qu'à son heure de détresse — si le mot n'était pas trop fort pour sa petite mésaventure — le hasard l'eût menée à un aussi sympathique refuge !

Et amusant, par-dessus le marché. Ayant accepté un catalogue des mains du jeune esthète qui l'avait accueillie à l'entrée, Miss Seeton allait de tableau en tableau, hochant la tête, tantôt grimaçant au vu des grandes marques mouillées qu'elle laissait au fur et à mesure sur le tapis, tantôt souriant quand une toile retenait particulièrement son attention. Les étiquettes jaunes figurant dans le coin supérieur gauche lui paraissaient ajouter encore au comique de la situation et, quand elle eut fait le tour de l'exposition, elle en était à rire toute seule, ayant complètement oublié l'inconfort d'être trempée. De fait, la moquette de la Van Meegeren Gallery était si épaisse qu'elle avait cessé de patauger dans ses chaussures quand elle ressortit, et la climatisation discrète avait séché ses vêtements sans qu'elle s'en aperçût.

— Le soleil ! remarqua-t-elle avec satisfaction en passant la porte à deux battants de la galerie pour se retrouver dans Haymarket.

Le vent était retombé, les nuages avaient disparu et de petites volutes de vapeur s'élevaient des trottoirs humides, en guise de bonjour paresseux aux touristes qui étaient revenus en force. Miss Seeton resta plantée là à contempler le va-et-vient affairé d'un jour d'été londonien, souriant de plaisir.

— Oh, mon Dieu ! Oh, non ! C'est épouvantable !

Son sourire se transforma en grimace horrifiée quand elle découvrit soudain un homme d'affaires (si son costume élégant ne la trompait pas) qui chancelait parmi la foule pressée. À croire qu'on l'avait bousculé exprès. Miss Seeton retint son souffle. Bousculé, ou bien, ou bien — elle répugnait à formuler l'horrible pensée — poignardé ? Tout d'un coup, elle aperçut une tache rouge, terrifiante, qui s'agrandissait à vue d'œil sur le dos de la veste à fines rayures de l'homme...

Brandissant son parapluie pour se frayer un chemin à travers la foule des touristes et criant d'instinct pour les avertir de se garer, Miss Seeton s'élança à la rescousse.

CHAPITRE III

— Excusez-moi ! Ce pauvre homme, il faut absolument...

Miss Seeton, haletante, se fraya un chemin sur le trottoir jusqu'à l'endroit où l'homme aux taches de sang dans le dos parlait (Dieu merci !) avec un autre, plus jeune, qui semblait parfaitement savoir ce qu'il faisait — quel soulagement ! Bon, elle n'aurait pas à prodiguer les premiers soins avant l'arrivée de l'ambulance ; elle n'en avait d'ailleurs qu'une connaissance incertaine, limitée aux besoins élémentaires d'une école de jeunes filles. Quelqu'un avait-il donc prévenu une ambulance ? se demanda-t-elle en arrivant près des deux hommes. Probablement que non, pas encore : tout s'était passé si vite. Puisque l'autre monsieur semblait si sûr de lui et apparemment fort capable de s'occuper du pauvre homme à la veste rougie, peut-être pourrait-elle contribuer à parer à l'urgence en appelant le numéro du service des secours.

— Oh, mon Dieu, comment vous sentez-vous ?

Elle était consciente tout en parlant d'avoir l'air affolée et stupide. Elle n'eut pas besoin des regards étonnés des deux hommes pour se rappeler qu'un quidam avec une énorme tache de sang dans le dos ne peut guère se sentir au meilleur de sa forme.

— Je veux dire, proféra-t-elle en serrant son parapluie des deux mains, comme pour puiser un soutien moral dans ce geste, c'est-à-dire, faut-il que j'appelle une ambulance ?

— Mais je n'ai pas besoin d'ambulance ! se récria l'homme à la tache de sang. J'ai beau m'escrimer à lui dire que je n'ai rien, fit-il en désignant de la tête l'autre homme qui le tenait fermement par le bras, mais...

— Mais, interrompit l'autre d'une voix forte, vous êtes salement amoché, mon vieux, croyez-moi ! D'ailleurs, cette dame vous le dira, si vous le lui demandez, reprit-il en lançant à Miss Seeton un regard peu amène qu'il s'efforçait de dissimuler au blessé. Un sale accident que vous avez eu dans le dos, y a pas de doute ! Enlevez donc votre veston et regardez, et vous verrez pourquoi on s'inquiète tant pour vous !

— Je me sens parfaitement bien, je vous remercie. Je n'ai pas besoin qu'on me déshabille en pleine rue, pour l'amour du ciel ! tempêta-t-il, essayant de dégager son bras de la poigne de l'autre.

— L'effet du choc à retardement, expliqua le jeune homme, en apparence à l'intention de Miss Seeton mais tout en surveillant d'un œil inquiet la réaction du blessé à une telle notion. Ça fait souvent cet effet-là — demandez à n'importe quel flic, il confirmera : les gens passent à travers le pare-brise, ils ont la figure pleine de sang, mais allez un peu leur dire qu'ils avaient oublié de boucler leur ceinture de sécurité !

— Mais je n'ai pas eu d'accident de voiture ! répliqua vivement le premier homme. Je ne suis pas assez tête brûlée pour conduire dans Londres !

— L'a perdu la mémoire, expliqua le plus jeune à Miss Seeton. Allons, mon vieux, voyons un peu ça ! reprit-il en se mettant à tirer sur le revers et la manche du veston, du côté du bras qu'il tenait toujours.

— Veuillez avoir l'amabilité de cesser immédiatement ! protesta le premier homme en tentant de nouveau de se dégager. J'insiste pour que vous me laissiez tranquille !

— Oh, mais vraiment, interrompit Miss Seeton, il y a tant de... (elle avala avec difficulté)... tant de sang dans le dos de votre veste ! Je suis sûre que cet aimable monsieur ne cherche qu'à vous secourir, et permettez-moi de vous aider, moi aussi.

Elle cala son parapluie sous son bras, afin d'avoir ses deux mains libres pour soutenir l'homme ensanglanté qui se débattait maintenant avec la dernière énergie pour se dégager de l'emprise de l'autre passant. La frénésie qui précède le délire, songea Miss Seeton, qui saisit à son tour le blessé avec fermeté.

— Attention ! cria-t-elle au jeune homme qui, tirant un bon coup, réussit à enlever la veste suffisamment pour dégager une épaule. Je vous en prie, vous allez lui faire mal !

— Ouille !

La pointe du parapluie de Miss Seeton avait frappé le blessé en plein ventre. Il abandonna aussitôt le combat et s'effondra, le souffle coupé. On entendit en même temps un bruit d'étoffe déchirée car l'autre n'avait pas lâché la veste qu'il agrippait.

— Oh !

La poignée du pépin avait frappé le jeune dans un endroit délicat tandis que Miss Seeton se baissait avec une hâte inquiète pour venir en aide à celui qui gémissait et se tordait de douleur sur le trottoir. Non, franchement, le gisant ne pouvait plus nier qu'il n'allait pas bien : les yeux lui sortaient des orbites, il avait la bouche béante et le visage violacé.

— Oh, mon pauvre monsieur, laissez-moi... Oh, mon Dieu, essayez donc de vous tenir un peu tranquille, vous risquez de vous faire encore plus de mal...

Miss Seeton n'avait désormais plus d'autre idée en tête que cet homme haletant au teint prune, étalé de tout son long sur le trottoir. Quant à lui, dans son misérable état, rien d'autre ne lui occupait l'esprit que cette douleur au diaphragme, et il tentait désespérément de respirer tout en essayant de se soustraire aux soins bien intentionnés de Miss Seeton.

De sorte qu'ils ne remarquèrent ni l'un ni l'autre le départ du jeune homme qui fila sans tarder bien qu'en boitant légèrement. Le petit attroupement de curieux qui s'était massé là pour assister à la scène le laissa passer sans difficulté. Un ou deux farceurs y allèrent de leurs commentaires du genre : « Elle a failli ruiner toutes tes chances, hein ! » et « Maintenant, que vaut la vie de célibataire, mon pote ! » tandis que le jeune homme disparaissait en direction de Piccadilly Circus, les mains sur le bas-ventre dans un geste protecteur et des larmes de douleur dans les yeux. Il déclina toutes les offres d'aide, l'air gêné, et fut vite oublié.

L'incident était presque clos. Retrouvant peu à peu son souffle et la parole, l'homme étalé sur le trottoir entreprit tant bien que mal de se remettre debout. Miss Seeton voulut l'aider mais il la rabroua vertement :

— N'importe qui sauf vous ! lança-t-il, toujours haletant.

Cependant, maintenant que nul ne semblait mort ou mourant, et que l'action était terminée, il ne restait plus personne pour aider le blessé à se relever. Sauf Miss Seeton, seule du petit attroupement à être encore sur place.

— Vous êtes bien sûr ? s'enquit-elle alors qu'il entamait sa deuxième tentative.

Il ignora le parapluie qu'elle lui tendait pour qu'il s'y appuyât, bien qu'elle le suppliât de s'en servir comme d'une canne.

Miss Seeton en conclut que son ouïe, qu'elle avait toujours trouvée plutôt en bon état pour son âge, devait à présent décliner. Non, sûrement, ce gentleman si bien habillé n'avait pas pu dire ce qu'elle avait cru lui entendre déclarer en écartant le parapluie qu'elle lui tendait ? À moins que ce ne soit...

— L'effet de choc à retardement, trancha-t-elle, hochant la tête avec sagacité.

L'homme affichait un air de rage interloquée.

— Je ne suis pas en état de choc ! Pas plus que je n'ai eu d'accident. Vos bonnes intentions ne sont pas appréciées le moins du monde, ma petite dame. Laissez-moi vous assurer que je suis parfaitement capable...

Il avait, tout en parlant, essayé de remettre de l'ordre dans sa tenue, rajustant sa cravate et son veston, et sa voix mourut quand il entendit le bruit déplorable de l'étoffe qui se déchire. Du regard, il fusilla Miss Seeton qui restait là, tout près de lui, inquiète, et, avec des gestes précautionneux, il enleva sa veste pour en examiner le col et le dos.

Revoyant la tache rouge et grandissante qui l'avait tant horrifiée, Miss Seeton ferma les yeux en frissonnant. L'homme laissa échapper un cri de surprise, après quoi Miss Seeton entendit renifler, elle l'aurait juré. Elle rouvrit les yeux avec crainte, hasarda un regard timide.

Mais ne tarda pas à les ouvrir grand : tête baissée sur la veste grise et écarlate qu'il tenait dans ses mains, l'homme reniflait les taches rouges. Il se mit à jurer :

— Du ketchup ! Du bon sang de bois de ketchup !

Relevant la tête, il fixa Miss Seeton qui cligna des yeux, interdite. Il fourra le veston sous son nez sidéré.

— Allez, voyez donc vous-même ! Du ketchup ! Et pourquoi voudrait-on jouer pareil...

Il s'interrompit aussitôt, reprit brusquement sa veste et, le geste frénétique, glissa la main dans la poche intérieure.

— Envolé ! s'exclama-t-il, en fouillant alors les poches extérieures avant de revérifier la poche intérieure pour la troisième fois. Volé ! Volé mon portefeuille ! Dire que je me suis fait avoir par un tour pareil ! Et vous, cria-t-il en se retournant vers Miss Seeton, vous l'avez aidé, n'est-ce pas ?

— Mais bien sûr que non ! protesta Miss Seeton, vexée qu'il eût mal interprété sa tentative charitable mais comprenant que le choc donnait de drôles d'idées aux gens. J'essayais seulement...

— Je sais parfaitement ce que vous essayiez de faire ! enchaîna l'homme en s'avançant vers elle d'un pas décidé. Et vous avez bien failli réussir : moi, le bon citoyen ordinaire, et vous deux, avec votre petit numéro bien rodé. Mais ça n'a pas tout à fait marché quand même, n'est-ce pas ?

D'un geste vif, il saisit le bras de Miss Seeton et la secoua sans ménagement, ses paroles noyant les couinements de protestation de la dame.

— Vous avez cru que vous pourriez m'avoir, hein ? Eh bien, peut-être que oui, mais ce sera bien la dernière fois ! Je vais veiller à ce que vous n'ayez plus jamais l'occasion de jouer votre petit duo aux dépens d'un autre pauvre innocent comme moi. Je vais procéder à une arrestation civile [1], déclara-t-il d'un ton très ferme. Suivez-moi donc jusqu'au poste de police le plus proche, et n'essayez pas de piper mot ou je vous colle votre satané riflard en écharpe autour du cou !

Il s'engagea à grands pas dans Haymarket, tenant toujours Miss Seeton par le bras. Celle-ci était incapable de proférer une parole pour se défendre, sidérée par le tour qu'avaient pris les événements et essoufflée par l'allure rapide que lui imposait l'homme courroucé. Elle trottinait tant bien que mal, haletante, légèrement devant lui qui la poussait chaque fois qu'elle ralentissait. Dans la foule qui se pressait alentour, personne ne put remarquer ce qui se passait : il y avait trop de monde. Miss Seeton était très contrariée. Elle n'avait eu que de bonnes intentions ; le jeune homme à la sauce tomate l'avait induite en erreur par la façon dont il avait joué son rôle. Pas étonnant que ce pauvre homme fût

1. En cas d'extrême urgence, un citoyen britannique a le droit de procéder à une « arrestation civile », qui consiste à arrêter le suspect au nom de la loi, pour le livrer aux autorités de police les plus proches. (*N. d. T.*)

fâché (elle grimaça parce qu'elle venait de trébucher et il avait resserré sa poigne pour prévenir toute tentative de fuite). Elle se rendait compte que, d'une certaine façon, elle était blâmable. Elle devait l'être, supposait-elle, si l'on y réfléchissait avec calme et raison — ce dont elle n'était pas capable pour l'instant. Elle se serait volontiers encore excusée, aurait tenté de s'expliquer, mais elle était tellement hors d'haleine...

L'homme la dirigea de force vers Jermyn Street. Elle poussa un petit cri d'effroi : les feux venaient de changer alors qu'ils étaient encore au beau milieu de Haymarket. Mais elle se tut illico quand son compagnon grogna du plus profond de sa gorge, proférant des paroles qui... non, elle avait sûrement mal entendu ! En silence, ils traversèrent Regent Street et tournèrent dans Piccadilly. L'homme regardait les visages au passage, cherchant des yeux un casque de policier qui aurait dépassé de la foule des têtes, mais n'en trouvait pas. Il continuait à marcher, forçant Miss Seeton à avancer devant lui, quand, enfin, ils arrivèrent à Bottle Street.

Bottle Street est un cul-de-sac et, à peu près à mi-distance du bout de la rue, on apercevait une lampe bleue au-dessus d'une entrée d'allure officielle. Miss Seeton faillit s'étrangler et cligna deux fois des yeux, espérant que sa vue l'avait abusée. Mais en vain.

— Police ! annonça l'homme, au cas où elle n'aurait pas vu les lettres inscrites sur le verre bleu foncé.

La secouant une fois de plus, il la poussa en haut des marches et à l'intérieur.

— Maintenant, on va voir ce que vous aurez à dire pour votre défense !

Miss Seeton s'aperçut à son grand désarroi que les tribulations de la matinée l'avaient rendue incapable de parler. Elle pouvait tout juste hocher la tête, un geste qui ne rimait pas à grand-chose, sans paroles. Relâchant à peine sa poigne, l'homme la conduisit jusqu'au bureau d'accueil et s'éclaircit la gorge.

L'inspecteur leva la tête du registre à reliure de cuir

dans lequel il écrivait d'une belle plume et fit un signe de tête.

— Oui, monsieur. Et madame, ajouta-t-il avec un sourire à l'adresse de Miss Seeton qui se bornait à le regarder fixement. Que puis-je pour vous ?

Il donna un coup de buvard sur ce qu'il venait d'inscrire, reboucha son stylo-plume et vint s'accouder au comptoir. Il considéra ses ouailles d'un œil expert. Une quelconque tantine, montée à Londres pour la journée, qui avait perdu son porte-monnaie et qui ne voulait pas déranger. Avec son neveu, un peu fâché contre la pauvre vieille mémé à cause des complications, qui essayait de surmonter sa gêne pour demander si la police pouvait l'aider, vu qu'il paie ses impôts en bon citoyen honnête...

— Vous pouvez arrêter cette femme ! déclara le « neveu » dont les propos interrompirent les pensées de l'inspecteur pour s'imposer à lui avec une sidérante clarté.

La mâchoire de l'inspecteur faillit se décrocher.

— Et ne l'appelez pas « madame » : elle n'est pas plus dame que vous et moi ! Cette femme n'est qu'une vulgaire voleuse !

L'inspecteur de service en resta bouche bée. Miss Seeton, elle, ne put faire autre chose que rester plantée là, interdite, tentant de nier en faisant non de la tête. Encore. Et encore.

CHAPITRE IV

L'inspecteur Bob Ranger était assis à sa table dans le bureau du commissaire divisionnaire Delphick, à New Scotland Yard. Régulièrement, il relevait la tête de son travail pour regarder la pendule au-dessus du placard à dossiers, manifestement de plus en plus surpris de voir l'heure avancer. Car ça ne ressemblait guère au patron d'être en retard quand on avait une grosse affaire en cours. Quoique, songea Bob avec un petit sourire, peut-être l'Oracle avait-il soudain réalisé que s'il arrivait après son inspecteur, ce serait à celui-là de se coltiner le boulot de paperasserie. On n'arrive pas au grade de divisionnaire sans glaner quelques trucs au passage.

D'autant qu'il faisait très beau ce jour-là. Attention, ça ne voulait pas dire que l'Oracle en profiterait pour tirer au flanc. Consciencieux comme pas deux, le commissaire divisionnaire Delphick, mais, supposait Bob, des fois qu'il aurait eu un accès de fièvre printanière un peu tardive. Très tardive même, puisqu'on était au début de juillet. Et un sacré mois de juillet ! Par la fenêtre mi-ouverte parvenait le roucoulement des pigeons nichés sur le rebord, porté par une douce brise qui semait des petits nuages duveteux dans l'azur d'un ciel ensoleillé. Bob n'arrivait même pas à se souvenir de la dernière fois qu'il avait plu. Le rugissement de la circulation dans la rue, au pied de l'immeuble, n'était plus ici qu'un bourdonnement sourd, une toile de fond sur laquelle se détachaient le chant des oiseaux et le froissement du papier quand il tournait une page.

Parvenu au bout des rapports qu'il avait décidé de traiter, il referma le dernier et regarda de nouveau la pendule. Bon, c'est vrai qu'il était arrivé plus tôt que d'habitude, ce matin, mais l'Oracle était tout de même drôlement en retard. Fallait-il l'appeler chez lui, au cas où il aurait des ennuis ? Ou était-ce la pendule qui ne marchait pas ? Bob vérifia à sa montre : non.

Repoussant sa chaise, Bob se leva et prit la pile de dossiers sur lesquels il venait de plancher. Il s'apprêtait à les poser au beau milieu du sous-main de Delphick quand il entendit marcher dans le couloir. Quelqu'un approchait d'un pas rapide et empreint de mauvaise humeur qui lui était familier. Il eut à peine le temps de sortir un rapport de son dossier pour le placer au sommet de la pile sur le bureau de Delphick... Vlan ! la porte s'ouvrit sous l'effet d'une violente poussée qui l'ébranla et la fit claquer, décrochant la pendule qui rebondit sur le meuble de classement et explosa tous azimuts.

— Bonjour, monsieur ! fit Bob tandis que le ressort de l'appareil à mesurer le temps lui frôlait l'oreille avant d'échouer avec un tintement dans le cendrier destiné aux visiteurs.

— Jusqu'ici, je ne suis guère d'accord, quant à la bonté présumée de ce jour, répliqua le patron, piétinant les éclats de verre brisé pour se diriger vers la fenêtre. Et on va garder ça fermé, si ça ne vous ennuie pas !

Vu l'humeur de l'Oracle, jamais Bob n'eût osé protester et ce fut en silence qu'il regarda le divisionnaire tirer sur la fenêtre à guillotine qui claqua avec une telle force que le carreau en frémit dans son cadre. Un homme plus audacieux que l'inspecteur Ranger eût prédit sept ans de malchance mais, de toute façon, cela s'appliquait aux miroirs et pas aux fenêtres, réfléchit

Bob, songeur, en enroulant le ressort de la pendule sur son doigt.

— Pendant un mois, je ne veux plus entendre un seul satané pigeon se livrer à des bécots ou à des roucoulements. Compris, Bob ? Et ça vaut pour les perruches, canaris et autres amis emplumés, menaça Delphick en se jetant dans son fauteuil de bureau, qu'il se mit à faire pivoter avec hargne. Pas un mot sur leur compte, si vous tenez à garder la raison !

Bob cligna les yeux et acquiesça du chef, hasardant un petit sourire que Delphick accueillit avec un masque courroucé.

— Les oiseaux ! grommela le commissaire divisionnaire, interrompant brusquement son mouvement de toupie en tapant du pied avec fureur. Pour l'instant, je les hais toutes, ces satanées créatures volantes !

— Ah bon, remarqua Bob en laissant tomber deux rouages et une petite roue dentée dans sa corbeille à papier en fer qui lui renvoya des tintements aigus.

Avec l'aiguille des minutes, il traçait des dessins sur son buvard quand il eut l'œil attiré par Delphick.

— Oui, je les exècre ! Et je déteste encore plus qu'on essaie de me ménager avec un tact aussi évident que celui dont vous faites preuve, inspecteur Ranger !

— Comme vous voudrez, monsieur.

Bob envoya l'aiguille des minutes rejoindre ses compagnons d'infortune dans la corbeille avec un bruit métallique, et se mit sérieusement à chercher celle des secondes sur le plancher. Delphick l'observa un moment, abîmé dans un silence songeur, avant de reprendre la parole :

— Je suis d'humeur massacrante, ce matin, Bob. Excusez-moi. Alors, vous ne me demandez pas ce qui ne va pas ?

— Je n'oserais, monsieur, répondit Bob, acceptant allégrement la branche d'olivier qu'on lui tendait. J'ai bien trop peur d'avoir à connaître d'encore plus près les manifestations, euh, ravageuses de cette humeur.

Récupérant l'aiguille des secondes sous une chaise, il la brandit sous le nez de Delphick avec un sourire. L'Oracle finit par lui sourire à son tour et ils éclatèrent de rire tous les deux.

— Navré, Bob, mais je viens vraiment de déguster ! Ce qui n'excuse en rien ma colère contre vous, je sais, et je vous fais mes excuses, bien que je doute qu'un homme de votre stature puisse éprouver la moindre crainte devant les petites manifestations d'humeur, comme vous l'avez si gentiment exprimé, auxquelles il m'arrive de me laisser aller. Je suis sûr que vous dépassez les cent kilos maintenant, inspecteur Ranger, fit-il en jaugeant son subordonné du regard. La cuisine d'Anne vous a donné de la brioche — vous avez bien pris deux ou trois kilos, je dirais.

Bob rentra le ventre, l'air peiné.

— Je ne crois pas, monsieur. Bon, ajouta-t-il devant l'air interrogateur de Delphick, peut-être bien un petit kilo, mais pas plus, non, sûrement pas.

— Comme vous voudrez, conclut Delphick avec un sourire narquois en voyant Bob passer un doigt inquiet dans sa ceinture et faire la grimace. Et si vous avez mangé de la tourte au pigeon, je vous pardonne ; je dirais même plus, je vous encourage, poursuivit-il avec un regard noir en direction de la fenêtre close dont les vitres venaient à peine de cesser de vibrer.

— C'est donc un pigeon qui vous a retardé, monsieur, en déduisit Ranger le détective. Que s'est-il passé ?

— Il a volé droit dans une des fenêtres du premier, chez nous, et il s'est cogné contre la vitre, cet abruti, ébloui par le reflet du soleil, je suppose. Il a encore eu de la chance de ne pas se briser le cou, vu l'allure à laquelle il a dû se flanquer dedans. Et je peux vous dire que j'étais loin d'être ravi quand mon épouse au cœur tendre a déclaré qu'il faudrait l'emmener chez le vétérinaire, et qu'elle est partie chercher un carton pour y mettre le misérable volatile, et quoi encore !

Il y eut un silence pendant lequel Delphick grinça des dents, et Bob songea à ce qu'il savait de la femme du patron — fort peu de chose, en vérité. Les inspecteurs et les divisionnaires n'évoluant pas dans la même sphère, ils ne s'étaient rencontrés qu'à de rares occasions, la dernière en date étant le mariage de Bob avec Anne Knight. Le jour où le commissaire principal Brinton et son épouse étaient venus chercher Mrs. Delphick à la gare d'Ashford parce que...

— Mrs. Delphick ne conduit pas, hein, monsieur ?

— En effet, et vous semblez trouver ça très drôle, à voir votre sourire hilare. Je suis prêt à vous pardonner ce crime de *lèse-majesté** [1] à une condition : que vous me dénichiez — si c'est possible, dans ces lieux — une tasse de café correct. J'en ai bien besoin, croyez-moi !

— Oui, on dirait, acquiesça Bob. Je commençais à me demander où vous étiez passé, monsieur, et ce qui avait pu arriver. Non que j'aie imaginé rien de tel, naturellement. Et puis, il se pouvait aussi que la pendule se soit détraquée, alors...

— Maintenant, elle l'est définitivement ! interrompit le patron en hochant la tête avec un petit sourire contrit. La puissance d'un juste courroux, je suppose. Peut-on en demander une autre sans avoir à expliquer comment celle-ci a expiré, disons, avant son temps ?

Bob sourit, appréciant la plaisanterie et content de voir que l'Oracle était redevenu lui-même.

— Je trouverai bien un moyen, monsieur. Vous savez que j'aime par-dessus tout la paperasserie, dit-il d'un air qui démentait cette solennelle affirmation et qui fit de nouveau rire Delphick, sa colère définitivement oubliée. Ah oui, au fait, ajouta Bob en se dirigeant vers la porte. À propos de paperasserie, monsieur : sur votre bureau, le premier rapport. Une autre affaire de

1. Les mots en italique suivis d'un astérisque désignent les termes qui figurent en français dans le texte. (*N. d. T.*)

drogue, et personne n'a idée d'où vient la camelote, comme d'habitude.

— Bon, au boulot, conclut Delphick, qui avait aussitôt repris son sérieux. Je donnerais cher pour savoir comment ils se débrouillent...

Mais Bob avait déjà disparu en quête d'un café. La matinée pouvait reprendre son cours normal, ce qu'elle fit... jusqu'à ce que le soudain orage qui poussa Miss Seeton à se réfugier à la Van Meegeren Gallery se mît à lancer ses lourdes piques d'eau contre les fenêtres du bureau de Delphick perché au énième étage de l'immeuble de New Scotland Yard. À la suite de quoi le divisionnaire et l'inspecteur Ranger apprirent qu'il est fort déconseillé à quiconque de claquer une fenêtre dans un accès de colère, même en réponse à la plus pénible des provocations. Car la pluie s'empressa aussitôt de pénétrer par des fissures restées invisibles tant qu'on était ébloui par le soleil et, tandis que le vent hurlait, que le tonnerre grondait et que la pièce s'emplissait d'une brume vaporeuse, Delphick tempêta contre les habitudes des pigeons dépourvus de sens de l'orientation et contre le cœur tendre de son épouse.

Au poste de police de Bottle Street, Arthur Havelock Thundridge avait terminé sa déposition et exigeait maintenant que l'on passât à l'action.

— Mon veston est fichu, souligna-t-il, aucun dégraissage ne pourra nettoyer une tache pareille. On dirait que j'ai été poignardé dans le dos, exactement ce que cette femme et son complice n'ont pas arrêté de clamer pendant qu'ils me dévalisaient. Mon portefeuille : envolé ! Avec tout mon argent, mes cartes de crédit et même les clés de mon attaché-case — je suppose que je devrais me réjouir de ne pas l'avoir eu avec moi : une petite consolation dans mon malheur. Mais maintenant, ils ont mon nom et mon adresse. Rien ne peut les empêcher de me surveiller et de m'arracher ma mallette quand je ne m'y attendrai pas.

— Ça n'a pas vraiment été leur style jusqu'à présent, monsieur, lui répondit une voix réconfortante. D'ordinaire, leur ruse consiste à...

— D'ordinaire ? répéta Arthur Havelock Thundridge, choqué. Voulez-vous dire que ce n'est pas la première fois que se... que se produit un tel vol en plein jour ?

— Euh, non, monsieur, ce n'est pas la première fois, précisa d'un ton morne le policier en uniforme qui avait pris la déposition de Mr. Thundridge. De fait, vous êtes la septième personne ce mois-ci, sans parler de...

— La septième ? Mais c'est un scandale ! Et personne n'a rien fait pour mettre un terme à ce... à cette arnaque ?

Le policier semblait mal à l'aise.

— Eh bien, monsieur, nous avons fait de notre mieux mais ce n'est pas facile. C'est presque du travail de professionnel, pourrait-on dire, qui que soient ces gens-là...

— Mais vous *savez* qui ils sont ! Du moins vous connaissez l'un d'eux, cette femme que je vous ai amenée. Quand vous l'interrogerez — et j'espère bien que quelqu'un s'en occupe à la minute même —, elle vous racontera tout ce que vous voulez savoir sur les autres, j'en suis sûr. Elle vous mènera sans doute droit à leur planque, si vous ne prenez pas trop de gants avec elle — ne vous laissez pas abuser par ces airs évaporés et sans défense qu'elle se donne ! C'est impossible que quelqu'un soit comme ça pour de vrai : c'est un personnage qu'elle joue, et sacrément bien. Après tout, je m'y suis laissé prendre, remarqua Mr. Thundridge avec une grimace. Dites donc, cette femme-là est assez maline pour être le cerveau de l'entreprise et, si c'est le cas, j'espère que, le moment venu, on reconnaîtra la part que j'ai prise dans son arrestation et, à travers elle, dans celle du reste de ce gang de malfaiteurs.

— Sur ce chapitre-là, monsieur, soyez assuré que

nous vous sommes en effet reconnaissants de l'aide que vous nous avez apportée...

— Rien que mon devoir de citoyen, rétorqua Mr. Thundridge en rajustant sa tenue. Indépendamment du fait que j'ai été victime de cette... de cette extorsion, j'aime à penser que j'aurais eu les mêmes réflexes si j'avais été témoin d'une agression perpétrée dans des circonstances similaires.

— Tout à fait, monsieur. Et, à propos des devoirs du bon citoyen, se hâta-t-il d'enchaîner, dans l'espoir de finir sa phrase avant que Mr. Thundridge ne l'interrompît encore, auriez-vous l'amabilité de prendre le temps de passer à Scotland Yard pour parler au policier qui coordonne l'enquête ? Examiner quelques photos, ce genre de chose.

Il considéra Arthur Havelock d'un œil expérimenté. Comme il s'y était attendu, Mr. Thundridge n'éprouvait plus le besoin d'ajouter quoi que ce fût et semblait parfaitement satisfait par sa suggestion. Une fois de plus, le nom même de Scotland Yard avait eu un effet magique.

CHAPITRE V

Assise dans une autre pièce du commissariat de Bottle Street, Miss Seeton s'efforçait poliment de boire une tasse de thé de la police, tout en tentant de percer le sens des événements de la matinée.

À part l'orage qui l'avait trempée (mais sa visite impromptue à la Van Meegeren Gallery avait eu vite fait de la remettre d'aplomb), elle avait pris tant de plaisir à tout, jusqu'à ce que ce pauvre homme, devant elle... Miss Seeton grimaça en avalant une gorgée de thé. Qui donc avait un jour qualifié ce breuvage de « mélasse brûlée » ou « décoction de résidus sirupeux » ? Elle craignait fort que ses récentes aventures eussent affecté sa mémoire...

— Non, murmura-t-elle enfin, si bas que la jeune femme policier qui l'avait accompagnée dans la salle réservée aux interrogatoires se pencha par-dessus la table pour saisir ses paroles. Il n'a pas été poignardé... il l'a lui-même affirmé.

La jeune femme avait pour instructions de ne pas presser cette chère petite vieille, mais d'attendre qu'elle fût prête à faire sa déposition. De toute évidence, celle-ci n'avait pas dû penser qu'on l'attraperait jamais, et ce serait forcément un choc pour elle, à son âge. Il fallait la traiter avec égard. D'autant que, songeait l'enquêteur Miss Ware, on ne pouvait s'empêcher d'avoir pitié d'elle : elle était si chamboulée — bien que, naturellement, ça fasse partie de son numéro : qui se serait douté que cette petite vieille dame était un escroc déguisé ? Cela dit, c'est l'apanage du malfaiteur qui réussit, non, et celle-ci était un des meilleurs, une vraie pro. À peine si elle avait pipé mot depuis qu'elle avait été amenée ici : elle avait passé le plus clair de son temps à écarquiller les yeux et à ouvrir la bouche d'un air sidéré, comme si elle n'arrivait pas à croire ce qui arrivait, feignant de n'avoir pas envie d'une tasse de thé, puis prenant son temps pour le boire, tâchant de reculer le moment où, bon gré mal gré, il faudrait bien commencer à se mettre à table. Une fois qu'on l'aurait persuadée de parler, on ne tarderait pas à boucler le reste de ses acolytes. Le Yard serait très curieux de la voir, pas de doute, et si elle s'imaginait pouvoir s'en tirer en restant muette ici, elle aurait une fameuse surprise. Bizarre, tout de même, qu'elle n'eût pas demandé d'avocat : c'était généralement leur première réaction quand ils se savaient démasqués.

— Il n'a pas été poignardé, répéta l'enquêteur Ware pour relancer les confidences.

Miss Seeton lui adressa un sourire d'excuse (quelle stupide erreur de sa part — bien que compréhensible — d'avoir pris cette tache écarlate pour du sang !). La femme policier y vit le premier signe de repentir, les prémices d'aveux qui n'allaient pas tarder à venir.

— Oui ? fit l'enquêteur Ware, retenant son souffle, craignant d'avoir peut-être poussé la chère petite vieille trop loin et trop vite.

Miss Seeton savait gré à cette jeune femme — si gentil de sa part de lui avoir offert du thé, même s'il était bien trop fort à son goût — de lui donner l'occasion de se délester d'un poids en évoquant la pénible expérience de ce matin. Une catharsis, n'était-ce pas le mot qu'on employait pour ça ? Si seulement elle avait un souvenir clair de ce qui s'était passé ! Elle était sûre que cela contribuerait grandement à apaiser son esprit agité, au même titre que, se fût-elle trouvée chez elle, ses exercices de respiration du yoga l'eussent aidée à calmer ses pensées. Mais elle était encore bien trop ébranlée pour envisager de tels exercices. Chaque fois qu'elle fermait les yeux, elle revoyait l'épouvantable spectacle...

— Ça ressemblait vraiment à du sang, vous savez. Si frappant ! Et tous les passants qui déambulaient, ignorant les souffrances de ce pauvre homme. Même si, en réalité, il ne souffrait pas, comme il l'a lui-même affirmé. Cependant, l'autre homme, ajouta-t-elle en fronçant les sourcils, a dit que c'était le choc, et il semblait si sûr de lui ! N'importe qui l'aurait cru, voyez-vous.

Et c'est bien là-dessus qu'ils comptaient, songea l'enquêteur Ware qui s'efforçait de ne pas trahir son enthousiasme. Si elle réussissait à obtenir des aveux signés, ça ne ferait pas de mal à ses chances de promotion. Il y avait deux ou trois mois qu'on poursuivait ce Gang du ketchup et les touristes resteraient en danger tant qu'on ne l'aurait pas appréhendé.

— N'importe qui aurait pu le croire, répéta l'enquêteur Ware dans l'espoir d'amener la chère petite vieille — non, la suspecte ! — à d'autres confidences, avant qu'on ne lui retirât l'affaire pour la confier à Scotland Yard.

Pourtant, difficile d'imaginer un membre de ce Gang du ketchup, bien organisé et largement ramifié, qui ressemblât moins à un suspect ! La petite dame avait plus l'air de la gentille vieille fille qui est votre tantine préférée que du cerveau d'une bande de malfrats. De même qu'on avait peine à voir dans son parapluie l'arme mortelle que dénonçait celui qui l'avait traînée à Bottle Street.

— Confisquez-le ! avait conseillé Arthur Havelock Thundridge avant d'entamer sa déposition. Si vraiment on m'avait poignardé, ce fichu pépin aurait été l'arme du crime toute désignée, croyez-moi ! Tenez, elle était partout avec son engin : devant, derrière, à droite et à gauche. Elle m'a coupé le souffle, elle nous a tous fait trébucher et elle a même feint de frapper son complice dans une partie de son individu qu'on ne saurait mentionner, pour lui fournir l'occasion de s'enfuir. Il faut reconnaître ce qui est : cette bonne femme est une artiste, mais je n'apprécie guère qu'elle exerce son art sur moi, ou sur toute autre personne. Ne la laissez pas emporter son machin dans la salle d'interrogatoire, elle serait capable de s'en servir pour décerveler quelqu'un, pour s'enfuir après avoir percé les murs, ou pour forcer la serrure de sa cellule. Rappelez-vous ce que je vous dis !

— Nous n'avons pas encore l'intention d'incarcérer qui que ce soit pour l'instant, monsieur, lui avait-on répondu tandis qu'on emmenait Miss Seeton.

Elle n'était pas restée muette longtemps, après les cinglantes accusations d'Arthur Havelock, mais, le souffle toujours court après son voyage éclair à travers les petites rues des alentours de Piccadilly, elle s'était rendu compte que ses tentatives pour nier les faits qu'on lui reprochait étaient encore plus confuses qu'elle eût pu le craindre en pareille circonstance. Elle avait compris qu'il fallait commencer par mettre de l'ordre dans ses pensées avant d'ajouter autre chose. Pas étonnant que ce pauvre homme fût trop éprouvé et fâché pour l'écouter, elle sentait bien à quel point elle était elle-même chamboulée par l'incident. Une pause pour laisser refroidir les esprits, non ?

— Laisser refroidir, murmura Miss Seeton. L'expression est tellement juste, reprit-elle.

Elle grimaça en tentant d'avaler une gorgée du breuvage trop infusé.

L'enquêteur Ware la regarda : la chère petite vieille cherchait-elle à faire diversion en demandant une autre tasse de thé, alors qu'elle avait choisi de ne pas boire la première ? C'était une finaude, pour sûr, mais l'enquêteur Ware n'allait pas tomber dans le panneau : les suspects ne sont pas censés prendre en main le cours des procédures officielles, et celle-ci ne serait pas l'exception. Elle avait bien trop d'assurance, ça crevait les yeux, avec son calme olympien. Et ce sourire qu'elle affichait maintenant, persuadée d'avoir marqué un point...

— Bow Street ! s'exclama Miss Seeton, contente de constater que sa mémoire ne flanchait pas, comme elle l'avait craint.

Car, tout en se forçant à avaler ce thé, elle s'était souvenue de la première fois qu'elle avait goûté un breuvage aussi noir et imbuvable : c'était au commissariat de Bow Street, où elle s'était rendue pour faire une déposition après avoir été témoin du meurtre de cette pauvre prostituée, Marie Prevost...

— Bow Street ? s'enquit l'enquêteur Ware, posant sur elle un regard sévère. Et pourquoi pas Scotland Yard, hein ?

Miss Seeton acquiesça du chef, toujours souriante :

— Ah, le commissaire divisionnaire Delphick ! s'exclama-t-elle gaiement. Quoique, il n'était encore que commissaire principal quand j'ai fait sa connaissance... il y a tant d'années, maintenant. Pourtant, j'ai presque l'impression que c'était hier, ajouta-t-elle en prenant encore une gorgée de thé avant de reposer la tasse fermement sur la soucoupe.

Elle se rappelait le moindre détail de cette première rencontre avec ce cher Mr. Delphick : ayant remarqué le dégoût qu'elle éprouvait devant le goudron sucré que lui avait offert un charmant jeune policier, il avait persuadé ce dernier de diluer le breuvage avec de l'eau chaude jusqu'à ce qu'il devînt moins fort et buvable. Mais, songea Miss Seeton, ce serait trop demander maintenant, bien qu'elle fût vraiment incapable d'avaler davantage de cette boisson, même par politesse.

— Le commissaire divisionnaire Delphick ? Vous voulez dire l'Oracle ?

L'enquêteur Ware était impressionnée malgré elle :

là, elle était tombée sur un gros bonnet, pas d'erreur ! Delphick ne s'occupait guère du menu fretin, et si cette chère petite vieille l'avait connu quand il n'était encore que principal, elle devait être un des grands et des plus anciens caïds du circuit. La jeune femme posa un regard stupéfait sur sa prisonnière — pardon, suspecte — et se surprit à lui proposer :

— Voulez-vous encore du thé ?

Miss Seeton soupira, se ressaisit et fit poliment non de la tête.

— Si gentil de votre part, murmura-t-elle, mais je ne pense pas.

Elle jeta un œil sur sa montre. Elle se sentait nettement mieux à présent : une fois qu'elle aurait exprimé sa sympathie à l'homme qui avait perdu son portefeuille et qu'elle se serait excusée de n'avoir pas su l'aider plus utilement, elle ferait mieux de filer si elle voulait arriver chez Harrods avant l'heure de pointe, où il serait impossible de prendre le métro.

— La station [1] est-elle loin ? s'enquit Miss Seeton.

Elle avait perdu ses repères pendant la course folle dans les petites rues, mais on pouvait toujours se fier à la police pour vous donner des indications commodes et exactes.

L'enquêteur Ware remarqua que, en vraie pro, la petite dame évitait de prononcer le nom de Scotland Yard, et elle en fut encore plus impressionnée, bien qu'elle s'efforçât de le cacher.

— Ne vous inquiétez pas, répondit-elle, regrettant à présent que son rôle dans l'affaire fût presque terminé.

La chère petite vieille avait laissé entendre qu'elle passerait aux aveux complets à Scotland Yard. S'imaginait peut-être que c'était déchoir que de parler à un agent en uniforme, si elle avait l'habitude de frayer

1. *Station* en anglais signifie aussi commissariat, d'où l'équivoque qui s'ensuit, Miss Seeton parlant du métro, la jeune femme comprenant poste de police. (*N. d. T.*)

avec des pointures telles que le commissaire divisionnaire Delphick. La pègre, comme les honnêtes citoyens, s'enorgueillit de respecter certaines règles de conduite.

— Vous rejoindrez, euh, la « station » sans problèmes, ne vous inquiétez pas, répéta l'enquêteur Ware. Nous y veillerons.

— C'est très aimable de votre part, reprit Miss Seeton, mais je ne voudrais pas causer d'autre désagrément à quiconque, et puis il y a la circulation, vous savez, très dense, et l'essence qu'il ne faut pas gaspiller. Je suis parfaitement capable de marcher. Ce n'est sûrement pas loin et je pense que le commissaire divisionnaire dirait la même chose. Il est parfaitement au courant, pour mes genoux, expliqua Miss Seeton d'un ton enthousiaste et, fière de la bonne forme qu'elle devait au yoga, elle sourit à la jeune femme d'une manière qui, soudain, inquiéta fort cette dernière.

De quel étrange mot de passe usait-on là ? Quel message codé aurait-elle dû comprendre afin de passer à l'action ? Delphick, l'Oracle, était au courant, pour les *genoux* de cette vieille dame ? Bon sang... !

Serait-ce de l'argot rimé[1] ? Elle se mit à réfléchir avec frénésie. Genoux, hiboux, poux ? Pou-sse-toi de là que je m'y mette, météo, théorie, rigolo. Non, ça n'avait pas de sens. Genoux, bijoux... ?

— Fou ! s'exclama l'enquêteur Ware avec conviction.

Miss Seeton cligna les yeux et parut surprise. Son sourire se fana.

L'enquêteur, mécontente de s'être laissée aller, chercha à se rattraper et répéta d'un ton ferme :

— Fou ! C'est fou de vous inquiéter de votre trajet jusqu'à la « station ».

1. Un des fleurons de la culture des cockneys, qui consiste à remplacer un mot par un autre qui rime avec lui, si bien qu'on ne comprend pas la conversation si l'on ne connaît pas les rimes traditionnelles. (*N. d. T.*)

Elle ne put s'empêcher de bégayer un tantinet. Elle avait vraiment l'impression d'être un bleu quand elle comparait le calme de cette vieille dame à l'agitation dans laquelle la plongeait cette situation peu banale.

— Nous allons vous y accompagner tout droit, pas de doute ! C'est notre boulot, après tout.

Retrouvant le sourire, Miss Seeton se sentit rassurée par la fermeté du ton. Elle remercia la jeune femme et s'abstint de l'ennuyer avec d'autres questions, hormis celle de savoir quand on partirait, car elle avait une longue journée devant elle.

L'enquêteur Ware murmura assez doucement pour que la suspecte ne pût l'entendre :

— Ah, ça, tu peux le dire, cocotte ! Ça, tu peux le dire !

Miss Seeton semblait si disposée à les suivre sans éclat qu'ils paniquèrent tous quand elle demanda, fort poliment, qu'on lui rendît son parapluie avant de quitter le poste de police. Après tout, expliqua-t-elle, il était peu probable qu'elle revînt à Bottle Street ; ils avaient été bien aimables de le lui garder pendant qu'elle reprenait ses esprits, mais elle se sentait parfaitement remise et de nouveau prête à affronter le monde, conclut-elle avec un grand sourire de gratitude à l'adresse du groupe de policiers qui la contemplaient, s'étonnant un instant de les voir échanger des regards entendus. Comment eût-elle pu se douter que son choix de la formule « prête à affronter le monde » leur rappelait l'avertissement d'Arthur Havelock Thundridge ?

D'un autre côté, elle n'avait pas encore été inculpée : elle n'était encore, techniquement, qu'un suspect qui « aidait la police dans son enquête ». Et si l'on refusait de lui restituer son bien légitime alors qu'elle était également aussi innocente que la première gentille vieille dame venue, un bon avocat réduirait l'accusation à néant devant le tribunal, même si le fait d'autoriser un suspect à se déplacer dans un véhicule officiel en étant armé jusqu'aux dents pouvait difficilement passer pour de la routine. Et si c'était vraiment elle, le cerveau du Gang du ketchup, elle prendrait le meilleur homme de loi de la capitale...

— Mon parapluie, s'il vous plaît ? demanda Miss Seeton.

L'inspecteur préposé à l'accueil posa un œil perplexe sur le chauffeur ; celui-ci interrogea du regard son collègue qui avait pris la déposition de Mr. Thundridge et qui devait accompagner Arthur Havelock, Miss Seeton et l'enquêteur Ware à Scotland Yard. Ce fut l'inspecteur Wadesmill qui trouva la solution :

— Comme je serai assis à l'arrière de la voiture avec vous et l'enquêteur Ware, on risque d'être un peu serrés. Mais Mr. Thundridge qui sera devant pourra s'en charger, proposa-t-il, consultant d'un coup d'œil Arthur Havelock qui répondit aussitôt qu'il serait trop heureux de s'en occuper.

— Le riflard ne saurait être sous meilleure garde qu'entre mes mains, assura-t-il d'un ton morose.

Miss Seeton sourit pour le remercier, ajoutant :

— Est-ce à dire que vous allez aussi à la « station » ? Outre que ce sera un plaisir, c'est aussi une décision raisonnable, vu que nous sommes si nombreux, et il est bien plus sage de partager un véhicule que de marcher. On gaspillera moins d'essence, sans parler du risque de se perdre dans la foule.

— En effet, confirma Wadesmill, posant une main protectrice sur le bras de Miss Seeton. Eh bien, allons-y ?

L'enquêteur Ware leur emboîta le pas, se plaçant de l'autre côté de Miss Seeton. Quand quelqu'un a le toupet de vous laisser entendre qu'il pourrait tenter de vous fausser compagnie, il faut l'avoir à l'œil à chaque instant !

Miss Seeton se dirigea automatiquement vers l'avant de la voiture, puis se reprit, murmurant en guise d'excuse à Mr. Thundridge qu'elle avait l'habitude de s'asseoir à côté du conducteur, et elle s'installa sur la banquette arrière entre Wadesmill et l'enquêteur Ware. Les deux policiers échangèrent des regards entendus. Sûr que c'était un sacré numéro, celle-là ! N'avait-elle pas essayé de leur filer entre les mains, là, à l'instant (on avait senti la tension monter en elle quand elle s'apprêtait à fuir, devant la voiture), mais, s'apercevant qu'elle n'y arriverait pas, elle avait tourné la page à l'aide d'une remarque futile. Elle était bonne à inscrire dans les annales, cette femme, une de celles qu'on n'oublie pas !

L'enquêteur Ware avait aussi un autre sujet de rumination : si seulement elle avait songé à consulter ses collègues sur ce point ! Sauf qu'elle s'était sentie mal à l'aise à la simple idée d'un homme de la trempe du commissaire divisionnaire Delphick et... et — elle osait à peine formuler sa pensée — et... ce que la vieille dame avait cherché à insinuer, mine de rien. Insinuant que Delphick était parfaitement au courant de ses agissements ; insinuant, pour le moins, qu'il fermait les yeux. Messages codés, sourires entendus, et cet air de parfaite innocence... L'enquêteur Ware ressentait les affres du policier qui tombe par hasard sur des preuves de... de...

De corruption. Tandis qu'elle se forçait à envisager le terrible mot, l'enquêteur Ware sentit son corps se glacer, son visage s'empourprer et ses mains se mettre à trembler. Elle en savait fort peu sur le compte de Delphick, en dehors de son surnom — l'Oracle —, mais c'était son supérieur, un homme qu'elle était censée admirer et prendre pour exemple. Pourtant, assise à ses côtés dans la voiture de police, il y avait la preuve vivante que cet exemple était peut-être imparfait...

La seule chose à faire, raisonna-t-elle, c'était d'insister sous un prétexte ou sous un autre pour mettre Delphick et la suspecte face à face, le plus tôt possible, au Yard et en présence de témoins. L'effet de surprise ferait sans doute éclater la vérité ; et s'il subsistait le moindre doute, les interrogateurs les plus compétents de Scotland Yard ne tarderaient pas à apprendre tous les secrets de la vieille dame. Jusqu'à présent, on l'avait traitée avec des gants de velours : à peine si on l'avait questionnée, la laissant garder le silence sur presque tout ce qui touchait à l'affaire. Mais le temps des gants était révolu et il allait falloir révéler la vérité sur Delphick.

CHAPITRE VI

Delphick et Bob projetaient enfin de marquer une pause pour avaler en vitesse un déjeuner bien mérité. L'Oracle avait insisté pour travailler toute la matinée sans s'arrêter, afin de compenser le retard dû à son enquiquineur de pigeon. Il avait bien dit à Bob de descendre à la cantine sans lui, mais l'inspecteur, remâchant certaines remarques de son patron sur sa brioche naissante, avait trouvé les nobles accents du martyr pour l'assurer que ça lui convenait parfaitement d'attendre aussi longtemps que le divisionnaire le souhaiterait.

Mais le moment était enfin venu. L'Oracle referma le dossier, le fourra dans le tiroir de son bureau, repoussa son fauteuil et s'étira.

— Je ne sais pas ce que vous en pensez, Bob, mais je casserais volontiers une petite croûte ! La lecture d'une quantité excessive de paperasse a toujours pour effet de stimuler mon appétit, je trouve. Pas vous ?

— À la vérité, je trouverais plutôt ça déprimant, monsieur. Il reste encore une pile de plus de trente centimètres de rapports à étudier, alors qu'on en a déjà lu des douzaines et qu'il y en aura davantage demain, à n'en pas douter. Pourtant, on n'en sait toujours pas plus long qu'avant de commencer sur la manière dont la drogue entre dans le pays ou sur le fonctionnement du système de distribution. Pour tout le bénéfice qu'on en a tiré, conclut Bob que le combat entre la faim et la vanité avait rendu d'un pessimisme exacerbé, on aurait aussi bien pu ne pas s'embêter à venir travailler aujourd'hui. Oh, je sais que je noircis le tableau, ajouta-t-il en voyant se soulever un sourcil désapprobateur du patron, mais c'est l'impression que ça me fait, monsieur. Il faudra une sacrée dose de veine pour trouver la clé de cette affaire-là, si vous voulez mon avis !

— Voyons, venez plutôt à la cantine manger une incroyable tourte à la viande. Pour vous requinquer et remettre un peu de rose dans votre façon de voir la vie. D'ordinaire, vous n'êtes pas si morose, Bob : soyez positif dans votre pensée ! Et pour commencer, décréta fermement Delphick en entendant le téléphone sonner, nous ne décrocherons pas avant la huitième sonnerie. Volonté plus déduction, inspecteur Ranger. Si c'est important, ils s'acharneront. Sinon, ils raccrocheront, ou bien ils essaieront ailleurs.

À la huitième sonnerie, Delphick décrocha à regret.

— Il y a intérêt à ce que ce soit important, grommela-t-il avant de répondre : Ici Delphick... Je ne peux pas dire que je sois content que vous m'ayez trouvé. Nous étions sur le point de partir déjeuner, mon inspecteur et moi... Nous parler à tous les deux ? Quel est le problème ? s'enquit Delphick, faisant signe à Bob d'écouter sur l'autre appareil. Continuez, inspecteur, demanda-t-il à son interlocuteur qui poursuivit son explication sur le ton de l'excuse.

— Voilà de quoi il s'agit, voyez-vous, monsieur. Il y a encore eu un de ces vols au ketchup. Un type s'est fait piquer son portefeuille dans Haymarket. Du vrai travail de pro, aussi bon que les autres fois, sauf que, ce coup-ci, il y avait une petite différence. C'était pas juste notre coco opérant en solo, figurez-vous, monsieur, et le complice a été un peu long à la détente pour filer, si bien que le quidam a pu attraper la voleuse et l'amener au poste de Bottle Street comme présumée suspecte.

Pendant que l'inspecteur préposé à l'accueil reprenait son souffle, Delphick remarqua :

— Tout cela est très intéressant et je suis ravi qu'on ait trouvé une piste pour le Gang du ketchup — depuis le temps ! — mais ce n'est pas moi qui m'occupe de l'affaire, inspecteur. C'est le commissaire Youngsbury qu'il vous faut.

— Euh, je ne crois pas, monsieur, pas pour l'instant, répondit le policier qui semblait de plus en plus gêné. La suspecte, monsieur... je vous ai bien signalé qu'il s'agissait d'une femme, non ?

— En effet. Ça n'a rien de si extraordinaire de nos jours — avec le Mouvement de libération de la femme et tout ce qui s'ensuit... Attendez-vous de moi que je la sermonne au sujet de sa conduite dévoyée et que mon inspecteur lui trouve un sac postal à repriser [1] ?

Des raclements de gorge embarrassés sortirent du téléphone. Delphick regarda Bob, haussa les épaules, et intima vivement à l'inspecteur préposé à la réception de déballer son paquet, parce qu'ils étaient deux à mourir lentement d'inanition pendant qu'ils l'écoutaient bredouiller.

— Excusez-moi, monsieur, reprit l'inspecteur, qui avait baissé la voix. Mais Bottle Street dit qu'elle a eu un comportement des plus étranges, monsieur. Elle prétend qu'elle vous connaît et que vous la connaissez, et que vous insisteriez pour qu'on lui rende son parapluie...

— Son parapluie ! s'écrièrent à l'unisson Delphick et Ranger, si fort qu'à l'autre bout du fil le combiné vibra aux oreilles de l'inspecteur préposé à la réception.

Celui-ci, la tête encore toute résonnante des cris de ses collègues, fut incapable de comprendre les remarques qui suivirent et ne put que leur répéter de bien vouloir parler chacun son tour, s'ils voulaient bien,

1. Une des tâches assignées aux détenus anglais. (*N. d. T.*)

parce que, sinon, il ne pourrait pas suivre tous leurs propos.

Le premier à se ressaisir, Delphick ordonna à Bob de la fermer, de raccrocher, de descendre dans le Hall Noir (surnom de l'entrée de Scotland Yard) et de tirer Miss Seeton du nouveau guêpier dans lequel elle semblait s'être fourrée.

— Ça ne pouvait être que Miss S [1] ! remarqua-t-il, et Bob en convint, le sourire aux lèvres. Dès que j'entends le mot « parapluie », ce n'est pas mon revolver que je cherche, mais mon petit chapelet à tuer les nerfs [2], de l'aspirine ou un whisky bien tassé ! Allez, filez, inspecteur, pendant que je concocte une tasse de thé correct pour votre chère vieille tante Em [3]. Et, ajouta-t-il pensivement, quelque chose d'un peu plus fort pour nous deux. Peu importe qu'on boive pendant le service, pour une fois ! J'ai l'impression qu'on risque d'en avoir grand besoin !

Apprenant que le Pébroque vengeur venait voir l'Oracle, le chef cuisinier de la cantine se surpassa. Il fit envoyer au bureau de Delphick un plateau portant la seule théière intacte de la maison, trois tasses luisantes de propreté sur des soucoupes étincelantes, et une assiette contenant un assortiment de biscuits mais aussi plusieurs petits pains nappés de sucre glace. Delphick assura le porteur du plateau que Miss S apprécierait ses efforts à leur juste valeur mais qu'il était peu probable qu'elle eût le temps de passer à la cantine cette fois-ci. Oui, il lui demanderait si elle voulait bien apposer son autographe sur une des serviettes en papier. Et oui, il

1. L'usage de l'initiale du nom d'une personne est un signe de familiarité affectueuse, outre-Manche. (*N. d. T.*)

2. Petits chapelets que les Orientaux aiment à tourner et à retourner interminablement dans leurs mains et qui, à défaut de servir à la prière, aident à calmer les nerfs. (On aura reconnu la paraphrase de la formule de Goebbels à propos de la culture.) (*N. d. T.*)

3. Diminutif d'Emily, premier prénom de Miss Seeton. (*N. d. T.*)

pourrait peut-être la persuader de griffonner une petite caricature, peut-être un cuisinier de la police en toque de chef.

Et pourquoi pas, songea Delphick quand il se retrouva seul. Le directeur adjoint, sir Hubert Everleigh, aspirait bien à se constituer une collection de croquis de Miss Seeton (régulièrement gêné en cela par les décrets de l'Oracle qui insistait pour que lesdits croquis, étant des pièces à conviction, fussent rangés en lieu sûr), alors quel mal pouvait-il y avoir, à faire plaisir au cuisinier de la cantine de Scotland Yard ? songea Delphick, conscient qu'un petit sourire ironique visitait fugacement ses traits. Sir Heavily [1] était-il meilleur ou pire juge de la valeur artistique d'une œuvre que celui qui veillait à ce que la Police métropolitaine partît dans la mêlée l'estomac bien rempli ?

L'Oracle en était là de ses réflexions quand il remarqua que la vapeur avait cessé de s'échapper du bec de la théière et que de la crème s'était formée à la surface du lait dans son pot. Mais où donc était passé Bob avec Miss Seeton ? Voyons, même quand elle était déchaînée — et Dieu sait qu'elle pouvait l'être ! — elle n'était pas capable de chambouler le saint des saints de Scotland Yard, au point que son inspecteur ne pût retrouver le chemin de son bureau, non ? M'enfin !

« Oh, mais que si ! dut convenir Delphick, tristement résigné au sort qui l'attendait. Pourtant, je me serais attendu à ce qu'ils m'appellent en cas de problème, à moins qu'elle se soit débrouillée pour faire sauter tout le réseau intérieur... pourtant je me refuse à croire qu'elle en ait eu le temps, même elle. Bon, je ferais mieux d'aller voir... »

Et il sortit, omettant d'observer que, dans la pagaille initiale, Bob avait oublié de raccrocher son combiné, si bien qu'on ne pouvait recevoir aucun coup de fil.

1. Sobriquet du directeur adjoint, qui est une déformation de Everleigh en *Heavily*, « lourdement ». (*N. d. T.*)

Quand Delphick arriva dans le Hall Noir, tout le monde avait renoncé à l'appeler. Arthur Havelock Thundridge se répandait en excuses auprès de Miss Seeton ; la femme policier — l'enquêteur Ware — était cramoisie et semblait au bord des larmes devant l'énormité de sa bévue. Bob était en conférence restreinte avec l'inspecteur Wadesmill à des fins d'explication, et le commissaire Youngsbury, coordinateur des enquêtes sur le Gang du ketchup, attendait au bureau d'accueil que tout ce remue-ménage cessât pour pouvoir emmener Arthur Havelock examiner les photos de l'identité judiciaire et parler aux collègues qui fabriquent les portraits-robots.

— Naturellement, monsieur, remarqua Youngsbury quand Delphick arriva à l'accueil pour se renseigner auprès de l'inspecteur préposé, Miss Seeton, c'est vos oignons, n'est-ce pas ? Je ne voudrais pas vous piquer votre témoin vedette — appointements et *tutti quanti*, à cause de ses dessins, monsieur, je comprends parfaitement — mais je vous saurais gré de lui demander si elle veut bien donner un signalement du type qui a fait le coup du ketchup, monsieur, et ensuite, si vous aviez l'amabilité de bien vouloir me transmettre l'information...

Delphick réprima un sourire. Youngsbury était un flic trop intelligent pour mettre cartes sur table et avouer l'appréhension que lui inspirait l'idée d'avoir affaire à Miss S. Et qui n'éprouverait quelques craintes, avec cette réputation de semer le chaos qui la précédait partout où elle se rendait ? Le « missile mal guidé », comme l'avait un jour surnommée sir Heavily — un surnom qui lui allait aussi bien que le sobriquet de « Pébroque vengeur » inventé pour elle par Fleet Street[1] afin d'accrocher les gros titres.

1. Surnom de la presse anglaise, à cause de la rue du même nom, à Londres, où se trouve le siège de la plupart des grands journaux. (*N. d. T.*)

Elle arrivait maintenant vers lui en trottinant, tout sourire, avec une jeune femme policier aux joues roses dans son sillage.

— Ah, mais quel plaisir, monsieur le commissaire divisionnaire, et quelle surprise attentionnée de votre part que d'envoyer votre sympathique chauffeur pour m'amener vous voir ici, ainsi que votre inspecteur, fit-elle, désignant de la tête son neveu adoptif, Bob, toujours en train de donner des explications à Wadesmill, puis elle se retourna vers Delphick. Puis-je vous présenter Miss Ware ? Elle a eu la gentillesse d'insister pour m'accompagner en voiture, bien que je l'aie assurée que j'aurais facilement pu marcher jusqu'à la station de métro Green Park. De plus, elle a eu l'astuce de ne pas me dire avant d'arriver ici que nous venions vous voir et, quand j'ai su qu'elle ne vous avait jamais rencontré, j'ai pensé que c'était la moindre des choses de ma part que de faire les présentations, pour la remercier de s'être si bien occupée de moi.

— La moindre des choses, j'en conviens, fit Delphick qui, ayant compris l'essentiel des propos de Miss Seeton, conclut que le reste pouvait attendre à plus tard, si nécessaire, et il salua l'enquêteur Ware d'un signe de tête poli. Mes compliments, Miss Ware, sur la façon dont vous avez su gérer ce qui devait être une, euh, une situation délicate.

L'intéressée devint rouge comme un coq, remuant nerveusement les pieds sur le parquet ciré. Delphick sourit.

— À votre retour à Bottle Street, Miss Ware, vous allez faire l'envie de vos collègues, j'en suis sûr. Vous pourrez leur raconter que vous avez participé au premier acte de la remarquable affaire que nous a dévoilée Miss Seeton — car, n'ayez crainte, Miss Ware, il est presque inévitable qu'il s'agisse d'une remarquable affaire.

Miss Seeton, hochant la tête, émit des protestations que Delphick ignora superbement.

— Une remarquable affaire, répéta-t-il.

Et, s'excusant rapidement auprès de Miss Seeton, il entraîna l'enquêteur Ware à l'écart, là où on ne pourrait pas les entendre.

— Monsieur, commença la malheureuse jeune femme, mais il leva la main pour arrêter le flot d'excuses qu'il sentait sur le point de se déverser de ses lèvres tremblantes.

— Vous n'avez pas besoin d'expliquer — en fait, comme je connais Miss Seeton, vous seriez sans doute *incapable* de donner la moindre explication, vu qu'elle vous a tellement embrouillée que vous ne savez même plus par quel bout prendre votre histoire ! Ai-je raison ?

L'étincelle dans l'œil du divisionnaire enhardit la jeune femme qui osa un petit rire.

— C'est à peu près cela, monsieur. Franchement, je n'avais pas idée que nous avions affaire à Miss S. Elle n'a même pas décliné son identité et on nous avait bien recommandé de ne pas lui poser trop de questions, vu qu'elle est, euh, âgée, monsieur, et qu'on attendait que le Yard prenne la relève. Mais Mr. Thundridge était si convaincant quand il l'a accusée de... de faire partie du gang...

— Tant qu'on n'a pas prononcé d'inculpation, ça va. La paperasserie nécessaire pour démêler une arrestation injustifiée est telle qu'elle vous ferait vieillir de plusieurs d'années d'un coup — les circonstances étant normales par ailleurs. Mais si la personne arrêtée était Miss Seeton, alors là, les circonstances seraient loin d'être normales, croyez-moi ! Il suffirait qu'elle brandisse son parapluie pour que les dossiers sombrent dans la pagaille la plus noire.

L'enquêteur Ware s'empressa de l'assurer que rien n'avait été couché par écrit. Delphick la remercia avec gravité.

— Je vois que votre collègue vous fait signe, poursuivit-il. Mon inspecteur — qui, pour racheter ses péchés, a choisi Miss Seeton comme tante préférée —

semble avoir enfin terminé ses explications à votre gars. Allons les rejoindre, voulez-vous ?

Dix minutes plus tard, Mr. Thundridge examinait les photos de l'identité judiciaire avec le commissaire Youngsbury ; l'inspecteur Wadesmill et l'enquêteur Ware étaient en route pour Bottle Street, se demandant ce que diraient leurs collègues ; et Miss Seeton elle-même, qui ne se rendait toujours pas compte des ennuis qu'elle avait involontairement causés, était dans le bureau de Delphick à siroter un thé parfaitement à son goût.

— Et maintenant que vous vous êtes dûment revigorée, déclara Delphick quand elle eut poliment refusé un deuxième petit pain nappé de sucre glace, pensez-vous que vous soyez prête à nous fournir votre déposition habituelle ? Tenez, il y a là des crayons et du papier et... Mais quelque chose ne va pas, Miss Seeton ? s'enquit-il, ayant remarqué une brève lueur d'angoisse dans ses yeux et la façon dont ses mains dansaient nerveusement sur ses genoux.

— Je... je ne suis pas sûre, Mr. Delphick. Oh, naturellement, je sais que c'est mon devoir évident, et je ferai mon possible pour vous aider, mais cette fois-ci, je crains que... le sang, voyez-vous... bien que je sache maintenant que ce n'en était pas. Un plan très astucieux, si malin et si rapide ! Cette sympathique petite Miss Ware m'a raconté que, parfois, ils prennent aussi du yaourt. Mais là, c'était vraiment très, très rouge, raconta-t-elle, le souffle presque coupé. Si réel, voyez-vous ! Et quand j'essaie de réfléchir calmement pour repenser à ce qui s'est passé, tout ce que je vois, c'est... Ça paraît stupide, maintenant que je sais que ce n'était que du ketchup... Tout ce que je vois, c'est une masse de rouge, je le crains. Ce qui, j'en suis certaine, ne sera d'aucune utilité pour vous et vos collègues, n'est-ce pas ? Oh, bien sûr, j'ai l'intention de faire de mon mieux ; seulement, je voulais que vous compreniez, avant que je me lance, que cette fois-ci je doute que mon travail justifie la confiance que vous m'accordez et les généreux appointements que me verse la police.

Miss Seeton avait déjà souvent expliqué avec conviction que ses petits dessins ne pouvaient guère avoir d'intérêt pour la police — ce que démentait en général la suite des événements — mais Delphick constata cette fois-ci, à sa secrète surprise, que c'était effectivement le cas. L'ayant avec tact laissée seule pendant qu'ils descendaient à la cantine, Bob et lui, prendre quelque chose de plus consistant que des biscuits et des petits pains, ils la trouvèrent à leur retour assise au bureau de Delphick, l'air mécontent, avec plusieurs feuilles de papier devant elle qui toutes, sauf une, étaient couvertes d'écarlate, de cramoisi et autres teintes évocatrices du sang.

Delphick fondit sur le seul dessin qui fût différent. C'était un croquis de Trafalgar Square montrant à l'avant-plan des silhouettes qui donnaient à manger aux pigeons, avec la National Gallery brièvement esquissée derrière.

— Parce que c'est là que je suis allée pour commencer et j'y ai passé un si agréable moment, lui expliqua Miss Seeton quand il l'interrogea. Je songeais, voyez-vous, que si l'on pouvait remonter le temps... bien sûr, en réalité, on ne le peut pas, même si Mr. Dunne... ah, son livre est si intéressant ! Non que je comprenne les mathématiques, mais certains cas — c'est le terme consacré, non ? — qu'il y expose sont des plus révélateurs. Pourtant, ça n'a pas marché, se lamenta Miss Seeton. J'en suis bien navrée.

Delphick aussi, à une époque où il donnait dans la philosophie, s'était débattu avec *An Experiment with Time*, et il pouvait compatir à ses sentiments. Cependant, il savait fort bien que ce n'était pas les théories de J. W. Dunne dont elle déplorait présentement l'échec.

— Ne vous inquiétez donc pas ! la rassura-t-il, dissimulant sa propre déception. Si vous voulez, on peut toujours vous montrer quelques photos de l'identité judiciaire à la place. Je vais appeler le commissaire Youngsbury et il fera apporter les dossiers ici pour que vous les regardiez, si ça ne vous ennuie pas. Ne vous faites pas de souci ! répéta-t-il en voyant les yeux gris s'attrister encore.

S'il ne tuait pas sa mauvaise conscience dans l'œuf, elle était capable de se mettre dans un état épouvantable, dévorée de culpabilité à l'idée d'avoir failli aux attentes de ses collègues de la police.

— N'oubliez pas qu'il y a toujours la déposition de Mr. Thundridge. Je suis sûr qu'il a beaucoup mieux vu son agresseur que vous — et il ne sera sûrement pas le dernier à se trouver nez à nez avec le Gang du ketchup, j'en suis certain. Nous ne tarderons pas à avoir une fameuse galerie de portraits à examiner, vous en demanderez des nouvelles au commissaire Youngsbury...

Mais quand, plus tard, Miss Seeton fit ses adieux, elle semblait encore contrariée d'avoir déçu son sympathique ami, Mr. Delphick, toujours si gentil avec elle.

Et elle savait qu'elle n'aurait plus le cœur à aller faire des courses à acheter les menus cadeaux qu'elle s'était promis de rapporter à Martha, Stan et la pauvre Mrs. Maynard.

CHAPITRE VII

Le lendemain matin, au bureau de poste de Plummergen, tout le monde ne parlait que de l'orage inattendu de la veille : un des ifs du cimetière avait perdu une branche qui avait manqué de peu la vénérable tête de Miss Molly Treeves, la sœur du pasteur, et qui avait collé une frousse bleue à la petite Miss Armitage. Phyllis Armitage, cooptée par Molly comme membre du Comité d'entretien du cimetière, marchait dans le sillage de Miss Treeves, se faufilant avec d'élégantes précautions entre les tombes, quand la pluie s'était mise à tomber, entraînant dans sa chute la lourde branche du conifère.

— Une véritable crise d'hystérie, qu'elle a piquée, racontait Mrs. Spice avec délectation, et Miss Treeves qui a dû lui envoyer des claques sur la figure, sans parler de la porter sur son dos, trempée comme une soupe, pour l'amener au presbytère en attendant l'arrivée du docteur !

— Elle a p'têt ben échappé au choc sur la tête, mais on sait pas où qu'ça la mènera, si qu'elle s'est chopé une 'neumonie galopante ! renchérit avec ardeur une prophétesse de catastrophes. L'ont envoyée à la clinique du Dr Knight, hein ? Ben là, ça va leur coûter cuir et poil...

Répugnant à avouer qu'elle ne savait pas, Mrs. Spice détourna habilement la conversation :

— Faut dire qu'elle était pas la seule à être surprise par l'orage ! Pas un mot là-dessus à la TSF, s'pas ? On peut plus se fier à leurs prévisions comme dans le temps, hein ?

À quoi répondit un chœur de voix abondant dans son sens : pour sûr qu'on ne pouvait plus s'y fier. Puis Mrs. Skinner remarqua avec un plaisir évident :

— Dommage pour vos roses, Mrs. Henderson ! Bien malmenées par le vent, non ? Leur faudra un moment pour récupérer, j'imagine !

Mrs. Skinner s'était un jour disputée avec Mrs. Henderson à propos de qui devait fleurir l'église cette semaine-là, et tout le tact de Molly n'avait pas suffi à sceller une véritable réconciliation.

— J'ai remarqué que vos pois de senteur n'avaient pas l'air trop guillerets non plus, après cette pluie torrentielle, répliqua Mrs. Henderson, et les deux dames échangèrent des regards noirs tandis que les autres retenaient leur souffle.

S'acheminait-on vers la querelle des querelles, une de celles qui entrent dans la légende de Plummergen et créent le genre de dissension qui fait les beaux jours du village ? Mr. Stillman, derrière son guichet de poste, tentait désespérément d'improviser une remarque anodine qui permettrait de désamorcer la situation.

Le timbre de la porte tinta : une autre cliente avait poussé l'huis. Tout le monde se retourna pour voir qui entrait et souffla, soulagé. Miss Seeton fournissait toujours une excellente occasion d'échafauder les hypothèses les plus folles. La moitié de Plummergen nourrissait de sérieux doutes à son sujet, l'autre moitié la soutenait dans toutes ses entreprises. Une bonne controverse au sujet de Miss Seeton était autrement stimulante pour les habitants du village qu'une minable dispute à propos de bouquets de fleurs.

Unanimes, les voix s'élevèrent pour répondre au bonjour murmuré par Miss Seeton, à qui on laissa entendre qu'elle pouvait passer devant les autres si elle souhaitait faire ses courses rapidement, le reste de ces dames n'étant pas pressé. Miss Seeton ne songea même pas à s'étonner qu'une pleine boutique de femmes affairées fût prête à la dispenser du rituel de la queue. Fort reconnaissante de leur amabilité, elle le leur déclara avec un sourire à la ronde.

— Si vraiment vous êtes sûres ? s'enquit-elle.

Rassurée par force hochements de tête et gestes encourageants, elle trottina jusqu'au comptoir d'épicerie tenu par Emmeline Putts.

— Une demi-livre de beurre, s'il vous plaît, Emmy, et un paquet de thé Earl Grey... et est-ce que c'est ici que je peux prendre des graines pour les oiseaux — pas pour mes poules, je veux dire — ou bien faut-il aller ailleurs ?

— Les graines pour les oiseaux, c'est à l'autre comptoir, confirma Emmy, mais quand j'aurai fait le total de vos achats, ça ne me gêne pas. Quelle sorte vous voulez ?

Miss Seeton cligna des yeux :

— Ma marque habituelle, s'il vous plaît. Je crains de ne pas m'en souvenir. Ah oui, les graines pour les oiseaux ; vraiment stupide de ma part... Que disiez-vous ? Excusez-moi, mais je ne suis pas du tout sûre...

— Eh bien, j'ai du Flutter, du Chirrup — et du Quill, bien sûr. Et « Avec Quill, coucou les perroquets éloquents et cui-cui à qui mieux mieux ! » chanta Emmy, affectant la voix nasillarde de la publicité à la télévision, preuve vivante du fait que les bons slogans rapportent. Alors, je vous mets un paquet de Quill ?

Miss Seeton eut une grimace hésitante :

— Si vous permettez que je lise l'étiquette. Des perroquets, voyez-vous. Non, je ne pense pas. Enfin... Non, celui-là semble mieux convenir à ce que je cherche, merci.

Tout en parlant, elle avait examiné les paquets qu'Emmy avait poussés vers elle à contrecœur sur le comptoir des fournitures et de la quincaillerie. Emmy trouvait jolie l'image figurant sur l'étiquette du Quill et se demandait pourquoi Mr. Stillman vendait aussi d'autres marques. Elle accepta la boîte de Chirrup que lui tendait Miss Seeton mais fit non de la tête quand celle-ci lui tendit des pièces pour payer.

— Non, il faut que j'ajoute ça à votre autre note, souvenez-vous ? Revenez donc par ici.

Elle retourna au comptoir de l'épicerie où elle entreprit de recalculer le total qu'elle proclama d'un ton suffisant. Puis elle emballa grossièrement l'assortiment hétéroclite de marchandises dans un papier brun pendant que Miss Seeton cherchait la somme exacte.

— Eh bien ! s'exclama Mrs. Spice tandis que Miss Seeton se dirigeait vivement vers la porte. Des graines pour les oiseaux, on aura tout vu ! Quand on a deux sous de jugeote, on donne pas à manger aux oiseaux une fois qu'ils ont commencé à nicher. Et, que je sache, elle s'est pas acheté de perruche ou d'autre volatile en cage, non ?

— Ah, ça non ! confirma Mrs. Skinner. À moins qu'elle ait fait ça hier quand elle était à Londres.

Les habitants de Plummergen manifestant une grande régularité dans leurs déplacements, la moindre déviation par rapport à la norme se remarque aussitôt. Tous les passagers du car de Jack Crabbe, la veille, avaient observé la présence de Miss Seeton parmi eux, en tenue élégante. On l'avait regardée se diriger vers la gare et l'on en avait tiré les conclusions logiques avec la facilité que procure l'habitude.

— Quelqu'un l'a vue rentrer avec une cage à oiseau ? Un p'tit bout de femme comme elle, elle aurait eu du mal à descendre la Rue avec ça depuis l'arrêt du car, non ?

De l'avis général, Mrs. Spice avait soulevé un point intéressant dont la réponse serait sans doute fournie par les Cinglées quand elles arriveraient (elles n'y manquaient jamais, flairant les cancans comme un chien repère un os !). Miss Erica Nuttel et Mrs. Norah Blaine habitaient *Lilikot* depuis une douzaine d'années, voire plus. À *Lilikot*, leur maison aux grandes baies vitrées, elles étaient aux premières loges, presque directement en face de la poste et du garage, avec l'arrêt du car. Personne ne pouvait arriver à Plummergen, en partir ou s'y déplacer sans que ces dames fussent parfaitement au courant : elles valaient une gazette, sans coûter un penny.

— Les Cinglées doivent savoir, décréta-t-on. Il serait temps qu'elles arrivent, non ?

Des regards avides se tournèrent vers la pendule de Mr. Stillman — celle de la poste — puis vers la vitrine à travers laquelle on apercevait *Lilikot*. Mais il n'y avait pas signe de vie de l'autre côté de la rue et, avec des grommellements de déception, ces dames revinrent à leurs commissions qu'elles avaient délaissées dans l'intérêt des commérages.

Puis le timbre de la porte retentit une nouvelle fois. Toutes les têtes se tournèrent : Miss Erica Nuttel apparut, vaguement suivie par Mrs. Blaine, et affichant un air qui n'augurait rien de bon.

— Bonjour ! lança Miss Nuttel à la cantonade, une lueur dans l'œil. Voyons, Bunny, inutile de t'escrimer à surveiller la rue, maintenant qu'ils savent qu'on les a démasqués.

Mrs. Blaine cessa de s'étirer le cou pour regarder par la porte à demi ouverte qu'elle ferma avec un soupir.

— C'est vraiment trop bizarre, Eric, reconnais-le ! Des personnes d'allure si distinguée ! Même si, fit-elle en reniflant, elle avait trop de parfum pour mon goût. Et puis, ce gilet en brocart était vraiment trop habillé pour cette heure-ci, non ? Une livre de sucre — de la mélasse, bien sûr —, s'il vous plaît, Emmy, et deux citrons. Je fais ma dernière tournée de confiture de fraises.

— Du papier sulfurisé ! lui rappela Miss Nuttel, qui sursauta légèrement sous l'effet d'une surprise feinte.

Ah mais, nous n'avons pas fait la queue, n'est-ce pas ? Navrée, nous avions l'esprit ailleurs.

— Oui, renchérit Bunny, on n'a pas arrêté de s'interroger sur leur compte pendant tout le trajet jusqu'en haut de la Rue. On est allées à l'église voir cet arbre qui est tombé hier (voilà qui résolvait le mystère de leur absence de *Lilikot* quelques minutes plus tôt !). Trop dangereux, les ifs. Je suis contente qu'on n'en ait pas chez nous.

— Sans compter que les baies sont toxiques, reprit Miss Nuttel. Les feuilles aussi. Il se pourrait qu'on élève des chèvres, un jour, et là, on serait bien loties !

— Pour produire nous-mêmes notre lait et notre fromage : tellement sain que je trouve pas les mots pour le dire ! s'exclama Bunny, ses petits yeux en raisins secs tout pétillants.

Pétillants du plaisir d'avoir floué les attentes de son auditoire en changeant de sujet pour le faire languir. C'était un des sales coups préférés des Cinglées quand elles conversaient. Mais à Plummergen, où on les pratiquait depuis treize ans, on savait les prendre. Les chèvres avaient été mises sur le tapis pour contrarier les bonnes gens, très bien. Mais les Cinglées seraient à leur tour bien plus agacées que le reste de la compagnie si ces bêtes à cornes accaparaient maintenant la conversation, aux dépens de l'énigme, brièvement évoquée, qui s'était présentée à Miss Nuttel et à Mrs. Blaine alors qu'elles se dirigeaient vers le haut de la Rue. L'énigme qui était manifestement la raison de toute cette stratégie.

— Eh bien, si c'est des chèvres qu'il vous faut, attaqua Mrs. Henderson, je serais ravie de vous mettre en contact avec le cousin de mon gendre, du côté de Murreystone, Miss Nuttel. Pas un mauvais gars, pour quelqu'un qui n'y peut rien d'être né là où il se trouve (allusion à la vieille rivalité qui oppose Plummergen au village voisin et plus petit). Il a quelques chèvres chez lui, paraît-il. Les élève surtout pour en faire de la pâtée pour les animaux, mais je crois qu'il serait ravi de vous rendre service, vu que vous êtes connue de la famille, comme qui dirait.

Miss Nuttel en était encore à se demander si elle devait se sentir insultée ou pas quand une autre voix remarqua :

— Ah, mais faut se méfier, avec les chèvres, et c'est la vérité vraie ! Traîtresses, qu'elles sont, si vous avez pas l'habitude de...

Mrs. Spice l'interrompit :

— De la pâtée pour animaux, hein ! Ça rapporte gros, ça, et je suis sûre qu'il vend seulement à des gens qu'ont des animaux de compagnie à nourrir. J'ai pas raison, Mrs. Henderson ? lança-t-elle. Avec tout ça, enchaîna-t-elle aussitôt, avant que l'intéressée n'eût le temps de répondre, ça vous a un rien de bizarre, à mon avis, que Miss Seeton soit venue là, y a pas même dix minutes, pour acheter des graines pour les oiseaux, alors que le village entier sait qu'elle a pas plus de perruche que de canari ! fit-elle, promenant un regard ironique sur le groupe de femmes qui s'interrogeaient. Un rien de bizarre, répéta-t-elle d'un ton qui invitait le commentaire.

Comme on s'y attendait, ce fut une des Cinglées qui s'empressa de parler : après tout, elles avaient toujours eu de sérieux doutes sur le compte de Miss Seeton, dès les premiers jours de son arrivée au village, et elles se privaient rarement de les exprimer, dès que l'occasion s'en présentait.

Ce fut Bunny qui prit la parole en l'occurrence, les yeux brillants :

— Et ce n'est pas la seule chose qui est bizarre ! N'est-ce pas, Eric ? On revenait de l'église — trop triste, la vue de ces tombes défoncées par la grosse branche ! — quand on a repéré deux personnages des plus extraordinaires, devant le *George and Dragon*. N'est-ce pas, Eric ? Un homme et une femme — absolument *imprégnée* de parfum, et avec des vêtements de coupe parfaite, n'importe qui pouvait le voir, affirma-t-elle, décochant à Miss Nuttel un regard suggérant qu'il y avait eu quelque désaccord sur ce point. Et quant à *lui*, il était d'une élégance défiant toute description, un monsieur extrêmement distingué. Tous les deux, si bien vêtus, quoique un brin dans le genre *outré**. Vous savez, souffla Bunny aux anges, ça ne m'étonnerait pas que ces gens-là aient du sang royal, d'une manière ou d'une autre. Après tout...

Un concert de voix et de soupirs exprima l'accord unanime, tout le monde pensant aux membres d'une branche cadette de la famille royale russe qui avaient loué pour six mois l'une des plus vastes demeures de Plummergen, havre de paix et de solitude derrière ses hauts murs. Une solitude signifiant que les éventuels visiteurs auraient le tact de descendre ailleurs.

— Sans doute encore des reporters ! remarqua Miss Nuttel tandis que Bunny affichait une grimace méprisante.

Depuis sept ans que Miss Seeton habitait Plummergen, le village avait connu davantage d'invasions (de Fleet Street) que pendant toute la période des raids de Vikings. Ces limiers amateurs qu'étaient les Cinglées détestaient cordialement les professionnels, d'autant que ceux-ci étaient pour la plupart acquis à la cause de Miss Seeton, certains même étant positivement ses alliés.

— Y a eu des tas d'inconnus dans le coin, non, depuis qu'on est arrivés deuxièmes au Concours, souligna Mrs. Spice.

Pendant ce temps-là, ces dames comparaient mentalement les avantages de la présence au village de membres de familles royales et de celle de reporters, et n'arrivaient pas à trancher entre les deux. On avait été interviewés plus d'une fois, on avait eu sa photo dans le journal ; mais, d'un autre côté, le sang bleu, ce n'est pas rien...

— Oh, ceux-là ne sont pas de vulgaires touristes ! se

hâta d'affirmer Bunny. Loin s'en faut ! protesta-t-elle, une lueur de ressentiment s'allumant dans ses petits yeux noirs. Cela dit, je dois avouer que si ce sont des membres de famille royale, poursuivit-elle avec une autre grimace méprisante à l'adresse de Miss Nuttel, je ne vois vraiment pas pourquoi ils étaient justement en train de parler avec Miss Seeton... comme par hasard !

Erica Nuttel releva la tête d'un geste vif :

— Ils faisaient semblant de s'être rencontrés par hasard, déclara-t-elle, élevant la voix par-dessus les murmures émoustillés qui avaient accueilli cette révélation. Cousu de fil blanc, cependant. Ça n'aurait trompé personne. En tout cas pas nous — ça crevait les yeux que tout ça avait été organisé à l'avance. Pour servir de couverture.

— Pour couvrir quoi ? demanda une voix irritée. Pourquoi voudrait-elle qu'on ne sache pas qu'elle connaît des personnes de sang royal ?

L'idée parut frapper presque toutes les personnes présentes, au point que les Cinglées commencèrent à craindre d'avoir perdu leur auditoire. Mais, après s'être intensément torturé les méninges, Mrs. Blaine vint à la rescousse :

— Peut-être qu'après tout ce ne sont pas des personnes de sang royal, concéda-t-elle d'un ton qui promettait des révélations. Tout le monde sait que la princesse — ou autre chose — qui habite aux *Meadows* n'est pas très argentée... Comment le serait-elle, puisqu'elle ne donne jamais de bal ou de soirées et, euh... enfin, elle ne reçoit jamais, non ?

Un murmure général signifia l'assentiment commun. Bunny buvait du petit-lait.

— Il faut peut-être se demander pourquoi des gens si sociables et élégants viendraient la voir alors que, de toute évidence, elle n'a aucune envie d'avoir affaire à eux... suggéra-t-elle, marquant une pause pour leur donner l'occasion de murmurer leur approbation, et se rengorgeant davantage encore. Ça ne peut pas être des reporters, parce qu'il ne s'est rien passé. Mais, même s'il était arrivé quelque chose, se hâta-t-elle d'ajouter en sentant le regard d'Eric posé sur elle, ils sont beaucoup trop bien habillés pour des reporters. Alors, forcément, conclut-elle triomphalement, ça ne peut être que des *criminels* d'une sorte ou d'une autre. Qui d'autre a assez d'argent pour pouvoir se payer des vêtements pareils ?

— Ça pourrait être des mannequins ou des stars de cinéma en vacances, suggéra Miss Nuttel sans conviction tandis que le reste de l'assistance vibrait à la pensée des hypothèses les plus folles.

Bunny fit non de la tête :

— Mrs. Spice nous a déjà donné la réponse, Eric ! Ça crève les yeux ! Pourquoi est-ce que Miss Seeton a acheté une boîte de graines pour les oiseaux alors qu'elle n'en a pas chez elle ? Qu'est-ce que tu fais avec les graines, toi, Eric ?

— Eh bien, je les plante dans mon... je veux dire dans notre jardin, répondit-elle vivement.

Bunny hocha vigoureusement la tête pour marquer son assentiment.

— Et qu'y a-t-il dans un paquet de graines pour les oiseaux ? Du millet, du tournesol et...

— Rien de bien méchant dans les graines de tournesol. On en mange nous-mêmes. Très bon pour la santé.

— ... Et, poursuivit triomphalement Mrs. Blaine, ignorant l'interruption d'Eric, il y a aussi du chènevis. Du chanvre, de la *drogue* ! Et Miss Seeton a parlé avec ces gens-là il y a moins de vingt minutes...

CHAPITRE VIII

« Ces gens-là » étaient descendus au *George and Dragon* dont les affaires florissaient depuis que Plummergen avait failli gagner le concours des Villages pimpants. Si prospères étaient-elles que le patron, Charley Mountfitchet, avait entrepris de faire repeindre le pub, pièce par pièce, pour fêter l'accession de Plummergen au rang des fleurons du comté. Dès qu'une chambre se libérait, le mobilier était aussitôt recouvert de housses et de draps pour la durée des travaux. Une nuée de parents et d'amis de Charley s'abattait alors sur la pièce qui n'en pouvait mais, déclenchant un véritable tourbillon de peinture, de papier peint et de moquette. L'ouragan calmé, arrivait sur les lieux Doris aux mille talents — serveuse en chef, réceptionniste et factotum —, jouant de l'aspirateur, des chiffons à épousseter et des désodorisants parfumés avec une maestria qui produisait les meilleurs effets.

La plus spectaculaire réussite de Charley avait été la création, en l'honneur de l'événement déjà évoqué, de la Suite au ruban bleu dont le nom sonnait si joliment. La « suite » avait été formée en ouvrant une porte entre la salle de bains de l'étage et la chambre voisine. L'ancien accès à ladite salle d'eau par le couloir avait été muré, obligeant les occupants des autres chambres à grimper un étage (ou à en descendre un, selon les préférences) pour utiliser les autres sanitaires de l'hôtel. Mais Charley était fier de la Suite au ruban bleu et facturait la nuitée deux fois plus cher que dans les autres chambres, en dépit du fait que la coûteuse moquette commandée pour la chambre n'était pas encore arrivée.

« Ces gens-là » n'avaient pas hésité à louer la suite pour la semaine et avaient volontiers versé les arrhes que Charley Mountfitchet, tirant les amères leçons de l'expérience, exigeait des clients qu'il ne connaissait pas. Le monsieur à l'élégant gilet de brocart qui avait tant perturbé Mrs. Blaine signa le registre d'un geste enlevé, mais ne put empêcher une légère rougeur d'empourprer son teint fleuri quand Doris laissa échapper une exclamation en lisant ce qu'il venait d'inscrire.

« Mr. Richard Nash, Miss Juliana Popjoy », proclamait le registre en lettres élégantes. Mr. Nash salua Doris d'un signe de tête affable, prit la clé qu'il passa à Miss Popjoy avec un sourire, et se chargea de leurs valises.

— Pas d'ascenseur, à ce que je vois, constata-t-il d'un ton enjoué. Eh bien, l'exercice me sera sans doute salutaire !

Le couple sans vergogne (ainsi Doris comptait-elle les appeler, une fois qu'ils seraient hors de portée de sa voix) arrivait au pied de l'escalier quand la porte d'entrée du *George* s'ouvrit brusquement sur deux petits garçons crasseux, hors d'haleine et excités. Avec un bonjour à Doris au passage, ils galopèrent bruyamment devant son bureau, puis s'empoignèrent, se lançant dans un corps à corps qui ressemblait à une séance de lutte où tous les coups sont permis. Puis le plus jeune, un galopin d'environ huit ans, s'écria :

— On fait la course !

Cessant d'essayer de lui arracher la tête, son frère acquiesça du chef.

— À vos marques, prêt, feu !

Ignorant Mr. Nash et ses bagages, ainsi que l'agréable personne de Miss Popjoy, les deux gamins s'engouffrèrent dans l'escalier au pas de charge, hurlant à tue-tête. Difficile de croire qu'il y avait une superbe moquette Axminster toute neuve sous ces pieds déchaînés. C'eût été du bois nu que les gosses n'auraient pas vu la différence.

Doris grimaça.

— Petits garnements ! grommela-t-elle, ayant oublié sa désapprobation à l'égard de Mr. Nash et de Miss Popjoy.

À Plummergen, il arrive qu'on se montre compréhensif pour ce qui touche à la moralité d'adultes consentants, tant que leurs agissements se cantonnent à la vie privée et n'effraient pas les chevaux. Mais les enfants mal élevés, c'est une autre paire de manches... L'œil furibond, Doris regarda disparaître le chaos ambulant qu'étaient ces deux polissons et décida d'accorder la grâce d'un sourire à Mr. Nash et à sa chère et tendre qui se retiraient dignement vers les hauteurs de l'auberge.

La porte se rouvrit. Doris ne raviva pas son sourire qui était mort quand elle s'était de nouveau penchée sur son travail. Entra alors un vieil homme perclus d'arthrite, soutenu par des cannes, arborant d'énormes bacchantes blanches et tombantes, et escorté d'un couple — visiblement les parents des gamins. On est amené à supposer que la porte avait été ouverte plus doucement que la première fois, bien que la comparaison eût été impossible, vu le vacarme que les gamins continuaient à produire à l'étage. Doris fit exprès de parler doucement pour saluer les nouveaux arrivants en leur tendant leurs clés.

— Parlez plus fort, ma chère, demanda le vieil homme qui porta à son oreille une main veinée de bleu, sa moustache tremblotant tandis qu'il souriait à Doris. L'âge, vous savez, l'âge ! Je ne suis plus ce que j'étais.

Le jeune homme le réprimanda aussitôt :

— Voyons, Papounet, assez de ces sornettes ! Annabel, dis à ton papa de ne pas essayer de s'attirer notre commisération sous prétexte de décrépitude due à l'âge. Il sait parfaitement qu'il est capable de nous épuiser ! Il rajeunit tous les jours, tu ne crois pas ?

— Et comment ! confirma Annabel, avec un sourire affectueux pour son père qui se rengorgeait à présent sous l'effet de la flatterie. Et ça nous contrarie de t'entendre tenir des propos pareils, papa, comme si tu avais déjà un pied dans la tombe ! S'il te plaît, abstiens-t'en !

Papounet adressa un clin d'œil à Doris :

— Ils n'aiment pas avouer que mes soixante-dix ans sont derrière moi et je prends ça pour un vrai compliment. M'ont traîné en promenade le long du canal, pas question de refuser...

— Et on a dû fournir un sacré effort pour le suivre, commenta le jeune homme avec un petit rire amusé. Mon beau-père marche à un fameux rythme, arthrite ou pas, et quant à ce qu'il raconte sur son cœur fragile... Il nous a épuisés, n'est-ce pas, Annabel ? Il nous enterrera tous, j'en suis sûr.

Le père d'Annabel s'esclaffa, ravi, tandis que son gendre lui tapait affectueusement sur l'épaule.

— Et puis, ajouta le jeune homme, que feraient les garçons sans leur Papounet ? Mais au fait, dit-il en se retournant vers Doris, ils sont déjà remontés à la chambre ?

Doris désigna le bas de l'escalier d'un air exaspéré :

— Pour ce qui est de monter, ça oui — n'importe qui aurait pu le constater sans demander —, mais quant à savoir s'ils sont allés *dans la chambre*, je ne saurais pas vous dire. À moins qu'elle soit restée ouverte, vu que je ne leur ai pas donné de clé. Ce qui n'est d'ailleurs qu'une partie de mes attributions et, si vous voulez bien m'excuser, d'autres occupations m'appellent.

Redressant la tête d'un air altier, Doris émergea de derrière le bureau de la réception et se dirigea vers la cuisine sans se retourner. C'est ainsi que lui échappèrent les regards entendus de la famille Standon, les murmures d'Annabel sur la fougue juvénile et de son père sur l'excitation de ces chers petits polissons qui passaient de si formidables vacances, ainsi que les remarques du mari : vraiment, on ferait peut-être mieux de monter voir ce qui se passait, non qu'il craignît des ennuis, mais...

Dans la Suite au ruban bleu, quatre oreilles désespérées avaient été délibérément bouchées pour se soustraire au charivari des gamins qui se coursaient dans le couloir. Mr. Nash, élégant dans son gilet de brocart, s'était vu intimer l'ordre de se tenir à l'écart pendant que sa moitié déballait les affaires — un ordre forcément donné d'une voix de stentor, circonstances obligent, fort différente des accents naturellement mélodieux de Miss Popjoy. Mr. Nash, s'étant prudemment garé près de la fenêtre, serrait les dents sans se plaindre, bien que le tapage qui régnait au-dehors fût insupportable. Tout en regardant Miss Popjoy ranger des vêtements dans les tiroirs et armoires, il se demandait (dans son for intérieur) si Plummergen était vraiment un choix judicieux pour des vacances. Mais il avait assez de bon sens pour n'en rien dire avant que sa dulcinée ne présentât des signes de la même faiblesse. Après tout, l'idée venait d'elle, à l'origine.

Juliana referma le dernier tiroir avec le sentiment du devoir accompli. Elle pouvait maintenant s'autoriser à manifester un rien de faiblesse :

— Dickie, proposa-t-elle pensivement, tu ne crois pas qu'on devrait aller voir s'ils ne sont pas en train de se trucider ? Avec tout ce chahut...

Dickie, qui détestait les scènes comme tout Anglais bon teint, fit non de la tête :

— Avec un peu de chance, c'est exactement ce qu'ils sont en train de faire. Se trucider, veux-je dire. Mais si par quelque triste hasard ils ne le font pas, leurs parents ne risquent pas de nous remercier si l'on interrompt les jeux de ces petits chéris. Voyons, ils ne peuvent guère continuer comme ça plus longtemps, non ?

Le patron ou quelqu'un va forcément y mettre un point final.

— Oh, Dickie ! s'exclama Juliana, obligée de rire malgré son irritation. Pourquoi ne pas avouer carrément que tu n'as pas envie de recevoir un coup de pied dans les tibias ? À en juger par le raffut, ces galopins portent des grosses chaussures, et sans doute à semelles cloutées !

— Je serais prêt à le parier... euh, non, je ne parierais rien, s'empressa de rectifier Dickie en voyant le visage rieur de Juliana revêtir aussitôt un air soucieux où se lisait aussi un avertissement. Excuse-moi. Je voulais dire qu'il y a de fortes chances pour que leurs semelles soient cloutées... si tant est, s'interrompit-il, dubitatif, que les gens en mettent encore de nos jours, conclut-il avec un regard incertain à l'adresse de Juliana, avant de reprendre d'une voix gaie : Ce sont peut-être des chaussures de football et le bruit vient des pointes. Quoique la notion de football en juillet[1] soit plutôt de nature à perturber une sensibilité raffinée, tu ne trouves pas ?

Elle rit de nouveau de ses absurdités. Ils échangeaient un sourire de commisération mutuelle quand, ô joie ! le tintamarre du couloir s'arrêta brusquement. Dickie retint son souffle pendant que Juliana comptait à haute voix. Quand elle arriva à soixante, ils se détendirent.

— J'ai besoin d'un verre après toutes ces péripéties, déclara Dickie. Tu crois qu'ils servent dans les chambres, ici ?

— Dickie Nash ! On vient à peine d'arriver ! Sans compter qu'on va avoir besoin de tous nos esprits pour trouver le chemin, lui rappela-t-elle, en tout cas toi, parce que tu conduis. Ton sens de l'orientation est bien meilleur que le mien.

1. Jusqu'à une époque récente en Grande-Bretagne, la belle saison était réservée aux matches de cricket, le football se jouant le reste de l'année. (*N. d. T.*)

Dickie la regarda en clignant les yeux :

— Juste ciel ! Qu'est-ce que le sens de l'orientation vient faire là-dedans ? Tu dois savoir où nous allons, non ? C'est ton ami, après tout.

Juliana parut mal à l'aise. Ouvrant son sac à main, elle en tira une enveloppe d'une curieuse couleur mauve sur laquelle s'étalait une adresse en majuscules, écrite à l'encre vert émeraude. La lettre qu'elle sortit de l'enveloppe était couverte d'une écriture enjolivée, à l'encre mauve sur du papier vert émeraude. Elle la tendit à Dickie qui fit la grimace. Juliana rit :

— Oui, je sais. Mais au moins, il a écrit son adresse en majuscules, donc on la connaît. Dommage qu'il n'ait pas expliqué *où* ça se trouvait, si tu me comprends — mais je suppose qu'il ne l'a pas cru nécessaire. Cette lettre a déjà au moins un an et rien ne pouvait laisser penser à l'époque que je viendrais le voir.

— Et pas de numéro de téléphone, je suppose. Ce serait trop espérer, après ce que tu m'as raconté de lui.

— Non, pas de numéro de téléphone, convint Juliana. Le facteur est sûrement la seule personne du comté à connaître exactement l'emplacement du lieu où nous sommes censés nous rendre. Et ne sommes-nous pas passés devant un bureau de poste annexe en arrivant ? On pourrait aller demander là, ou essayer de trouver un endroit où acheter une carte d'état-major. Je comptais le faire avant de partir, donc c'est ma faute...

— Je te pardonne, à condition que tu me laisses prendre un petit quelque chose avant de partir pour les grands espaces inconnus, en quête de l'insaisissable Mentley Collier, soupira Dickie. Juliana, mon amour, c'est un trait de caractère délicieux que de se montrer impétueux à l'occasion, mais mon instinct me dit qu'en l'espèce il eût été préférable de l'être un peu moins. Je persiste à penser que tu aurais dû envoyer un mot à Collier, ne serait-ce qu'une carte postale, pour le prévenir que nous arrivions.

— Le prévenir ? Mon Dieu, tu parles comme si

j'étais un de ses créanciers ! Il en avait toujours des douzaines aux trousses, dans le temps, ce pauvre Mentley. C'est pour ça qu'il a pris l'habitude d'être, euh, inaccessible. Je suis flattée qu'il m'ait fait suffisamment confiance pour me donner son adresse, quoique, après toutes ces années, il doive bien savoir que je ne suis pas du genre à le dénoncer en douce au fisc. Cela dit, il se peut qu'ils aient enfin retrouvé sa trace et qu'il ait de nouveau déménagé à la cloche de bois.

Dickie se contenta de la fixer un instant avant de répéter :

— Un verre. Et bien tassé, Juliana Popjoy. Et c'est toi qui l'offres.

— Je suppose que je serai bien obligée d'y consentir, à condition qu'on sorte d'abord chercher une carte. Je n'aurais pas dû agir si vite et venir ici sans vérifier, je l'avoue, mais, bon, ce n'est pas la seule raison de notre petite virée, non ? Qu'y a-t-il de plus charmant que des vacances dans le Jardin de l'Angleterre ? Surtout quand ça nous permet d'échapper aux entrepreneurs en bâtiment et aux décorateurs !

Dickie l'étreignit doucement.

— Ça vaut le coup, à long terme, tu le sais bien. Après tout, il y avait une éternité qu'on parlait de rénover la boutique pour développer notre affaire et, euh, je sais que c'est ma faute si on n'a jamais pu s'offrir un travail de professionnels. Je ne peux toujours pas te dire à quel point je regrette toutes mes bêtises. Là-dessus, je ne m'attendais guère à ce que mon oncle me laisse un héritage, non ? Alors, ça a été un peu comme si j'avais décroché le gros lot : l'ultime gain qui met un point final à tous les autres. Et j'ai eu le sentiment que c'était la moindre des choses de compenser tous les soucis d'argent que tu as eus à cause de moi, au fil des ans. Mais maintenant, je fais de mon mieux pour ne plus recommencer à jouer, n'est-ce pas ?

— Oui, et je suis fière de toi, Dickie ! l'assura Juliana en lui plantant un petit baiser tendre sur la joue.

Et c'est un des plus beaux compliments qu'on m'ait jamais adressés, tu sais : la façon dont tu m'as confié ton héritage, sans rien garder pour toi. Si... si dénué d'égoïsme...

Il y avait un tremblement dans sa voix et on devinait des larmes dans ses beaux yeux. Dickie, anglais jusqu'au tréfonds de son âme, se hâta de réprimer toute manifestation d'émotion.

— Dénué d'égoïsme ? Pas le moins du monde, je ne cesse de te le répéter. Je me borne à suivre l'exemple de l'oncle Brummel en consolidant mes investissements, et je suis certain de récolter un profit de Dieu sait combien de pour cent sur les sommes engagées. Après tout, un magasin d'antiquités à Bath est une jolie petite mine d'or. Jamais je ne me serais associé avec toi en affaires si je n'avais pas eu l'espoir d'engranger de jolis paquets d'oseille pour m'entretenir quand viendrait la décrépitude de l'âge. Mais maintenant, conclut-il en prenant une pose élégante, je peux me réjouir à la perspective de vieux jours d'un hédonisme délicieusement complaisant.

— Pas avant de nombreuses années, lui rappela Juliana avec fermeté, et il faut d'abord que le magasin réussisse. Alors, cesse de rêver à de superbes jeunes filles, à des réserves illimitées de gin, ou à toute autre forme que prennent tes rêves hédonistes, et allons explorer Plummergen — ah, si seulement je pouvais me souvenir pourquoi ce nom-là me dit quelque chose ! — pour chercher une carte correcte.

Et c'est ainsi qu'au départ de cette expédition Juliana Popjoy et Dickie Nash tombèrent par hasard sur Miss Emily Dorothea Seeton devant le *George and Dragon*, sous les yeux attentifs des Cinglées.

CHAPITRE IX

Ce fut Dickie qui la repéra le premier. Elle descendait la Rue d'un pas pressé, son paquet d'emplettes dans une main, son parapluie suspendu à l'autre bras. Clignant les yeux dans la direction du *George*, elle aperçut sur le perron des inconnus — mais ce n'était pas rare à Plummergen depuis le Concours, et Miss Seeton n'était pas du genre à fouiner. La pensée lui vint, confusément, que Mr. Mountfitchet, le patron du *George and Dragon*, devait être ravi de tous ces nouveaux consommateurs, ou bien disait-on clients ? Enfin, quel que fût le terme qui convenait, il devait être bien content, elle en était sûre. Elle s'apprêtait à traverser la Rue en direction de son cher petit cottage quand, à sa plus grande surprise, un des inconnus prononça son nom.

— Juliana, regarde, là : mais c'est Miss Seeton ! Tu reconnais son parapluie ? Miss Seeton, Miss Seeton, bonjour !

Dickie prit sa compagne par le bras et l'entraîna à travers le parking qui se trouve devant le *George*. Et ils se retrouvèrent nez à nez avec une personne qu'ils n'avaient jamais imaginé revoir.

Miss Seeton cligna de nouveau les yeux et rendit à Dickie son sourire. Il n'eut pas le temps d'ajouter un mot qu'elle s'écriait :

— Mr. Nash, mais quelle bonne surprise ! Et Miss Popjoy, de même, naturellement ! Comment aurais-je pu oublier ! (L'œil entraîné de l'artiste est fort utile à ceux qui, comme Miss Seeton, connaissent un grand nombre de gens.) Nous avons passé un si bon moment...

Mais Miss Seeton, personne éprise de vérité, se trouva incapable de finir la phrase qu'elle avait commencée de manière si peu réfléchie. Certes, elle avait indubitablement apprécié la première partie de la croisière qu'elle avait faite l'an dernier dans les îles grecques sur le paquebot *Eurydice* : plusieurs amis se trouvaient également à bord et la bonne compagnie avait ajouté au plaisir de découvrir la région égéenne, riche de beautés naturelles, architecturales, et historiques. Elle avait en outre noué de nouvelles amitiés, dont celle de Dickie et Juliana. Mais, bientôt, un des passagers avait été assassiné, un autre retrouvé pendu dans sa cabine, et un troisième arrêté par la police. Cependant, les âmes fortes restées à bord de l'*Eurydice* jusqu'au dénouement de l'affaire avaient terminé leurs vacances sur la terre ferme.

De pénibles souvenirs défilèrent dans l'esprit de Miss Seeton et c'est avec un sourire mal assuré qu'elle se hâta d'enchaîner :

— Êtes-vous descendus au *George and Dragon* ? Une maison si charmante, je trouve — avec sa belle symétrie et la vigne vierge qui ajoute toujours un cachet particulier, vous ne pensez pas ?

— Le village entier est charmant, à en juger par ce qu'on en a vu jusqu'à présent, remarqua Juliana quand tout le monde eut fini de se serrer la main en s'efforçant de se borner à des remarques générales à propos de la malheureuse croisière. Nous allions justement explorer les lieux, pour écumer les boutiques à la recherche d'une carte d'état-major des environs. J'ai oublié d'en acheter une avant de venir ici. Nous sommes partis un peu à la hâte, voyez-vous, et Dickie est trop bien élevé pour dire que c'est ma faute si nous ne savons pas très bien où nous allons.

— Mais *où donc* allez-vous ? s'enquit Miss Seeton. C'est-à-dire, si ce n'est pas indiscret de ma part de le demander. Cependant, j'habite ici depuis sept ans, je pourrais peut-être vous aider. Mon cottage se trouve à deux pas, fit-elle en se retournant, rouge de fierté, pour désigner *Sweetbriars*, tout près de là. Peut-être voudriez-vous vous joindre à moi pour prendre le café... ou le thé, si vous préférez ? Je viens justement d'acheter de l'Earl Grey, ajouta-t-elle, leur fourrant sous le nez son paquet enveloppé de papier kraft.

Levant un sourcil interrogateur, Dickie se tourna vers Juliana qui répondit aussitôt :

— Merci, Miss Seeton, ce serait sympathique. Et si, en buvant le thé, vous pouviez nous renseigner sur un petit village du nom de Murreystone qui, je crois, n'est pas très loin d'ici...

— Seigneur ! souffla Miss Seeton.

Juliana la considéra avec curiosité, mais elle était trop polie pour demander une explication. Elle regarda Dickie, qui proposa aussitôt à Miss Seeton de lui porter son paquet mais, celle-ci lui ayant rappelé que *Sweetbriars* n'était qu'à une trentaine de mètres au plus, il lui offrit de l'y escorter.

Un quart d'heure plus tard, ils étaient installés tous les trois dans le cottage que Miss Seeton avait hérité de sa marraine et cousine, Mrs. Bannet. Tandis qu'ils dégustaient du gâteau de Madère arrosé de thé Earl Grey, Miss Seeton leur parla du concours des Villages pimpants et leur montra l'album de coupures de presse que Martha Bloomer avait constitué.

— Je n'avais pas idée que la vie au village pouvait être aussi excitante ! s'exclama Juliana quand le récit dévoilant la duplicité de Murreystone arriva à son terme haletant. J'ai toujours cru que le milieu des antiquités était un univers impitoyable mais on s'y ennuierait presque, à côté de ce que vous nous avez raconté.

Quant à Dickie, cloîtré à Cambridge, il ne s'est même pas encore rendu compte qu'il était né, non ?

— Oh, je ne dirais pas ça, pas exactement, protesta Dickie, un *Fellow*[1] de King's College. Si tu lis C. P. Snow...

— Dickie, ne sois pas stupide !

Juliana hocha la tête en signe de désapprobation, et son ami se retrancha dans le silence. Il dissimula son embarras en prenant une seconde tranche de gâteau de Madère. L'honnêteté intellectuelle lui interdisait de disputer, même pour rire, de ce qui était de toute évidence la vérité.

— *The Masters*, c'est de la fiction, mais ça, ce sont des faits, n'est-ce pas, Miss Seeton ? fit Juliana, avec un sourire à son hôtesse en tapotant la couverture de l'album à présent refermé. Ça ne m'étonne pas que vous ayez été surprise quand je vous ai interrogée au sujet de Murreystone — mais quelle chance de vous avoir rencontrée ! J'aurais pu aller à la poste, le bec enfariné, leur poser exactement la même question et ne jamais en ressortir vivante !

— Oh, voyons, Juliana ! commença Dickie qui, remarquant une lueur de plaisir dans les yeux de Miss Seeton, s'intéressa à une autre bouchée de gâteau de Madère et lui laissa la parole.

— Miss Popjoy, même en tenant compte de la licence journalistique, comme on dit, paraît-il, on ne peut pas nier que ce... bon, je suppose qu'il faut bien l'appeler ainsi, ce village rival est vraiment allé très loin à cette occasion. Ça peut paraître bizarre à des étrangers tels que vous et, de fait, j'ai eu exactement le même sentiment que vous quand je suis venue vivre ici. Quoique, d'après mes observations, la plupart des personnes concernées aient plutôt l'air de bien s'amuser

1. Titre et fonction de prestige des membres du célèbre King's College de l'université de Cambridge. (*N. d. T.*)

— dans l'ensemble. Ce qui n'est pas sans rappeler les maisons, ajouta Miss Seeton.

L'œil toujours allumé, elle leur reversa du thé et, ce faisant, omit de remarquer les regards d'incompréhension qu'échangeaient ses invités.

— De couleurs différentes, reprit Miss Seeton, tout au plaisir d'égrener des souvenirs pendant que Dickie cillait et que Juliana fronçait les sourcils. Si puériles, parfois, et l'on avait beau les rappeler à l'ordre, rien ne pouvait les faire tenir tranquilles quand elles étaient excitées... les filles, je veux dire. Bombes à la farine, jet de rouleaux de papier toilette et, une fois, je me rappelle, l'une d'elles avait caché tous les pieds droits, j'entends toutes les bottines droites de hockey, juste avant la Finale opposant les différentes maisons [1], ce que Miss Edmunds a trouvé extrêmement rageant. C'était la professeur chargée des sports et jeux, expliqua-t-elle, tandis que Dickie, comprenant enfin de quoi elle parlait, poussait un soupir de soulagement et que Juliana dissimulait un sourire. Alors, voyez-vous, après une vie passée dans l'enseignement, j'ai une certaine habitude de ces petites rivalités. Et un sain esprit de compétition ne passe-t-il pas pour favoriser la formation du caractère ?

— Les plus beaux jours d'une vie ! murmura Dickie en faisant la grimace.

Juliana eut un petit rire :

— Je n'émettrai pas d'opinion sur la question mais je reste convaincue que j'ai eu de la chance de ne pas aller poser trop de questions sur Murreystone à la poste de Plummergen, et je suis ravie qu'on vous ait rencontrée à temps, Miss Seeton, vous qui êtes une experte de la région. Je suis sûre que vous pourrez nous rensei-

1. Les élèves des pensionnats anglais sont répartis entre différentes « maisons », qui ont chacune leurs particularités et qui se font concurrence pour exceller dans les matières scolaires, les sports et autres activités extrascolaires. (*N. d. T.*)

gner, d'autant que Mentley Collier — l'ami que nous cherchons — est un artiste, comme vous. Le connaissez-vous, par hasard ? C'est la sorte d'heureuse coïncidence qui serait bien utile maintenant.

Miss Seeton parut un brin troublée par le crédit que lui accordait Juliana. Une légère rougeur lui monta aux joues tandis qu'elle prenait la parole :

— J'hésiterais à me qualifier du nom d'artiste au sens où vous l'entendez, Miss Popjoy. Je n'étais que professeur des matières artistiques — et puis il y a le vieux proverbe, non ? « Ceux qui en sont capables le font, les autres l'enseignent », cita Miss Seeton avec conviction. Et, à mon sens, il y a plus qu'une parcelle de vérité dans cette théorie. Quant à être une experte de cette partie du Kent...

— Vous l'êtes forcément plus que nous deux, répliqua Juliana. Mais c'était sans doute déraisonnable de ma part de m'attendre à ce que vous connaissiez Mentley. Du reste, ça n'a rien de surprenant car il vit plus ou moins en reclus.

— En reclus ? ricana Dickie. Selon Juliana, Miss Seeton, ce beatnik attardé a le fisc constamment aux trousses et passe son temps à changer d'adresse en quatrième vitesse pour ne pas se faire prendre. La lettre qu'elle a date d'un an : le lascar pourrait être à l'autre bout du pays à l'heure qu'il est. Mais si par hasard vous aviez entendu parler d'un endroit dénommé... comment donc, Juliana ?

— Filkins Farm : c'est une vieille ferme, ou plutôt une des granges. La ferme a brûlé quand l'ancien propriétaire s'y est donné la mort, à en croire Mentley.

Miss Seeton hocha la tête, exprimant son regret par une sourde exclamation.

— Mentley prétend que ce fermier nourrissait l'illusion d'être lui-même un artiste et qu'il préférait de beaucoup la peinture à l'élevage des moutons. Il avait donc transformé en atelier la grange qu'habite maintenant Mentley. Il y a encore des toiles de lui, là-bas, d'immenses croûtes à la Turner, d'après Mentley — non que Turner ait peint des croûtes, mais vous voyez ce que je veux dire, j'en suis sûre. Bon, toujours est-il que ce sont des toiles de belle taille et que Mentley s'en est servi pour peindre par-dessus. Elles n'étaient guère bonnes à autre chose, paraît-il, et ce pauvre fermier n'avait pas la moindre chance de percer. Apparemment, c'est quand la Royal Academy a refusé son treizième tableau qu'il a décidé que la coupe était pleine et qu'il a... conclut-elle avec un geste suggestif.

— Comme c'est triste, murmura Miss Seeton, de ne pas connaître les limites de son propre talent et de réagir à la déception de manière si... si spectaculaire...

— Spectaculaire, en effet ! convint Dickie. Je te l'ai déjà dit, Juliana, je crois que ton ancien petit ami te mène en bateau. À moins d'avoir lui-même été mené en bateau par les gens du cru : c'est exactement le genre de canular qu'une bande de péquenauds malicieux adorerait monter pour taquiner un nouveau venu crédule.

Juliana eut un rire bref, puis soupira.

— Je dois reconnaître qu'il ne brillait pas par son intelligence, sauf quand il s'agissait de semer le fisc, mais tu as raison, il avalerait n'importe quelle histoire un peu plausible et celle-ci est tellement extraordinaire qu'elle vous force presque à y croire. Vous ne trouvez pas, Miss Seeton ?

— Je pense que ça dépend, répondit Miss Seeton après une courte hésitation, selon qu'il avait ou non de bonnes raisons de penser que l'histoire était vraie. Tenez, les toiles, par exemple. Sans doute pourrait-il y avoir une autre explication parfaitement logique à leur présence, en si grande quantité et dans un endroit si commode. Mais, là non plus, on ne peut pas exclure une bonne mesure de « licence dramatique » — si j'ose m'exprimer ainsi — dans la manière d'expliquer la chose. Et si votre ami, ayant un tempérament artistique, affectionnait le côté spectaculaire de l'art et, par association, le côté théâtral de l'art de la narration...

— Oh, il avalerait n'importe quelle histoire un peu plausible ! répéta Juliana en riant tandis que Miss Seeton parvenait au terme de sa tirade. Pauvre vieux Mentley ! Oui, il s'est toujours fourvoyé dans toutes sortes de situations impossibles, généralement créées par d'autres. Cet homme-là est le rêve des arnaqueurs ! Il serait le premier à faire la queue pour acheter des actions dans la seule mine de diamant d'Angleterre, s'il y avait ne serait-ce que le soupçon d'un espoir de bonne affaire. Alors, évidemment qu'il goberait le suicide du fermier et un stock de toiles illimité, si cela lui donnait un endroit pour peindre en paix, parce que c'est vraiment la seule chose qu'il a toujours eu envie de faire.

— Ce qui fait de lui un « copieur » idéal — comme tu m'as dit qu'il l'était, sans jamais vraiment expliquer pourquoi. Mais maintenant, il me semble que je comprends : s'il est ne serait-ce qu'à moitié prêt à avaler la première histoire venue, il est prêt à se croire capable de grandes choses ou presque. Et un artiste sincère ne produit pas n'importe quoi — je pense que Miss Seeton sera d'accord là-dessus. Pas étonnant qu'il sache créer ce que tu as qualifié de quasi-chefs-d'œuvre.

— C'était toujours le cas, avant, et à moins qu'il ait énormément changé, j'imagine que ça l'est toujours, répondit Juliana. Et c'est bien pour ça qu'on a envie d'aller le voir, non ?

Elle se tourna vers Miss Seeton et lui sourit, l'air de s'excuser, puis se mit à expliquer :

— Tout découle d'une idée que j'ai eue, Miss Seeton, même si Dickie essaie de prétendre que ça venait de lui, maintenant qu'il se rend compte à quel point ça pourrait améliorer nos affaires.

Elle joua les indifférentes quand Dickie se récria, et adressa un clin d'œil à Miss Seeton qui les gratifia l'un et l'autre d'un sourire bienveillant.

— Bon, tout ça est lié à l'oncle Brummel de Dickie, qui est mort récemment en lui laissant de l'argent —

une véritable aubaine, bien que ce ne soit pas une fortune, loin de là.

— Tout à fait inattendu, souligna Dickie avec un hochement de tête. De son vivant, il n'avait pas témoigné plus d'intérêt pour moi que moi pour lui, releva-t-il avec un petit rire. C'est d'ailleurs la raison qu'il a donnée dans son testament pour justifier sa décision de tout me laisser : j'étais le seul de sa parenté à avoir eu assez de jugeote pour ne pas l'embêter en réclamant une part du butin, et comme je lui avais fait plaisir en me comportant de la sorte, il avait envie de me rendre la politesse.

— Complètement toqué ! commenta Juliana, tandis que Miss Seeton s'autorisait un sourire discret, se mettant au diapason de l'idée qu'avait l'oncle Brummel d'un testament convenable. Mais, naturellement, Dickie n'a pas refusé : l'argent est toujours utile. Surtout... bon, vous êtes déjà un peu au courant, n'est-ce pas ?

Miss Seeton avait indirectement contribué à persuader Dickie Nash de renoncer au jeu, lors de la croisière où ils s'étaient tous rencontrés.

— Eh bien, Miss Seeton, il a dit que...

Elle fut interrompue par une toux de Mr. Nash qui, visiblement, craignait d'être gêné par une manifestation d'émotion de la part de Juliana, reconnaissante. Celle-ci bégaya, se ressaisit, sourit au pauvre Dickie et ajouta simplement :

— Bref, on a décidé de tout claquer dans une rénovation complète du magasin de Bath. Apparemment, les affaires sont en progrès et je suis sûre que ça va continuer, si on arrive à attirer davantage de clients. On est en train d'abattre un mur et d'agrandir la boutique par-derrière, et tout le stock est au garde-meubles pendant que les décorateurs travaillent... Oh, le papier peint est divin, Miss Seeton, et l'éclairage même va être entièrement refait...

Juliana s'arrêta, riant de son propre enthousiasme.

— Bon, vous imaginez le tableau, je n'en doute pas. « Tableau » est vraiment le mot clé en l'occurrence, parce que j'ai pensé qu'on pourrait obtenir un effet fantastique en couvrant les murs de tableaux de maîtres anciens — le papier peint les mettrait merveilleusement en valeur ! — mais, bien sûr, ça coûterait des sommes astronomiques. *Si* les œuvres étaient authentiques !

— D'où l'idée de rechercher Mentley Collier, résuma Dickie pendant que Juliana reprenait son souffle, un dingue mais un copieur de génie toujours à court d'argent et — d'après les renseignements fiables que je tiens de la dame qui se trouve à ma gauche — suffisamment bête pour que son ancienne petite amie réussisse à le persuader — charme oblige — de lui rendre service sans lui facturer une fortune pour ses œuvres.

— À t'entendre, Dickie, on croirait de l'exploitation, ce qui est une image injuste de la situation. Tu sais fort bien que je suis allée voir plusieurs galeries et marchands d'art avant de partir : je connais les tarifs à payer pour de bonnes reproductions et je n'ai pas l'intention de gruger Mentley. C'est tout aussi injuste de ta part de parler de lui comme d'un fou. Il est seulement un brin... excentrique, je suppose, et pas encore vraiment adulte. Et, ainsi que je te l'ai répété de nombreuses fois, ce n'est qu'un de mes très vieux *amis*, précisa-t-elle en insistant bien sur le mot.

— Je ne suis pas jaloux, répliqua gaiement Dickie. J'espère seulement que tu ne seras pas déçue en le retrouvant après tant d'années. Si jamais tu le retrouves, d'ailleurs ! ajouta-t-il avant de se tourner vers la maîtresse de céans. Avez-vous la moindre idée de l'endroit où traînent les beatniks dans le coin, Miss Seeton ? Sinon, avez-vous idée de quelqu'un qui le sache ? L'avenir du magasin d'antiquités dépend de votre réponse, l'informa-t-il d'un ton qui laissait entrevoir des horizons infinis.

CHAPITRE X

Miss Seeton jeta un coup d'œil sur la pendule.

— Quel dommage que Bert... un jeune homme si aimable et sans l'ombre d'une trace de mauvais caractère ! De fait, c'est une des personnes les plus sympathiques que je connaisse, et un grand ami de ma chère Martha qui est cockney, elle aussi. Mais elle n'est pas rousse, elle, naturellement. Quel dommage, oui, mais il a fini sa journée. Sa tournée, je veux dire. Parce que, voyez-vous, il la fait en camionnette, pas à bicyclette. Si bon pour profiter de l'air frais et prendre de l'exercice... un vélo, j'entends, sans compter que ça économise de l'essence, je l'ai moi-même constaté. Non que je conduise, bien sûr, mais d'un autre côté, on ne peut pas porter des paquets en toute sécurité sur un guidon, et la camionnette est donc bien plus pratique. Par mauvais temps surtout, et puis c'est plus rapide et on peut couvrir de plus grandes distances dans le même temps. Et je comprends qu'il apporte le courrier à Murreystone aussi, et pas seulement à Plummergen.

Le flot de pensées incohérent de Miss Seeton avait enfin débouché sur ce qui paraissait, au grand soulagement de Juliana, une conclusion compréhensible. Du moins espérait-elle avoir compris. Elle prit une profonde inspiration.

— Vous voulez dire que Bert, le facteur du village,

aurait pu nous indiquer où se trouve Filkins Farm, s'il était encore de service ? Et, comme il n'est pas de Plummergen, ça ne l'aurait pas trop gêné qu'on le questionne sur Murreystone ?

Juliana lança à Dickie un rapide regard lui signifiant que, désormais, il ferait mieux de lui laisser le soin d'interpréter les propos de Miss Seeton. C'eût été une description charitable de l'état mental de Dickie que de dire qu'il nageait complètement.

Miss Seeton sourit à la jeune femme et confirma d'un hochement de tête.

— Oui, c'est ça, mais la matinée n'est pas terminée, bien qu'elle soit un peu avancée ; ce qui signifie qu'on est presque sûr de trouver ce cher Mr. Treeves chez lui — pas forcément à l'intérieur, comprenez-moi, car c'est un grand amateur de jardinage et qui s'y connaît. Lui, ajouta Miss Seeton avec un petit soupir, il n'a pas besoin de *Greenfinger* [1] pour le guider. D'un autre côté, moi, j'ai la chance d'avoir ce cher Stan pour s'occuper de mon jardin. Et comme c'est généralement l'après-midi qu'il accomplit ses devoirs pastoraux, conclut-elle, l'air ravi, je pourrais l'appeler maintenant.

Juliana réagit avec un quart de tour de retard :

— Je vous en prie, Miss Seeton, nous ne voulons pas bouleverser le cours de votre journée. Nous allons vous laisser, si vous souhaitez téléphoner à ce Mr. Greenfinger ou à l'un de vos amis, n'est-ce pas, Dickie ?

Mr. Nash n'eut pas le temps de confirmer que Miss Seeton répondait vivement :

— Oh, je ne pense pas que ce soit son vrai nom, Miss Popjoy... si invraisemblable, vous ne trouvez pas ? et j'ai toujours été convaincue qu'il s'agissait d'un pseudonyme, par nécessité professionnelle. Pas du tout comme, euh, James Bond, ajouta-t-elle, une légère

1. « Main verte ». Titre d'un ouvrage de jardinage que Miss Seeton consulte régulièrement. (*N. d. T.*)

rougeur lui montant aux joues. Voyez-vous, on ne peut pas s'empêcher de remarquer les affiches de cinéma, et puis on entend des critiques, des gens qui parlent des films à la TSF — cela dit, j'imagine mal qu'un amateur de jardinage aimerait dépeindre une jeune femme d'une manière aussi... aussi inhabituelle, vous ne croyez pas ?

Juliana hésita et, cette fois-ci, ce fut Dickie qui vint à la rescousse.

— *Goldfinger !* s'exclama-t-il, hochant la tête en signe d'assentiment. Plutôt bien ficelé, comme histoire, j'ai trouvé, bien que ça ne ressemble guère au livre. Mais c'est souvent le cas, paraît-il. Parfois, ils changent tellement de choses que l'intrigue n'a plus beaucoup de sens.

Miss Seeton sourit :

— Les livres peuvent être une telle bénédiction, n'est-ce pas ? Bien que, comme dit Mr. Nash, ce ne soit pas toujours parfaitement clair. Quand j'ai décidé de m'installer dans mon petit cottage à la campagne, je suis allée droit au magasin du coin et j'ai demandé les conseils du propriétaire ; d'ailleurs, Stan m'a souvent répété qu'à son avis je n'aurais guère pu faire mieux. Dès mes premiers jours ici, *Greenfinger* m'a montré la voie avec une grande compétence, bien que je doive avouer que, parfois, je trouve ses propos un brin déroutants, mais dans ce cas, je peux consulter ce cher Stan et quand il est à son travail, il y a toujours Mr. Treeves — quand il est à la maison. Voulez-vous que je l'appelle tout de suite, ce cher pasteur ? proposa-t-elle, esquissant le geste de se lever.

Dickie regarda Juliana qui le considéra à son tour. Recourant au mime pour exprimer leur incompréhension, ils convinrent ainsi en silence qu'ils n'avaient pas la moindre idée de ce que voulait dire la maîtresse de céans. Miss Seeton aurait-elle été prise d'un accès subit de rectitude morale, comprenant soudain que ses visiteurs avaient un besoin urgent de conseils, de la part d'un ecclésiastique ? Difficile à croire : elle n'était pas vraiment du genre à se mêler des affaires des autres. Elle avait accepté leur relation peu orthodoxe sans un murmure lors de la fameuse croisière de l'*Eurydice*, et par la suite aussi. Ou bien serait-ce que les idylles à bord étaient une chose à ses yeux, et la vie à terre une tout autre ? Allait-on leur demander s'ils comptaient publier les bans ?

— Euh, finit par articuler Dickie, les mots lui restant bloqués dans la gorge. Qu'est-ce que tu en penses ? demanda-t-il d'une voix mal assurée.

Cependant, Miss Seeton marmonnait qu'elle était sûre de savoir le numéro par cœur mais qu'elle ferait mieux de vérifier, pour être tranquille.

— Ça vous paraîtra un rien invraisemblable, ajouta-t-elle tandis que Juliana se demandait ce qu'elle pouvait bien raconter. Parce qu'il habite juste en face. On n'aurait presque qu'à l'appeler par-dessus le mur qui sépare nos deux jardins mais il se pourrait qu'il n'y soit pas, et puis on court toujours le risque, reconnut-elle avec franchise, de ne pas tout à fait comprendre la réponse. J'hésite à critiquer les ecclésiastiques, mais il faut bien avouer qu'il y a des moments où ce cher pasteur est, euh, un brin confus...

À ces mots, Juliana et Dickie prirent soin de ne pas laisser leurs regards se croiser.

— Ah oui, vraiment, fut tout ce que Juliana réussit à dire.

Dickie se borna à s'éclaircir la gorge assez fort en contemplant ses chaussures.

Mais Miss Seeton ne remarqua rien d'étrange dans leur conduite et se leva pour se diriger vers la porte.

— Je vous répéterai bien clairement les indications qu'il me donnera, informa-t-elle ses invités toujours plongés dans l'incompréhension la plus totale, mais ce serait peut-être une bonne idée que Miss Popjoy les note par écrit afin d'éviter toute confusion. Et si jamais c'est *Miss* Treeves qui répond au lieu de son frère, eh bien, tant mieux. Elle est presque aussi engagée dans les affaires de la paroisse que ce cher pasteur, et on peut sûrement se fier à ce qu'elle sait sur Murreystone, bien que je ne croie pas qu'elle y assiste à l'office. Les problèmes du clergé rural... déplora Miss Seeton en hochant la tête tout en disparaissant par la porte qui donnait sur le hall. Trop de travail et des paroisses dispersées de tous les côtés... si contrariant pour un pasteur consciencieux tel que Mr. Treeves l'est sans aucun doute !

Ces dernières paroles s'accompagnèrent du bruit des pages qu'elle tournait en furetant dans son carnet d'adresses et provoquèrent des soupirs de soulagement chez Dickie et Juliana. Il leur avait fallu un moment pour comprendre — sans compter l'audition de plusieurs sujets sans rapport les uns avec les autres, excepté dans l'esprit de Miss Seeton — mais ils y étaient enfin arrivés. Sachant qu'on avait raté l'occasion d'interroger Bert, le facteur roux et cockney que se partageaient Plummergen et Murreystone, Miss Seeton avait sagement décidé que l'autre autorité en la matière était nécessairement le pasteur, qui comptait lui aussi les deux villages parmi ses attributions. Ce que James Bond et Stan le jardinier venaient faire là-dedans, sans parler du mystérieux Greenfinger dont Miss Seeton semblait tant respecter l'opinion, il valait sûrement mieux s'abstenir de poser la question. Il leur suffisait de savoir qu'ils risquaient d'apprendre enfin où se trouvait Filkins Farm, la grange servant d'atelier et de résidence au peintre Mentley Collier. Échangeant une grimace avec Dickie, Juliana sortit l'enveloppe mauve de son sac et s'apprêta à noter au dos les indications que Miss Seeton lui dicterait depuis le téléphone de l'entrée.

Lesdites indications s'avérèrent étonnamment claires et concises : quand Miss Seeton raccrocha en remerciant profusément, l'élégante écriture de Juliana ne couvrait même pas toute l'enveloppe. C'était Molly, et non le révérend Arthur Treeves, qui avait décroché : un hasard des plus heureux pour eux tous, Miss Seeton était bien forcée de le reconnaître.

— Et nous vous sommes vraiment reconnaissants de vous être donné tant de mal pour nous, Miss Seeton, déclara Juliana avec un sourire en remettant l'enveloppe dans son sac après l'avoir étudiée avec attention. N'est-ce pas, Dickie ?

— Parfaitement, renchérit Mr. Nash. Dites donc, Miss Seeton, que penseriez-vous de casser une petite croûte avec nous pour le déjeuner, en remerciement des nobles efforts que vous avez déployés pour nous, puis de nous accompagner à Filkins Farm, cet après-midi ? Collier est un artiste, souvenez-vous, vous auriez sans doute des tas de choses en commun. Je suis sûr que ça pourrait être une rencontre intéressante.

— Il adorerait ça, Miss Seeton ! confirma Juliana, ponctuant son propos d'un hochement de tête. Auriez-vous le temps ? Vous n'êtes pas trop occupée aujourd'hui, non ?

— C'est si gentil de votre part ! commença Miss Seeton.

Elle n'alla pas plus loin : rappelée à l'ordre par sa mémoire, elle prit l'air préoccupé et hocha la tête avec tristesse.

— Les graines pour les oiseaux, murmura-t-elle. Je les ai achetées exprès... pourtant Stan a bien dit... Mais ce n'est tout de même pas de première urgence, si je laisse ça pour...

Comme cela lui arrivait bien souvent, semblait-il, elle était déchirée entre le devoir et le plaisir. Ce serait si agréable de visiter l'atelier d'un véritable artiste, mais...

— Je suis sûre qu'il sera en sécurité dans la caisse, décréta Miss Seeton avec un regain d'espoir. Stan prétend que oui, et il a presque toujours raison, pour ces choses-là...

Juliana surprit un regard qui exprimait une silencieuse attente : elle demandait de toute évidence qu'on la rassurât.

— Je serais prête à abonder dans votre sens, d'après ce que vous nous avez dit de Stan, annonça-t-elle d'un ton décidé. Je suis persuadée que puisqu'il affirme que tout se passera bien si vous, euh, « le » laissez dans la caisse, ce sera *bel et bien* le cas.

Elle fusilla du regard Dickie qui articulait silencieusement le mot « quoi », et poursuivit :

— Bon, alors c'est décidé ? Vous venez déjeuner avec nous à l'hôtel, et ensuite nous partons explorer les terres sauvages de Murreystone et Filkins Farm ? Cependant, dans l'intérêt de l'harmonie du village, nous prendrons grand soin de ne pas dire à âme qui vive où nous nous rendons, conclut-elle en souriant pour encourager Miss Seeton à l'imiter.

Celle-ci y parvint au terme de quelques instants passés à se débattre avec sa conscience. Après quoi elle décida qu'elle se réjouissait de ce déjeuner. Le *George and Dragon* n'était peut-être pas un temple de la *haute cuisine** mais on y mangeait mieux que d'honnêtes plats ordinaires. Avec Doris officiant dans le rôle de serveuse en chef, ça promettait d'être un agréable repas, surtout en aussi bonne compagnie que celle de Dickie et Juliana, si le souvenir de Miss Seeton était exact. Ayant pris son parapluie à l'un des crochets placés près de la table de l'entrée — cette fois, seul le riflard à la poignée d'or serait à la hauteur de l'occasion —, Miss Seeton fredonna un petit air gai et se tapota les cheveux devant la glace, avant de mettre son chapeau avec un sourire.

Mais, une fois les trois amis installés à l'auberge, les sourires ne tardèrent pas à tourner à la grimace : si l'on avait voulu entendre un air, à présent, il n'aurait pas suffi de le fredonner, il aurait fallu carrément beugler. Ils en étaient à étudier le menu et à discuter pour savoir s'il valait mieux prendre le vin à la bouteille ou au verre, afin que chacun ne fût pas obligé de choisir la même viande, quand la famille Standon manifesta sa présence de manière particulièrement dérangeante.

D'abord, ce fut le vacarme des grosses chaussures des gamins dévalant l'escalier qui alerta Juliana et Dickie : peut-être n'avaient-ils pas été bien inspirés dans leur choix de l'endroit où déjeuner. Ils échangèrent un regard horrifié quand les premiers hurlements retentirent du côté de la réception, et Dickie gémit quand les galopins, bientôt suivis de leur père, débouchèrent à toute allure dans la salle à manger en braillant : quelle était la meilleure table pour que Papounet puisse regarder par la fenêtre et les fasse asseoir chacun d'un côté de lui pour pouvoir goûter la mousse de sa bière, pasqu'il avait promis ?

— Attendez donc que Papounet décide lui-même où il veut s'installer, remarqua le père. Il préférera peut-être ne pas être assis entre deux polissons remuants, ajouta-t-il en adressant un regard gêné aux autres convives.

On entendit presque les grincements de dents de Doris, qui attendait de les escorter à la table qu'ils choisiraient.

— Mais il a promis ! s'exclama le plus jeune gamin.

— Ça le dérangera pas, protesta l'aîné. Si on laisse une place vide pour lui, il saura que c'est la sienne, et tu pourras lui commander une bière quand il arrivera, non, p'pa ?

— Et on pourra la goûter avant, pour être sûr qu'elle est pas empoisonnée ! vociféra le cadet.

— Pour l'amour du ciel, Gary !

Le père lui colla une légère claque et Gary émit un hurlement. Sur quoi son frère, hilare, lui tira les cheveux. Gary cessa de brailler pour lui décocher des coups de pied dans les tibias. Là-dessus, l'aîné se mit à son tour à crier, puis tira de nouveau les cheveux de Gary, après quoi les deux frères s'empoignèrent, penchant dangereusement près de la table où Dickie Nash grimaçait et Juliana Popjoy tâchait de garder son calme, réprimant le bouillonnement intérieur qui la poussait à les haranguer sur le thème du « Respect d'autrui ».

Dickie ferma les yeux plutôt que d'affronter le regard accusateur de Juliana : l'honneur d'un gentleman a beau lui enjoindre de protéger les dames, ce n'était pas à lui de tenter de maîtriser ces gamins indisciplinés alors que leur propre père ne bronchait pas, non ? Bon, Juliana ne ferait pas trop d'éclats, il le savait, mais c'était tout de même lamentable ! Et surtout pour cette pauvre Miss Seeton qui était son invitée...

Soudain, il se rendit compte que le pugilat avait cessé et qu'on n'entendait plus un mot. Était-ce l'autorité de Papounet, avec son énorme moustache blanche, qui faisait effet sur ces deux sales gosses tandis qu'il arrivait dans la salle à manger en boitant, accompagné de sa fille qui se donnait tant de mal pour rester dans ses petits papiers ?

Dickie rouvrit un œil craintif, cherchant la cause du miracle qui avait ramené le silence tout d'un coup.

Tranquillement installée à table, Miss Seeton avait tourné sa chaise face à la famille Standon et fixait les gamins déchaînés d'un regard noir qui avait réussi à les détourner de la querelle qui les absorbait totalement. Un regard que maintes années d'enseignement dans une école de jeunes filles avaient rendu irrésistible et qu'aucun enfant prêt aux quatre cents coups ne pouvait longtemps ignorer. Une expression de malaise gagna peu à peu le visage de Gary et de son frère, leur silence montrant qu'ils avaient reconnu la volonté d'un adulte plus décidé qu'eux, et, sans un mot, ils cessèrent de se battre. Ils rajustèrent leurs vêtements et lissèrent leurs cheveux en bataille sans que personne eût rien dit. Sur quoi, avec des regards sidérés et admiratifs à l'adresse de Miss Seeton, Annabel et son mari poussèrent leurs enfants vers la table que leur indiquait une Doris profondément reconnaissante.

CHAPITRE XI

Il n'y a pas de route directe reliant Plummergen à Murreystone, bien que la distance entre les deux villages ne soit que de huit kilomètres. Dickie Nash, conducteur prudent, suivit les instructions de Miss Treeves à la lettre, virages et carrefours, et il vérifia au compteur qu'il avait en effet parcouru huit kilomètres quand ils atteignirent, avec un soupir de soulagement, Filkins Farm.

— Je commençais à croire qu'on n'arriverait jamais ! dit-il à Juliana d'un ton d'excuse.

Elle lui avait dicté les indications à l'aide des notes prises au dos de l'enveloppe mauve et il l'avait énervée par ses remarques, relevant que, vraiment, c'était à mille lieues de tout, ou qu'il espérait qu'ils y seraient avant le début de l'hiver — il n'était pas sûr que le meilleur saint-bernard pût les retrouver avant qu'il ne fût trop tard...

Juliana remit l'enveloppe dans son sac à main.

— Eh bien, on a fini par y arriver, malgré tes jérémiades ! lança-t-elle en fronçant son nez élégant.

Ils contemplèrent la scène rustique qui s'offrait à leurs yeux.

La grille de la ferme avait dû s'enorgueillir à l'origine des cinq barres traditionnelles, ça se voyait clairement, mais les gonds ayant rouillé, elle s'était affaissée et déformée, de sorte que le barreau supérieur — auquel était accrochée par un clou une plaque de bois portant le nom de Filkins Farm — ne tenait plus que d'un côté et pendait. Celui du milieu avait, lui, complètement disparu. Apparemment, personne n'avait dû toucher ce portail depuis des années, sinon il se serait effondré.

Miss Seeton regardait autour d'elle, les yeux brillants d'intérêt.

— Un endroit bien solitaire, remarqua-t-elle, mais un cadre qui incite à la création, je suppose, car Mr. Collier ne risque pas d'être souvent distrait, par ici, et c'est si important de pouvoir se concentrer, vous ne pensez pas ?

Dickie frissonna.

— Un vrai trou, à mon avis, et encore, il fait beau ! Ça doit être cent fois pire en hiver, je parie... ou plutôt, corrigea-t-il, j'imagine que tout espoir de concentration doit s'envoler. Mais je dois reconnaître que ton petit ami est fort sur un point, Juliana : il faudrait vraiment que le fisc soit désespéré pour venir jusqu'ici chercher les trois sous qu'il leur doit !

Choisissant de fermer les yeux sur la plus discutable de ces remarques, Juliana fut bien obligée de reconnaître que Filkins Farm ne correspondait pas à son idée d'un endroit inspirant, quoiqu'elle s'inclinât devant le jugement de Miss Seeton en matière de tempérament artistique, nettement plus informé que le sien (l'intéressée se récria, manifestant son désaccord par de petites exclamations que Juliana ignora). Cependant, elle n'arrivait pas à imaginer comment ce pauvre Mentley pouvait espérer produire des œuvres valables en habitant un lieu pareil.

— S'il y est toujours ! souligna Dickie. Je ne vois pas le moindre signe de vie, à part quelques vagues oiseaux qui planent, là, derrière ces arbres. Sans doute des vautours venus se repaître du cadavre de Collier ! Ça ne m'étonnerait pas. Avec l'ambiance qui règne ici, n'importe qui aurait envie de se zigouiller !

Miss Seeton était choquée.

— Voyons, Mr. Nash, pardonnez-moi, mais il ne peut pas s'agir de vautours ! contesta-t-elle avec une petite toux discrète. Le vautour est un oiseau de proie, certes, mais il ne vit que dans les régions méridionales, à la différence des autres charognards, tels que les membres de la famille des corvidés, à laquelle appartiennent sans aucun doute les oiseaux que vous voyez là. Des corneilles, traduisit-elle, ou des freux, ce n'est pas toujours facile d'être sûr. Certains disent que quand on voit ces oiseaux-là en bandes, il s'agit en fait de freux, alors qu'un individu isolé est probablement une corneille. *Corvus frugilegus* ou *Corvus corone*, en tout cas, ça me paraît assez certain.

— Ah bon, souffla Mr. Nash, qui s'éclaircit la gorge.

— Bon, déclara Juliana avec à peine un soupçon de tremblement dans la voix, je refuse de croire qu'ils constituent les uniques signes de vie de l'endroit. Dickie, la barrière est ouverte, ou plutôt ce qu'il en reste. Si tu es prêt à risquer ta chère suspension sur les nids-de-poule qu'on aperçoit dans l'allée, allons-y ! Quelles que soient les surprises que le sort nous réserve.

— Excelsior, grommela Mr. Nash qui allait justement mentionner ses amortisseurs et qui, maintenant que sa compagne l'avait fait, se sentait moralement obligé de s'en abstenir.

Sans conteste, Juliana le comprenait au mieux. Il haussa les épaules, soupira et appuya sur l'accélérateur.

— Comme tu voudras ! Allons-y, j'espère seulement que le jeu en vaut la chandelle.

L'allée cahoteuse se dirigeait en courbe douce vers un groupe de bâtiments qu'on entrevoyait à travers la frondaison mais qu'ils ne découvrirent que lorsque la voiture émergea du couvert des arbres. Des cailloux furent projetés sur la carrosserie luisante de la voiture de Dickie, qui essaya de ne pas grimacer quand ses roues arrière tombèrent dans le nid-de-poule qu'il venait d'éviter avec ses roues avant. Juliana et Miss Seeton rebondirent sur leurs sièges tandis que Dickie repassait la première et que la voiture s'ébranlait péniblement.

— Dis donc, ce n'est pas excitant, Dickie ? lança Juliana qui s'amusait comme une folle. Aussi amusant que les autos tamponneuses, et ça ne nous coûte pas un penny !

Dickie marmonna une réponse que Juliana, avec un tact consommé, ne lui demanda pas de répéter.

— J'avais raison, ce sont bien des corneilles ! s'écria Miss Seeton. Ou peut-être des freux. Avec tout le respect que je vous dois, Mr. Nash, je ne vois pas comment des vautours... Mais, c'est vrai, votre spécialité est plutôt l'art byzantin, n'est-ce pas, Mr. Nash ?

— Et la conduite en rallye, remarqua Juliana tandis que Dickie, courtois, confirmait brièvement les dires de Miss Seeton avant de reporter toute son attention sur les nids-de-poule. Pauvre Dickie ! Tu crois que ça va vraiment abîmer la voiture ?

— Espérons que non, mais il est trop tard pour s'en soucier. On est au-delà du point de non-retour et je vais avoir besoin de me reposer avant d'affronter encore une fois un tel parcours. Si Collier n'est pas là après l'effort que nous venons de déployer...

Dans un dernier cahot, la voiture s'arrêta près d'une grange en chêne noirci par les éléments, percée de fenêtres fabriquées par des mains inexpertes. Les trois autres bâtiments, maintenant qu'on les voyait clairement, étaient aussi sombres que le premier mais devaient cette couleur à la fumée, aux cendres et à moult traces de combustion.

— Finalement, on dirait que le bonhomme n'a pas *tout* inventé, constata Dickie. Ces poutres noircies ont une allure épouvantable et il n'y a pas vraiment de toit...

— Mentley a raconté que les gens du coin ne veulent

pas habiter ici à cause de, euh, des fantômes, expliqua Juliana, s'efforçant de dissimuler son inquiétude.

Le soleil brillait, les (rares) oiseaux volaient. Pourtant, là, sur place, on avait plus de mal qu'à Bath à rire de ce que Dickie et elle avaient appelé les « exagérations d'un homme au tempérament crédule ».

Dickie et Juliana échangeaient des regards préoccupés quand Miss Seeton remarqua :

— J'ai du mal à croire que le monsieur là-bas, près du mur, soit un fantôme !

Ses deux compagnons s'exclamèrent et regardèrent autour d'eux. L'homme se baissa pour se cacher derrière un mur et ils eurent juste le temps d'apercevoir une silhouette mauve et chevelue. Juliana poussa un petit cri de surprise tandis que Miss Seeton poursuivait :

— Difficile de le décrire comme un être transparent — cette couleur est si vive ! — et, autant que je sache, un certain degré de transparence a toujours été un attribut obligatoire des manifestations surnaturelles. De plus, on dirait qu'il cherche à se cacher, ce qu'un fantôme n'a pas besoin de faire, peut-on supposer, étant par nature plus accoutumé à susciter la peur dans le cœur des autres qu'à la ressentir dans le sien. Si tant est qu'il en possède un... un cœur, j'entends.

Juliana, qui s'était débattue pour se dégager de sa ceinture de sécurité, manqua le reste des réflexions de Miss Seeton sur les propriétés des phénomènes psychiques, car elle ouvrit la porte de la voiture et posa un pied gracieux dans la cour de Filkins Farm. La silhouette mauve se recroquevilla davantage derrière le mur, si délabré qu'il n'offrait guère de quoi se cacher. Juliana s'avança avec précaution. La silhouette mauve sembla s'en rendre compte et une paire d'yeux soupçonneux l'observa à travers un trou du mur. Juliana lui fit un signe de la main.

— Mentley, c'est toi ? Tu te souviens de moi, non ? Juliana Popjoy, et j'ai amené deux amis avec moi. Comment vas-tu ?

Avec précaution, il pointa la tête par-dessus le mur, fixa la jeune femme et se releva lentement. Elle étouffa une exclamation en découvrant la volumineuse chevelure qui lui tombait jusqu'aux épaules, l'épaisse barbe à la Raspoutine, le caftan mauve et les pieds chaussés de sandales.

— Popjoy ? répéta enfin la créature hirsute, un doute dans la voix. Juliana Popjoy ? Mais j'te reconnais, mec, et comment donc ! Du moins... fit-il en s'approchant un peu mais s'arrêtant net en apercevant les autres. Dis donc, qui qu'c'est, ces oiseaux, là, dans la voiture, derrière toi ?

— Détends-toi, Mentley, ce n'est pas le fisc ! Ce sont deux de mes amis : Dickie Nash, de Cambridge, et Miss Emily Seeton qui est une voisine — de Plummergen. Oh, ajouta Juliana en riant et avec des gestes implorants, n'en parle à personne, tu veux bien ? Je n'aimerais pas que les gros bras vous fassent des misères, à l'un ou à l'autre !

Mentley Collier avança de deux pas et ouvrit de grands yeux :

— Qui c'est, ces gros bras de qui qu'tu causes ? Pourquoi on voudrait m'faire des misères, hein ? Écoute, j'me mêle de mes prop'zaffaires, je m'occupe de mes oignons, j'cherche des poux à personne, pas plus que j'tiens à ce qu'on en cherche dans ma tête. Pigé, mec ?

Juliana cligna les yeux, surprise par la véhémence de sa réplique autant que par son langage étonnant. Dickie avait vu juste : ce pauvre Mentley était passé de la peau d'un beatnik à celle d'un hippie sans le moindre signe d'avoir songé à devenir adulte. Décidément, il était un peu fêlé... et plutôt chatouilleux, aussi.

— Une blague, Mentley, c'était juste une plaisanterie anodine ! À l'évidence, tu es tellement coupé de tout, ici, que tu n'as pas entendu parler de la féroce querelle de villages qui oppose Murreystone à Plummergen, hein ?

— Non, non. Qu'est-ce que j'en ai à cirer, mec, des querelles villageoises ? J'suis un artiste, moi, j'me brouille pas la cervelle avec ces crétineries de culterreux ! protesta-t-il tout en s'approchant avec circonspection. Alors, présente-moi donc à tes amis ! conclut-il enfin.

Juliana fit signe à Dickie, qui sortit de la voiture et ouvrit la porte arrière à Miss Seeton. En silence, Mentley les regarda marcher à pas précautionneux dans la cour de ferme désaffectée, se frayant un chemin entre les gravats et les détritus pour venir rejoindre Juliana qui fit les présentations. Mentley les fixa encore un moment avant de déclarer :

— Feriez mieux d'entrer dans ma piaule.

Et il planta là ses visiteurs inattendus sans rien ajouter.

Juliana, usant de mimiques pour exprimer sa surprise et ses excuses à ses compagnons, les entraîna vers la grange de chêne sombre et percée de fenêtres où Collier semblait avoir élu domicile.

L'intérieur en était aussi mal tenu qu'on pouvait s'y attendre en voyant l'état de la cour. Les talents de Collier, s'il en avait, se trouvaient ailleurs que dans l'art de tenir une maison. Il n'y avait pas de cloisons, et les différentes parties du local étaient indiquées par des montagnes d'affaires, amoncelées çà et là selon le bon plaisir de leur propriétaire, et empiétant d'une « pièce » sur l'autre. L'évier débordait de vaisselle sale, les tuyaux et les écoulements étaient tous visibles, le robinet semblait accroché au mur par une ficelle. Dans la zone qui pouvait être une salle à manger, des caisses en bois (qui avaient jadis servi aux expéditions de thé) faisaient office de tables et de chaises. Il y avait des toiles empilées contre les murs, des tubes de peinture éparpillés par terre, des pinceaux plantés dans des bocaux de térébenthine. Il flottait une odeur d'huile dans l'air malgré l'énorme fenêtre ouverte, côté nord, dans la partie atelier. Le rebord de ladite fenêtre était couvert de morceaux d'étoffe humide — des draps, peut-être (s'il existe des draps aux couleurs de l'arc-en-ciel !) — qui séchaient au soleil d'été.

— Mentley, je suis désolée, j'ai l'impression que nous avons mal choisi notre moment, remarqua Juliana. Mais ce n'est pas un peu tard dans l'année pour un grand nettoyage de printemps ?

Il haussa les épaules et ses mains disparurent dans les plis de son caftan.

— Printemps, été, et alors ? En tout cas, il fait plus beau maintenant. Z'êtes venus me filer un coup de main, c'est ça ?

Miss Seeton examinait l'atelier, avec l'air d'apprécier. La seule « aide » que peut fournir cette petite vieille dame, c'est des enquiquinements, suggérait le regard noir que Collier braquait sur elle.

— D'une certaine manière, répondit Juliana dans un sourire. De fait, on espérait que, toi, tu pourrais nous aider. Un arrangement qui profiterait à tout le monde. On peut s'asseoir ? Ça risque de prendre un petit moment pour t'expliquer.

Traînant ses pieds chaussés de sandales, Mentley Collier désigna les caisses à thé d'un œil ironique :

— Pas l'genre de matos auquel vous êtes habitués, vous aut', les coqs en pâte, non ! Pasque, tu sais, je prévois pas des masses de visites, mec, j'ai pas l'temps de traîner à bavasser. Mais, au moins, vous êtes pas... euh, pas ceux que j'craignais quand vous avez débarqué et j'suppose que j'suis pas trop pris pour l'instant. Bon, asseyez-vous si ça vous chante, et parle-moi de ce... de cet arrangement que tu proposes. Ah ! ajouta-t-il en voyant Juliana hésiter devant le monceau d'affaires qui recouvraient la première caisse. Fiche donc tout par terre ! T'abîmeras rien, mec ! fit-il dans un rire. Impossible. Moi, j'suis pas porté sur les trucs de valeur. Les biens, ça enchaîne, s'pas ?

Un léger froncement affecta les élégants sourcils de Miss Popjoy, encore un brin hésitante, mais Miss Seeton, qui la suivait de près — Dickie s'étant effacé devant ces dames —, n'était pas troublée par cette manifestation du tempérament d'artiste. Mentley Collier avait ravivé en elle des souvenirs qu'elle croyait à jamais oubliés : des greniers poussiéreux aménagés avec du mobilier de fortune, des toits qui fuient et des rats qui nichent entre les chevrons, et dont la seule qualité était la grande luminosité de leur exposition nord. Des repas improvisés à minuit sur un camping-gaz, partagés tant bien que mal entre un trop grand nombre d'estomacs affamés ; des gens affairés à peindre, à dessiner et à travailler de l'aube au crépuscule, sans arrêt, et se couchant tout habillés après avoir avalé une bouchée de pain et une tasse de cacao à l'eau...

À peine consciente de ce qu'elle faisait, Miss Seeton se dirigea vers un des rares endroits du sol nu qui n'étaient pas encombrés et, croisant les jambes et les chevilles, elle s'installa sans effort et avec une certaine grâce dans la position du lotus, une de ses postures de yoga préférées. Et un grand sourire s'épanouit sur ses lèvres.

CHAPITRE XII

Alors seulement, Mentley Collier regarda Miss Seeton avec quelque attention. Il la dévisagea tandis qu'elle s'installait à même le sol, les yeux brillants, posant soigneusement son parapluie sur ses jambes et son sac par terre à côté d'elle.

— Hé, mec, vous êtes sacrément douée, souffla-t-il, mû par une soudaine admiration. C'est à peu près le plus impressionnant des... Miss Seeton, faut absolument que je vous demande quels progrès vous avez faits. Mec, vous devez être drôlement avancée sur la voie de l'éveil !

Juliana et Dickie n'interprétaient pas le sourire de Miss Seeton, inspiré par d'heureux souvenirs, de la même façon que l'artiste, qui semblait, lui, si impressionné. Ils se rappelaient l'*Eurydice* et le petit groupe d'enthousiastes du yoga que leur amie avait assemblé autour d'elle au début de leur croisière mouvementée. Ils ne partageaient donc pas le sentiment manifeste de Collier que Miss Seeton possédait une connaissance psychologique approfondie des problèmes de la vie, à laquelle il n'avait, lui, pas encore accédé par ses propres recherches (dont la nature leur échappait). L'intéressée elle-même n'avait-elle pas clairement expliqué pendant la croisière la seule et unique raison pour laquelle elle s'était mise à pratiquer le yoga ?

— Oh, mes genoux, naturellement ! s'exclama sans tarder Miss Seeton, répondant prosaïquement aux questions de Mentley. Ils ont fait de *remarquables* progrès au fil des ans. Je ne saurais trop louer ce livre, et les améliorations obtenues sont durables, c'est certain. Mais je ne considérerais pas que j'aie fait plus qu'avancer d'un pas minuscule sur la voie *spirituelle* — quelle qu'elle soit... J'ai toujours cru comprendre qu'il fallait être très discipliné dès son plus jeune âge et que, sans maître compétent... Il faut être si prudent, voyez-vous, se méfier de ne pas devenir « tordu » ou « déséquilibré » : le livre signale que cela peut arriver, faute de conseils éclairés, et il souligne toute l'importance de ce point. J'ai toujours fait très attention à ces avertissements, quoique je me sois une fois aventurée à tenter... Mais sans succès, je le crains. Et je voulais simplement m'essayer au *trataka*, rien de trop poussé, je vous assure.

Elle était toujours assise par terre et souriait tout en parlant, regardant ses trois compagnons sans avoir un instant l'impression que la situation était incongrue. Elle se trouvait dans un atelier d'artiste ; elle avait elle-même été étudiante aux beaux-arts, à cette lointaine époque de bohème où l'on s'asseyait volontiers par terre quand il n'y avait pas assez de sièges pour tout le monde. Quoi de plus logique, en l'absence de chaises, que de s'installer d'une manière à laquelle elle était habituée depuis longtemps — si longtemps ! Pourtant, cette pauvre Miss Popjoy avait eu l'air si étonnée de se voir proposer de jeter par terre les affaires de Mr. Collier !

Tandis que Miss Seeton hochait la tête et souriait, les autres reprirent leurs esprits et se firent une place sur les caisses à thé. Du moins Dickie et Juliana. Mentley Collier, lui, s'était d'abord rapproché du coin où Miss Seeton était assise dans la posture de lotus, puis s'en était éloigné. Il paraissait totalement déconcerté par sa présence et avait du mal à la quitter des yeux.

— Mentley, déclara Juliana après avoir jeté une pile d'objets divers dans ce qui passait pour le coin de la pièce imaginaire, cesse donc de tourner comme un ours en cage ! On va commencer à se sentir indésirables, fit-elle, examinant une caisse pour vérifier l'absence de clous ou de bords mal équarris avant de s'asseoir avec méfiance. Dickie, ne t'inquiète pas pour ton pantalon, tu veux bien, mon chou ? Nous avons à discuter affaires, rappelle-toi ?

— Affaires, avec moi ? s'exclama Mentley Collier, vraiment surpris. Et quel genre d'affaires ?

— Si vous voulez bien m'excuser, murmura Miss Seeton, en commençant à défaire ses jambes de la posture du lotus.

Une dame ne doit jamais se mêler des affaires des autres, même involontairement, et surtout quand il est question d'argent.

— Oh, non, Miss Seeton, nous n'avions pas l'intention de vous chasser ! se récria Juliana, un brin contrariée. Nous serions vraiment ingrats et grossiers de le faire alors que, sans vous, nous en serions peut-être encore à sillonner le Kent à la recherche de cet endroit. Mentley, on peut dire que tu choisis des coins vraiment isolés pour t'installer, non ?

— J'tiens à mon intimité, mec, répondit-il d'un ton neutre, ne quittant pas des yeux Miss Seeton qui, avec un murmure poli, se rassit. Et puis, c'est tranquille ici. Y a plein d'espace pour soi, c'est ce qu'il m'faut. Cool. Personne vient m'déranger.

Juliana ne savait pas s'il cherchait à être désagréable. Ça remontait loin, à l'époque où elle l'avait bien connu, et déjà du temps de leur jeunesse, il avait la réputation d'être d'humeur changeante. Le tempérament d'artiste, sans doute.

— L'endroit rêvé pour un peintre, répondit-elle d'un ton enjoué. C'est aussi ce que pense Miss Seeton, elle comprend tes problèmes aussi bien que toi.

— Ah oui ? fit Mentley en contemplant avec un respect inquiet Miss Seeton, assise par terre, qui le considérait avec un sourire amical. Eh bien, Juliana, en quoi exactement croyais-tu pouvoir m'aider ? reprit-il, réussissant à arracher son regard de Miss Seeton et désignant d'un geste ample l'énorme espace de la grange-atelier. Qui a besoin de plus que ça, mec ? De la place pour respirer, pour grandir, pour se développer. Pour se trouver, à la fois comme artiste et comme être spirituel. L'espace et la liberté d'*être*, mec !

Fermant les yeux, il prit une profonde inspiration, remonta son caftan et, à grand renfort de craquements, replia ses jambes dans une pâle imitation de la posture du lotus que Miss Seeton avait adoptée avec tant de facilité.

— C'est géant ! s'exclama-t-il avec un soupir. Fantastico-fabuleux, mec, tout simplement fantastico-fabuleux !

Juliana se rembrunit.

— Mentley, je t'en prie, ne t'envole pas comme ça dans ton petit univers privé. Je te l'ai dit, on n'est pas seulement venus pour une visite de courtoisie. Je... nous sommes là pour te parler affaires, et tu ne nous facilites guère la tâche.

Lentement, l'artiste assis sur le plancher défit le cercle qu'il avait formé avec ses doigts, expira et ouvrit les yeux pour les poser, avec une évidente réticence, sur la sculpturale Miss Popjoy.

— Juliana, tu cherches à m'enquiquiner, mec, et c'est pas correct, alors que tout ce que je veux, moi, c'est la paix et la tranquillité nécessaires pour faire les choses à ma guise. Demande à Miss Seeton si c'est pas ce qu'un artiste recherche, plus que tout aut'chose au monde !

Refermant les yeux, il prit une inspiration en forme de défi et repartit à la dérive.

Miss Seeton sursauta en entendant qu'on la citait comme référence et n'eut pas le temps de répondre avant que Juliana ne ripostât.

— Mentley, je ne vois pas comment tu peux arriver à gagner ta vie avec ce que tu appelles ta paix, ta tranquillité et faire les choses à ta guise. Même ici, au fin fond de la cambrousse, tu as besoin de plus que ça : il te faut bien de l'argent. Et c'était ce que je comptais te proposer, si nous trouvions un arrangement convenable. Oh, pas des mille et des cents, précisa-t-elle quand il ouvrit les yeux et la regarda avec une certaine surprise, mais assez pour contribuer à payer tes factures, chaque fois que tu produiras quelque chose — en supposant que tu produises effectivement, bien entendu.

— Produire ? répéta Mentley, les yeux rétrécis, fixant d'abord Juliana, puis, avec plus d'appréhension, Miss Seeton. Mais qu'est-ce que tu me chantes là, mec ? Pourquoi es-tu vraiment venue ici ?

— Pour te demander si tu serais prêt à envisager d'employer tes talents à me peindre des reproductions de grands maîtres anciens, pour que je les expose dans le magasin d'antiquités que je possède avec Dickie à Bath. Et pas nécessairement juste les exposer, du reste, si tu pouvais me promettre que tu en produirais d'autres pour remplacer ceux que je vendrais.

Brusquement, Mentley se dressa sur son séant, bouche bée. Juliana rougit et partit d'un petit rire.

— Mentley, ne fais pas l'idiot ! Je ne te demande pas de peindre des *faux*, bien entendu ! Ce que je veux, ce sont des reproductions — d'excellente qualité — telles que tu peux en faire, je le sais parfaitement. Ou, du moins, telles que tu en faisais quand on s'est connus, et je ne vois pas pourquoi tu aurais perdu ce don-là. Réaliser une copie, ça ne peut pas être aussi éprouvant que de se livrer à de la création pure, non ?

Miss Seeton soupira, confirmant d'un hochement de tête entendu. Le regard de Mentley alla de Juliana à Miss Seeton, avant de revenir à la première.

— Tu n'aurais pas à te soucier de quoi que ce soit : je choisirais les tableaux et je te fournirais d'excellentes reproductions à partir desquelles travailler. Il faudrait simplement que tu veilles à signer « *D'après* Constable » ou toute autre formule qui soit légalement, euh, correcte — je ne voudrais pas qu'on se fasse arrêter pour faux et usage de faux, toi et moi ! fit-elle avec un sourire qui resta sans écho chez Mentley. Un tel système pourrait être assez profitable pour toi, tu sais. Le magasin a un chiffre d'affaires plutôt coquet, on voit passer beaucoup de gens. Bath est une ville touristique à l'année et nous avons un emplacement idéal. Et puis, les clients qui auraient acheté tes copies envisageraient peut-être ensuite de te commander d'autres choses — des œuvres originales, j'espère. Tu pourrais te faire un nom, en même temps que me rendre service, bien sûr. Et moi aussi je te rendrais service, parce qu'il va de soi que je paierais tes œuvres un bon prix. Je ne te demande pas de me faire une fleur en souvenir du bon vieux temps, non, il s'agit purement d'affaires.

Elle attendit, remplie d'espoir, mais il ne répondit rien et elle se rendit compte qu'elle en était un tantinet irritée. Elle s'attendait à une autre réaction, après ce long silence dérangeant. À croire qu'il pesait sa proposition jusque dans le moindre détail, cherchant si ça ne cachait pas un attrape-nigaud.

— Eh bien, Mentley ? Qu'en dis-tu ?

Juliana le fixait d'un œil sévère et courroucé. Mentley s'était mis à se tortiller. Il commençait de toute évidence à trouver le plancher trop dur ; ou bien était-ce que la position du lotus le gênait davantage que Miss Seeton, qui semblait toujours confortablement assise, calme et jambes croisées ? Mentley Collier, lui, n'arrêtait pas de bouger les jambes, les décroisant et les recroisant nerveusement, incapable de soutenir le regard de Juliana. Il s'éclaircit la gorge deux fois, toussa et se remit debout avec force craquements.

— Il faut que je réfléchisse, annonça-t-il enfin.

— C'est *vraiment* un type bizarre, remarqua Dickie tandis que la voiture cahotait sur les nids-de-poule de l'allée pour quitter Filkins Farm. M'a donné l'impression d'être plus ou moins dans la misère — je suppose que c'est pour ça qu'il n'a pas pris la peine de nous offrir une tasse de café. Mais j'aurais juré qu'il sauterait sur l'occasion de gagner de l'argent.

— Moi aussi, d'après ce que je me rappelle de lui, convint Juliana avec un petit reniflement exaspéré. Dieu sait quelles invraisemblables raisons il a de se faire prier ainsi ! Je refuse de croire qu'il a acquis le sens des affaires depuis l'époque où je le connaissais — note bien qu'il avait un sens de l'humour assez développé, quoique un peu dans le genre fêlé. Sans doute trouve-t-il amusant de me laisser, de nous laisser sur les charbons ardents quelque temps, sachant qu'il s'agit d'un marché de vendeurs et qu'il sera lui-même le vendeur — à condition qu'il accepte. Pourtant, je n'ai jamais pensé qu'il avait l'âme mercenaire...

— Les gens changent, releva Dickie. Pour commencer, ils mûrissent, le moment venu. Enfin, la plupart des gens. « C'est géant, mec ! » cita-t-il d'un ton écœuré. « De l'espace pour soi », et quoi encore ! Sornettes et balivernes, si tu m'excuses de parler en ces termes de ton ancienne flamme, Juliana ! À se trémousser et se tortiller sur le plancher comme ça... Oh, je vous demande pardon, Miss Seeton ! lança-t-il, piquant un fard en se rappelant soudain sa passagère sur la banquette arrière. Je ne parlais pas de vous... très, euh, gracieux, pourrait-on dire. Mais ce type-là n'était même pas capable de rester tranquille ! Ça m'étonne qu'il ait même essayé de rivaliser avec un expert tel que vous !

— Oh, je suis bien loin d'être un expert, Mr. Nash ! se récria-t-elle. Et je n'aimerais pas penser qu'un authentique enthousiaste tel que Mr. Collier, et en plus un ami de notre chère Miss Popjoy, oublierait les principes du yoga au point de le pratiquer — si l'on peut parler de *pratique* s'agissant de s'asseoir par terre en compagnie de ses amis, car le livre souligne qu'il faut s'y adonner absolument seul afin d'en tirer le meilleur profit —, au point donc de le pratiquer dans un esprit de compétition. Car, d'après ce que j'ai lu, voyez-vous, ce serait totalement étranger à toute la philosophie du yoga, selon laquelle on n'est même pas censé se battre contre soi, bien que, naturellement, on soit toujours tenté de pousser un peu plus loin chaque jour. Et puis, peut-être que Mr. Collier est sensible aux changements de temps. Les genoux, vous comprenez. Bien que, dans son cas, il soit plutôt jeune pour ça... mais beaucoup de gens sont sensibles aux variations climatiques avant même qu'elles ne se manifestent. Tenez, ainsi ma pauvre chère Martha, qui m'aide tant à la maison, a souvent un mal de tête avant un orage... et comme vous l'avez vous-même observé, les oiseaux, tout à l'heure, tournoyaient dans l'air d'une manière qui peut indiquer l'arrivée du mauvais temps. De fait, conclut Miss Seeton, il y a de plus en plus de nuages... quel horizon spectaculaire, par ici, ça me frappe toujours ! Romney Marsh est si vaste et venté...

— C'est vrai que ça s'est nettement assombri à l'ouest, mais je serais prêt à parier que nous serons tranquillement de retour à la maison avant l'orage, l'assura Dickie qui se racla alors la gorge en prenant conscience de ce qu'il venait d'affirmer. Je veux dire, on n'est pas si loin, on sera rentrés en un rien de temps. N'empêche, poursuivit-il, pensant qu'il valait mieux dévier un peu la conversation, je ne crois pas que c'était juste la tempête qui travaillait ce type, Collier, vous savez. À voir comment il s'est pratiquement caché à notre arrivée, pour ne se montrer qu'après avoir constaté qui nous étions, je dirais que c'était plus la peur que le baromètre qui le gênait. Il a paru nettement soulagé en reconnaissant Juliana, alors que la plupart des hommes prendraient leurs jambes à leur cou si l'une de leurs anciennes petites amies débarquait comme ça, à l'improviste.

— Dickie, je ne cesse de te répéter...

— Tu protestes trop, ma belle ! répondit Mr. Nash avec un petit rire. Je ne peux que me féliciter de constater à quel point ton goût s'est amélioré — puisque tu me préfères à lui, je veux dire. Pas vraiment un type inspirant, inoubliable, à mon avis, ni physiquement ni... bah, peut-être ne devrais-je pas juger de son état mental après une si brève rencontre. Mais ce gars-là m'a semblé un paquet de nerfs, sans parler du tas de... hésita-t-il, modifiant la suite de ses propos après avoir regardé Juliana du coin de l'œil... cucuteries hippies qu'il trimballe, conclut Dickie d'un ton méprisant. Je vois souvent ça chez mes étudiants, mais j'aurais pensé que ce Collier était d'un âge où l'on est plus raisonnable.

Juliana, à peu de chose près contemporaine de Mentley Collier, ne savait pas très bien comment prendre la remarque : elle garda un silence prudent, le temps de se faire une opinion là-dessus. Miss Seeton, les yeux sur les nuages qui approchaient, hocha la tête et commenta depuis la banquette arrière :

— C'était sans doute l'arrivée de l'orage qui mettait ce pauvre Mr. Collier si mal à l'aise... et bien sûr, aussi, la présence d'une inconnue... fit-elle sans terminer sa phrase, se souvenant que si Mentley était un vieil ami de Juliana, il n'avait encore jamais vu Dickie Nash non plus. Vous lui avez dit que vous reviendriez chercher sa réponse dans quelques jours, leur rappela-t-elle d'un ton enjoué. Eh bien, je suis sûre que vous le trouverez de bien meilleure humeur. À condition de veiller à choisir un jour où il n'y aura pas d'orage dans l'air, ajouta-t-elle tandis qu'un éclair de lumière vive sillonnait le ciel dans le lointain.

CHAPITRE XIII

Le tonnerre s'était mis à gronder sur le Kent. Il était tombé des cordes, des éclairs avaient fusé dans un ciel d'ardoise. Mais l'orage avait été aussi court que violent, se déplaçant vers l'est et la mer, et laissant derrière lui un paysage lavé et brillant sous le soleil paresseux d'un crépuscule d'été.

Se souvenant de la coupure de courant qu'elle avait subie quand la foudre avait récemment frappé son cottage, alors qu'elle branchait sa bouilloire électrique, Miss Seeton invita Dickie et Juliana à venir boire un sherry à *Sweetbriars*, au lieu de la tasse de thé ou de café dont Mr. Nash avait déploré l'absence après avoir quitté Mentley Collier et Filkins Farm. Juliana déclina l'invitation à regret mais avec fermeté, songeant que ce pauvre Dickie avait suffisamment souffert cet après-midi-là et qu'il lui fallait une boisson plus forte que le sherry pour le remonter.

Quand ses compagnons l'eurent quittée pour rentrer au *George and Dragon* afin de prendre un alcool fort, Miss Seeton passa un moment à aller de pièce en pièce pour observer l'orage sur toutes ses coutures, jusqu'à ce qu'il se fût complètement éloigné. Enfin, avec un soupir de soulagement, elle trottina jusqu'à la cuisine, se fit une tasse de thé qu'elle emporta au salon où elle s'apprêtait à la déguster avec ses biscuits au chocolat préférés quand, soudain, une pensée la frappa. Elle se releva brusquement de son fauteuil avec un petit cri :

— Oh, mon Dieu ! Mon Dieu, comment puis-je être aussi étourdie ! Cette pauvre créature, tout ce temps-là... et moi qui ai promis à Stan de l'appeler...

Elle se hâta d'aller vérifier le contenu d'une caisse placée dans le jardin, derrière la maison, à l'abri du haut mur de brique qui donnait à l'ouest et qui, malgré l'averse récente, était encore tout chaud, grâce à la chaleur emmagasinée pendant la journée. Rassurée, elle rentra dans le hall du cottage et, rongée par la culpabilité, entreprit de feuilleter d'un doigt inquiet les pages jaunes de l'annuaire.

— « Biologistes », lut-elle, parvenue à la page des B. « *Birds* : Oiseaux — éleveurs et vendeurs ; Oiseaux, cages à (voir Animalerie). *Birth control* — contrôle des naissances. » Oh, mon Dieu ! s'exclama-t-elle en rougissant. Non, non, je ne crois pas...

Elle resta plantée là un moment, le front plissé, chercha la lettre A et se remit en chasse. « Animaux, fournitures pour. Animaux, nourriture pour. » Ah, voilà ! « Animaux, sociétés pour la protection des. » Mais à laquelle s'adresser ?

Portant son regard sur les numéros de téléphone avec leurs codes régionaux, elle fut ravie de trouver une association basée à Rye qui semblait convenir. Elle vérifia l'heure à sa montre, croisa mentalement les doigts et composa le numéro.

— Sanctuaire d'oiseaux Les Ailes blessées, répondit aussitôt une voix à l'autre bout du fil, suscitant un soupir de soulagement chez Miss Seeton.

— Bonsoir, dit-elle avec gratitude. Je suis désolée de vous ennuyer en dehors des heures ouvrables...

— Ici, nous n'avons pas « d'heures ouvrables », expliqua la bénévole des Ailes blessées. Les oiseaux tombent malades à toutes les heures du jour et de la nuit, alors pas la peine de vous excuser. Au fait, je m'appelle Babs Ongar, Barbara. En quoi puis-je vous être utile ?

— Comment allez-vous, Miss Ongar ? Ou bien, euh, Mrs. Ongar ? s'enquit-elle, songeant que c'était toujours un peu compliqué quand on ne pouvait pas jeter un coup d'œil sur l'annulaire de son interlocutrice.

— Mrs., pour mes péchés, l'informa Barbara d'un ton allègre, mais ça pourrait aussi bien être Miss, vu que ma moitié travaille dans la marine marchande. Non que ça ait la moindre espèce d'importance, du point de vue des oiseaux !

— Non, bien sûr. Vous êtes fort avisée, Mrs. Ongar, remarqua Miss Seeton qui s'éclaircit la gorge avant de poursuivre les politesses. Je m'appelle Seeton, Miss Emily Seeton, et j'habite Plummergen. Vous connaissez peut-être ? Un endroit très sympathique, avec tous les avantages de la vie au village et la commodité de ne pas être trop loin de la capitale... ce qui est la raison de mon appel de ce soir, voyez-vous.

Non, Babs ne voyait pas. Cette Miss Emily Seeton de Plummergen espérait-elle lui vendre un abonnement de train, une maison neuve ou autre chose ? Elle allait hasarder une question prudente quand Miss Seeton, ayant repris son souffle, se lança dans le reste de son histoire.

— Hier, figurez-vous, j'ai passé la journée à Londres et je me suis trouvée prise dans cet affreux orage... si facile, avec l'aller-retour tarif spécial journée que me fait toujours prendre cette chère Martha... et je dois dire qu'il était bien pire que celui d'aujourd'hui. Quoique, à Londres, on ne soit jamais très loin d'un abri d'une sorte ou d'une autre, si bien que c'est difficile de juger, mais celui d'aujourd'hui était presque aussi violent, moins long cependant. Et maintenant, vous êtes la personne la mieux placée que j'aie pu trouver. Dans l'annuaire, j'entends. Néanmoins, ajouta-t-elle, surprise, vous n'y figurez pas à la rubrique des B pour *birds* (oiseaux), où j'ai naturellement cherché en premier, parce que, en rentrant à la maison, j'ai trouvé un pigeon dans mon jardin, complètement épuisé, le pauvre. L'orage, sans doute.

Barbara laissa échapper un profond soupir : elle avait enfin réussi à comprendre où voulait en venir Miss Seeton.

— Oh, oui ! En effet, aujourd'hui on nous a apporté plusieurs victimes de l'orage. Les oiseaux sont abattus par la pluie, quand elle tombe dru, et si le vent est fort, il les projette contre des objets. Et si votre pigeon est un pigeon voyageur, les perturbations électriques de l'orage les empêchent de retrouver leur chemin — les champs magnétiques et tout ce qui s'ensuit. Ce pigeon est-il blessé, ou simplement épuisé ? demanda-t-elle, espérant ne pas tenter le sort avec cette simple question qu'il fallait bien poser.

— Stan a dit... il est venu tout de suite, si aimable et gentil de sa part, en apportant une caisse en bois qu'il a transformée en cage avec une grande habileté... oh, bien sûr, ce ne sont pas des oiseaux qu'on garde en cage mais ça paraissait la meilleure solution dans l'immédiat... et sur le paquet de graines que j'ai acheté à la boutique, il était écrit que ça convenait à tous les oiseaux, pas comme le Quill, qui est pour les perroquets, je crois. Eux, ce sont des volatiles des tropiques, évidemment, bien qu'on puisse aussi les considérer comme des oiseaux de cage, je suppose, ce qui signifie que Chirrup pourrait marcher pour eux, aussi bien que pour le pigeon. Et il a de l'eau dans sa cage, et de la paille. En litière pour se reposer, et Stan dit que c'est tout ce qu'il lui faut. Le pigeon n'a pas de fractures, d'après lui, mais il ne se pose pas en expert... ce qui est trop modeste de sa part, vous savez, parce qu'il s'occupe de mes poules, en plus de son travail dans une ferme du coin. Mais il m'a expliqué qu'il ne pouvait guère me donner de conseils, en dehors de la nourriture et de la cage, alors...

— Alors vous avez appelé quelqu'un qui peut vous

en donner, conclut Babs, ce qui est mon travail, après tout.

Et elle entreprit de prouver son efficacité en posant une série de questions pertinentes, entre autres : Miss Seeton avait-elle remarqué un anneau à la patte du pigeon ? Y avait-il un numéro tatoué sur la partie interne de l'aile ? Miss Seeton voulait-elle qu'elle vînt à Plummergen chercher son pensionnaire inattendu pour s'en occuper elle-même ?

Miss Seeton fit de son mieux pour répondre à toutes les questions et Mrs. Ongar raccrocha en promettant de passer dans l'heure, si tout allait bien. Miss Seeton retrouva la tasse de thé qu'elle avait si longuement négligée et, se reprochant le gaspillage, elle la vida et se prépara une autre tournée.

Miss Seeton eut beau proposer du thé ou du café à Barbara Ongar, celle-ci ne voulut rien prendre mais demanda qu'on transmît ses félicitations à Stan pour la soigneuse fabrication de la cage et ses bons conseils. Elle expliqua à Miss Seeton que la bague de plastique à la patte du pigeon portait un numéro d'identité qui permettrait de retrouver son propriétaire.

— Tous les colombophiles mettent ces bagues-là aux pattes de leurs animaux, même la reine, raconta-t-elle à une Miss Seeton captivée. Les lettres du numéro indiquent l'association auprès de laquelle l'oiseau a été enregistré — celui-ci appartient à la Royal Pigeon Racing Association, ça se voit tout de suite au code. Je vais leur téléphoner à la première heure demain matin, et ils me donneront le nom et l'adresse du propriétaire. Il sera ravi de voir ce petit bonhomme lui revenir sain et sauf, j'en suis certaine — ils peuvent avoir une grande valeur, s'ils gagnent souvent les courses. Ça ne vous ennuie pas que je mentionne votre nom ? Il voudra sans doute vous mettre un mot pour vous remercier.

Elle mentionna aussi les microfilms et autres dispositifs que portent parfois les pigeons voyageurs, évoqua brièvement les différences entre les sprinters, les coureurs de mi-distance et les marathoniens, discourut sur les dangers que représentent les faucons et autres rapaces, admira les poules dans leur poulailler, répéta ses louanges à l'attention de Stan et prit congé, emportant le pigeon qui roucoulait et battait des ailes dans la cage qu'elle avait apportée à cet effet. Miss Seeton la regarda démarrer dans la quasi-obscurité de cette nuit d'été et retourna à la cuisine se faire sa troisième tasse de thé de la soirée.

Elle semblait entre-temps avoir perdu son envie de biscuits au chocolat et se demanda si, par hasard, Martha avait confectionné un de ses célèbres cakes aux fruits. Explorant ses boîtes en fer, elle trouva, soigneusement emballée, la moitié restante d'un pain d'épice qu'elle avait acheté pour la dernière visite de ce cher Bob Ranger. Elle sourit au souvenir d'Anne, forte de ses connaissances d'infirmière, réprimandant son époux à cause de sa brioche naissante et lui interdisant de manger plus de quatre tranches de gâteau, alors que le pain d'épice était son préféré.

« Ce qui signifie qu'il en reste assez pour moi », songea gaiement Miss Seeton.

Elle enleva l'entame desséchée et jeta les miettes sur le dallage de la terrasse pour les moineaux, le lendemain matin. Puis elle se coupa une tranche généreuse et regagna le salon.

Assise avec un seul lampadaire allumé pour éclairer ses réflexions, elle sirotait son thé en songeant à Bob Ranger, à cette chère Anne, à Mr. Delphick et aux événements récents. Elle sentit pour la première fois qu'elle pouvait repenser sans frémir à ce qui s'était passé la veille à Londres.

— Pas de sang, se répéta-t-elle d'un ton décidé. Juste du ketchup, comme a bien dit tout le monde, pourtant le jeune homme paraissait si crédible...

Installée dans la flaque de lumière, elle tâcha de se remémorer certains détails du visage de l'homme crédible et se sentit coupable : elle que la police félicitait

— et rétribuait ! — pour ses talents dans l'établissement de portraits-robots, elle était incapable de dessiner les traits de cet homme qui, paraît-il, volait les portefeuilles des gens grâce à ses vils subterfuges. Avec sa façon de feindre de vouloir aider, effrayant ses victimes en leur faisant croire qu'elles étaient blessées et profitant de l'état de faiblesse que cela suscitait momentanément chez elles — ça se comprend !

— Mais c'est parfaitement immoral ! s'indigna Miss Seeton, se levant pour aller chercher son bloc à dessin et ses crayons.

Elle n'alluma pas l'éclairage principal ; la lumière tamisée du lampadaire l'avait détendue, semblait-il, et elle espérait du même coup avoir retrouvé ses aptitudes habituelles. Revenue à son fauteuil, elle s'assit et se concentra, s'efforçant d'évoquer le visage de celui qui avait volé le portefeuille d'Arthur Havelock Thundridge.

Sa main hésita au-dessus du papier, puis le crayon s'essaya à tracer quelques traits incertains sur la blancheur vide qui s'étalait sous son regard pensif. Miss Seeton soupira, cligna les yeux, hocha la tête : décidément, son subconscient était encore trop préoccupé par le choc qu'elle avait subi...

Elle fixa le papier, cilla de nouveau.

— Bonté divine ! murmura-t-elle. Bonté divine !

Sans vraiment s'en apercevoir, elle avait, semble-t-il, enfin réussi à dessiner le portrait qu'elle attendait.

Pour de bon ? Certes, il y avait un visage, devant elle, sur le papier, et c'était bien celui d'un homme. Mais elle se rendit aussitôt compte qu'il ne lui était pas inconnu et elle n'était pas tout à fait sûre qu'il ressemblât à l'auteur du coup du ketchup. Elle avait exécuté le croquis à grands traits rapides et évocateurs qui représentaient bien un visage, mais celui-ci était entouré d'images tournoyantes et de formes étranges : des animaux et des oiseaux, des fleurs rares et géantes, des arbres qui sortaient de la page et jetaient leur ombre sur les traits de... Miss Seeton plissa le front en tentant de se souvenir...

— Ah, mais c'est Mr. Collier, l'ami de Miss Popjoy ! se rappela-t-elle soudain. Bien sûr ! Au moins... oui, ça ne pourrait certes pas être un autre, je suppose, avec ces cheveux, bien que...

Elle hocha encore la tête et soupira en examinant ce qu'elle avait dessiné sans trop le savoir. Mentley Collier (oui, elle n'en doutait plus maintenant) la contemplait depuis la page du bloc, le regard vague et préoccupé. Plus absent que flou.

— Il ne *me* regarde pas, souffla-t-elle, j'ai plutôt l'impression qu'il regarde *à travers* moi...

Il avait les yeux sombres et grand ouverts, pénétrants mais vides. Point de vie ni d'intérêt dans ces yeux — chose étrange chez un artiste.

— À moins que son regard ne perce les objets afin d'aller droit au cœur des choses ? réfléchit-elle. Pour voir la véritable nature de ce qu'il essaie de représenter, sans doute. Et pourtant... si ce qu'il voit est aussi, euh, *bizarre* et dérangeant que ces plantes et ces créatures étranges...

Mentley Collier semblait porter sur la vie un regard las et déformant, ne voyant plus rien de la même manière que, euh, que les gens plus *normaux*.

— Ce qui est sans doute la façon dont les artistes voient l'existence, continua Miss Seeton pour se rassurer. Enfin, dans l'art moderne, peut-être, alors qu'on aurait supposé qu'il préférerait... Cela dit, on n'a pas eu l'occasion d'examiner son travail. Peut-être son style a-t-il tellement changé depuis l'époque où il était ami avec Miss Popjoy qu'il ne peut pas... Ce qui expliquerait pourquoi il ne s'est pas senti en mesure d'accepter sa commande sur-le-champ. Si déconcertant, cependant, cette colère et, euh, la peur aussi... on dirait presque un ouragan qui souffle dans les branches de ces arbres, et ces fleurs pourraient être d'énormes bouches, prêtes à dévorer le pauvre homme en entier. Et les serres et les becs des oiseaux...

Elle avait d'abord pris les oiseaux qui volaient sur le papier pour les corneilles (ou les freux) qui tournaient autour de la ferme-atelier de Mentley, mais elle s'aperçut à y regarder de plus près qu'ils ressemblaient davantage à des rapaces.

— Comme les vautours auxquels Mr. Nash a fait allusion en plaisantant, affirma-t-elle pour se réconforter. Je suis simplement en train de mélanger notre conversation d'aujourd'hui avec, euh, l'autre histoire... ce qui n'est guère étonnant, vu l'orage spectaculaire et, naturellement, se rappela-t-elle avec un sourire, Mr. Collier devait se sentir très mal à l'aise — comme dans mon dessin — vu qu'il est si sensible au temps, ajouta-t-elle en contemplant de nouveau les images déformées et la figure de l'homme apeuré. Exactement comme cette chère Martha : le tonnerre la chamboule, elle aussi. Oh, mon Dieu ! fit-elle, penchant la tête de côté pour écouter. Oh, mon Dieu !

Un autre roulement de tonnerre se fit entendre au loin, assourdi, dans la chaleur de la soirée estivale.

CHAPITRE XIV

Après la surprise et le plaisir qu'ils avaient éprouvés de renouer avec Miss Seeton, Dickie et Juliana s'étaient mis à évoquer les amis avec qui ils s'étaient liés pendant la fameuse croisière égéenne sur l'*Eurydice*. Au premier rang desquels, dans la mémoire de Nash, figurait sir George Colveden, KCB, DSO, JP[1]. Car c'était sir George qui avait aidé Dickie à renoncer au jeu.

Sir George avait parié à cent contre un qu'un détective de Scotland Yard serait envoyé à bord et trouverait la solution du meurtre. Dickie, le seul du groupe à relever le défi, avait allégrement misé dix livres.

Le jour où le baronnet, chéquier en main, s'apprêtait tout aussi allégrement à lui régler les mille livres qu'il lui devait (car ce n'avait pas été Scotland Yard qui avait résolu l'énigme mais Miss Seeton), Mr. Nash s'était empressé de déverser des flots de protestations dans lesquels il se serait noyé, sans les bons offices de Mel Forby, la diablesse de reporter du *Daily Negative*. Mel, aussi futée que jolie, était au courant de ce petit travers

1. Les initiales figurant après le nom d'une personne sont les abréviations des diplômes, titres et autres distinctions qu'elle possède. Dans le cas de sir George, KCB veut dire *Knight Commander of (the Order of) the Bath*, DSO désigne une décoration militaire, *Distinguished Service Order*, JP correspond à juge de paix. (*N.d.T.*)

de Dickie à qui elle avait donc proposé d'accepter le chèque de sir George, à condition que ce fût la dernière fois qu'il empochât de l'argent d'un pari. Mr. Nash avait acquiescé et noblement tenu sa promesse depuis.

Ayant appris par Miss Seeton que les Colveden habitaient à huit cents mètres à peine de leur hôtel, Dickie et Juliana avaient décidé de téléphoner à Rytham Hall pour inviter leurs amis à venir dîner au *George and Dragon* un soir prochain. Par quelque tour de passe-passe de l'hospitalité — que Juliana n'avait jamais vraiment réussi à tirer au clair —, lady Colveden avait transformé l'invitation, les conviant à venir le lendemain dîner au château *en famille**. Une proposition acceptée avec gratitude.

— À vrai dire, remarqua Juliana pendant que Dickie lui remontait la fermeture de sa ravissante petite robe noire, c'est aussi bien qu'on aille chez les Colveden plutôt qu'ils ne viennent ici subir l'agression caractérisée que ces affreux garnements commettent sur les tympans de la compagnie !

Les gamins Standon étaient en effet toujours aussi déchaînés et, cette fois-ci, au grand regret de la majorité de ceux qui devaient les entendre, il n'y avait pas de Miss Seeton pour les faire cesser en les fusillant du regard.

— Je rends les parents responsables, déclara Dickie, lissant le satin de la robe sur les épaules de la dame de ses pensées. Je ne sais pas comment leur pauvre grand-père supporte ce vacarme jour après jour, c'est curieux, n'est-ce pas ? Et il ne semble pas sourd le moins du monde, ce qui pourrait expliquer la chose.

— Il n'est pas sourd, il est gaga devant eux. Il est persuadé que ces petits monstres braillards sont absolument merveilleux, et il approuve tout ce qu'ils font. Alors, naturellement, sa fille et son mari sont obligés de laisser faire, ce qui rend la situation si épouvantable pour les autres, dont nous sommes, expliqua Juliana avec un soupir, avant de retrouver sa bonne humeur.

— Pourquoi « naturellement » ? s'enquit Dickie, en la regardant avec affection tandis qu'elle prenait un collier de perles dans son écrin doublé de velours et le lui tendait avec un sourire avant de lui tourner le dos. Tu sais que j'aime bien l'allure qu'ont ces perles sur toi !

— Mmm, fit Juliana, hésitante, car le collier — de fait superbe — avait été acheté une des rares fois où Dickie avait gagné au jeu.

Elle eût de beaucoup préféré qu'il lui offrît des perles de culture, bien meilleur marché, ou même un collier trouvé dans une pochette-surprise... Bon, se rappela-t-elle, ces temps-là étaient révolus, il ne jouait plus.

— Oui, répondit-elle alors, se retournant pour lui déposer un petit baiser tendre sur la joue. Je crois qu'elles me vont bien, en effet, Dickie chéri : tu as un goût excellent. Merci !

— Merci à *toi*, fit-il, ajoutant devant son air d'incompréhension : De bien vouloir m'expliquer le pourquoi de ton « naturellement ».

— Ah ! Ah oui. Eh bien, Dickie, réfléchis. Tu ne vois donc pas que c'est le grand-père qui a la galette et, comme il a l'air de trouver normal le comportement des gamins, le reste de la famille suit son exemple pour qu'il ne les déshérite pas ! Exactement ce que font toujours les vieux messieurs tyranniques !

Dickie se frotta pensivement le nez et esquissa une grimace.

— Je dois avouer que j'ai eu une chance exceptionnelle avec l'oncle Brummel. Mais crois-tu franchement que la fille de Standon et son mari aient vraiment l'œil rivé sur leurs espérances ? Je dirais plutôt qu'ils sont trop... laxistes, la mère en particulier. Après tout, personne ne pourrait supporter un tel charivari à moins que, euh, que ça ne leur plaise. Ils devraient être capables de contraindre ces gosses à se tenir tranquilles, s'ils le voulaient vraiment. Souviens-toi : il a suffi que Miss Seeton leur envoie un regard noir, hier, et ils se sont tus.

— Quelques bonnes claques, administrées au bon moment, les auraient sans doute empêchés d'en arriver au stade où ils ont besoin de regards noirs. Mais, maintenant, le grand-père croit juste que les gamins ont du tempérament et le père ne les arrête jamais quand Papounet est dans le coin... c'est-à-dire la plupart du temps, hélas ! On croirait pourtant qu'un vieillard aussi fragile qu'il est censé l'être détesterait tout ce vacarme. Sans compter que les parents semblent encourager activement ces sales gosses, remarqua Juliana, rembrunie. Je trouve ça sinistre, cette façon de lui tourner autour en attendant d'hériter... comme des vautours autour d'un cadavre dans le désert.

— Ah, des corneilles, peut-être, ou veux-tu dire des freux ? lança Dickie avec un petit rire amusé, la remarque faisant rire Juliana à son tour, au souvenir du discours de Miss Seeton, la veille, sur les habitudes desdits volatiles. À la bonne heure, Juliana ! Tu sais, je n'aime pas te voir si morose. Au lieu de nous inquiéter des problèmes des autres, mettons-nous donc dans l'ambiance pour notre folle soirée en ville, si tant est qu'on puisse qualifier Plummergen de ville ! Après tout, on sort à peine de nos difficultés, alors on a bien mérité un peu de bon temps !

Il posa le léger manteau d'été sur les épaules de sa compagne, l'étreignit tendrement et lui ouvrit la porte de la chambre.

Le jour de l'aventure de Miss Seeton à Londres avait vu le premier d'une série d'orages brefs mais violents. Or, ce soir-là, l'air était limpide quand Dickie et Juliana quittèrent l'hôtel, décidant de parcourir à pied les quelques centaines de mètres qui les séparaient de Rytham Hall. Dickie eût volontiers pris la voiture, mais c'eût été dommage de ne pas saisir l'occasion d'une agréable balade sur une petite route de campagne, un soir d'été à la nuit tombante. Dickie rayonnait quand

Juliana lui prit le bras : il s'estimait l'homme le plus heureux du Kent.

— Sir George sera vert d'envie en te revoyant, murmura-t-il en serrant Juliana contre lui. Tu es absolument superbe, ce soir !

— Dites donc, monsieur, que de compliments ! répondit Juliana avec un petit rire espiègle.

Mr. Nash n'avait pas été le seul à boire un remontant en rentrant au *George and Dragon* après l'excursion de la journée.

— Toi aussi, tu es particulièrement séduisant, ce soir, Dickie. Même si sir George me proposait de m'emmener à Gretna Green[1], crois-moi, je refuserais son aimable proposition ! ajouta-t-elle en lui serrant le bras.

Ils marchaient, chacun goûtant le plaisir de la compagnie de l'autre, admirant le paysage qui s'estompait lentement à mesure que la nuit tombait, humant les riches parfums des fleurs des champs et écoutant les derniers chants des oiseaux prêts à s'assoupir pour la nuit.

— Miss Seeton les reconnaîtrait, remarqua Dickie en entendant des trilles particulièrement harmonieux. Des rossignols, peut-être ?

— En tout cas, pas des vautours ! répondit Juliana du tac au tac, et ils éclatèrent de rire tout en continuant leur route.

Un jeune homme apparut devant un imposant portail qui venait de se profiler devant eux et dont ils supposèrent que c'était l'entrée de Rytham Hall.

— Bonsoir, lança le jeune homme d'un ton avenant. Miss Popjoy et Mr. Nash, je présume ? dit-il, ses yeux s'attardant avec admiration sur les courbes gainées de

1. Petite ville du sud de l'Écosse, célèbre pour ses mariages rapides, où accouraient traditionnellement les mineurs sans autorisation et les couples pressés de convoler en justes noces avec un minimum de formalités. (*N. d. T.*)

satin noir de Juliana et la blancheur crémeuse des perles à sa gorge. Je suis Nigel Colveden, et mes parents m'ont demandé de surveiller votre arrivée, juste au cas où vous auriez manqué l'entrée. Oh, il n'y a pas vraiment de danger de la rater, en fait, vu qu'il n'y a rien d'autre sur cette route avant Stone et Wittersham, mais la soirée est si belle que je suis ravi d'avoir une excuse pour traîner un peu dehors.

Pensif, il posa de nouveau les yeux sur Juliana en soupirant doucement.

Si Nigel avait prouvé que les travaux agricoles n'avaient pas entamé son bel appétit, son cœur juvénile avait cependant succombé aux charmes de Miss Popjoy. Le moment du café arrivé, il se leva comme un ressort et fit le tour de la table pour en porter une tasse à Juliana, au lieu de la laisser tendre le bras pour la prendre des mains de lady Colveden. Amusée, celle-ci regarda son fils s'empresser de changer la présentation des bonbons à la menthe, convaincu que sa mère ne les avait pas disposés avec suffisamment d'élégance. Ayant recomposé un cercle parfait, il présenta l'assiette à Juliana, avec une petite courbette respectueuse.

— Porto, cognac, cigare ? suggéra sir George, observant les salamalecs de son fils avec autant d'affection que son épouse.

Pas de doute, ce garçon ressemblait à son père dans l'attirance qu'il éprouvait pour les jolies femmes : tel père, tel fils ! Nash n'avait nul besoin de s'en irriter, naturellement, ni Miss Popjoy ; ils semblaient du reste plutôt flattés tous les deux par les attentions de Nigel. Et qui ne le serait, en voyant un beau gars comme Nigel jouer au joli cœur pour vous et vos beaux yeux ! Miss Popjoy était vraiment charmante, songea sir George, souriant, en caressant sa moustache — et Nash avait bien de la chance.

— George, répondit lady Colveden, j'espère que tu ne comptes pas nous envoyer dans notre coin pendant que vous trois, les hommes, vous enfumez la pièce en racontant des histoires scabreuses. ! Miss Popjoy et moi avons la ferme intention de rester ici à siroter du porto avec vous, n'est-ce pas, ma chère ?

— Certainement, confirma aussitôt Juliana avec un hochement de tête et un sourire amical à l'adresse de Nigel.

Dickie, qui s'était régalé du repas et des vins qui l'accompagnaient, sourit à leur hôtesse et remarqua :

— Dans ce cas, méfiez-vous des pichets d'étain, lady Colveden ! Mais nous ferons de notre mieux pour ne pas vous embarrasser.

— Dickie, avertit sa dulcinée, tu commences à raconter des âneries. Je crois que tu ferais mieux de t'abstenir de porto et de cognac. Que, d'habitude, on ne boit pas dans des pichets d'étain, que je sache !

Meg Colveden parut préoccupée :

— Je crains que nous n'ayons que des verres ordinaires, Mr. Nash, mais...

— Non, non, pensez-vous ! interrompit Nash avec un petit rire amusé qui poussa Juliana à lui décocher un coup d'œil sévère. Vous voulez dire, fit-il, remarquant l'air d'incompréhension des quatre visages qui le regardaient autour de la table, que vous n'avez jamais entendu la vraie raison pour laquelle les dames quittent la pièce ? Ce n'est pas seulement, hum, pour permettre à ces messieurs de parler un peu lestement ; non, il y a autre chose.

Il s'arrêta un instant et prit un bonbon à la menthe. Tous les yeux étaient rivés sur lui tandis qu'il défaisait lentement le papier d'argent qui semblait lui résister.

— Dickie, reprit Juliana sur le ton d'une remontrance. Mais de quoi veux-tu donc parler ?

— De buffets, répondit Dickie d'une voix peu distincte car il venait d'enfourner le bonbon dans sa bouche. Des buffets Sheraton et Chippendale, ainsi que ceux de cet autre fabricant de meubles du XVIIe...

comment s'appelait-il donc ? fit-il, claquant des doigts, le front plissé.

— Hepplewhite, précisa Juliana, hésitant entre le rire et la réprimande. Ah, mais, bien sûr ! Que je suis bête ! Les buffets à pichets ! fit-elle en regardant lady Colveden qui écoutait poliment. On en a eu un ou deux beaux spécimens au magasin ces dernières années — en acajou pour la plupart. Et munis d'une petite porte à l'arrière, contenant, ajouta-t-elle en riant car elle avait, elle aussi, bien profité du repas généreusement arrosé, contenant un pichet d'étain. Pour le cas où les hommes auraient tant bu que, euh...

— Et les dames quittaient la pièce, conclut lady Colveden quand Juliana laissa la fin de l'explication en suspens, afin de ne pas embarrasser les hommes. Quelle idée sensée !

— Une simple affaire de contenance ! hasarda Nigel, l'œil sur Juliana pour voir si elle serait choquée par son attitude émancipée — ce qui ne parut pas le cas. Alors, j'apporte les alcools à table ? demanda-t-il à son père.

Sir George fit oui de la tête, ajoutant que c'était intéressant d'apprendre l'existence de ces vieilles coutumes mais que, si on lui demandait son avis, il n'y avait rien de tel que la tuyauterie et les sanitaires du XXe siècle parce que, en dehors de tout autre avantage, ils ne sont pas attaqués par les charançons.

— Sauf que ça gèle en hiver, reconnut-il en ouvrant une boîte de havanes pour en offrir un à Dickie.

— Mon Dieu, et comment ! renchérit lady Colveden. L'hiver dernier... tu te souviens, Nigel ? On a dû monter au grenier avec des bouillottes et des serviettes de toilette pour dégeler les tuyaux !

— Et papa qui voulait les couper à la scie à métaux et les aplatir au marteau, et toi qui disais qu'il devrait te passer sur le corps d'abord ! raconta Nigel avec un petit sourire. Et les jurons du plombier de Brettenden... ah oui, je m'en souviens bien ! Cependant, il n'y a guère de danger que les tuyaux gèlent au cours des semaines à venir, avec le thermomètre au-dessus de vingt-cinq degrés ! Je dirais plutôt qu'on est bons pour une vague de chaleur ; je serais prêt à parier qu'il y aura des records battus avant la fin de l'été.

Dickie se pencha en avant, les yeux brillants :

— Jusqu'où croyez-vous que le mercure peut monter ? demanda-t-il, excité.

— Oh, répondit Nigel qui avait seulement cherché à impressionner Juliana avec ce répertoire préféré des agriculteurs. Oh, euh, eh bien, si j'essaie de deviner, je dirais qu'on va friser les trente-quatre degrés avant la fin du mois. Mais, là, ajouta-t-il avec franchise, il se pourrait que je prenne mes désirs pour des réalités, je suppose. Parce qu'on a besoin de beau temps pour la moisson, voyez. En tout cas, on pourrait se passer d'orages comme on en a encore eu un cet après-midi.

— Mais voyons, après ce qui vient de tomber, reprit Dickie sans remarquer l'air inquiet de Juliana qui le regardait s'animer de plus belle, il ne doit plus rien rester là-haut, non ? Je vous parie qu'on ne va plus voir une goutte de pluie pendant quinze jours au moins. C'est quand, votre moisson ? Dix contre un que vous la rentrez sans encombre, Nigel !

Nigel, qui ne s'attendait pas à ce qu'une simple remarque au détour de la conversation fût prise au sérieux, parut étonné.

— Ciel ! J'aimerais bien que vous ayez raison mais je ne suis guère optimiste, avec les caprices du climat anglais. Cela dit, je suis prêt à risquer cinq livres là-dessus — avec une cote pareille, si vous vous êtes trompé, j'aurai au moins cinquante livres pour me dérider pendant que je regarderai sécher mes champs...

— Oh, Dickie ! fit Juliana, un reproche dans la voix. Sir George, lady Colveden...

Réagissant avec son habituelle galanterie à la supplique informulée d'une dame, sir George désapprouva d'un signe de tête :

— Les plaisanteries les meilleures sont les plus courtes, Nigel. Nash n'est pas agriculteur — je suis sûr qu'il ne m'en voudra pas de le souligner. Pas très juste d'en profiter — toi, tu as des connaissances de spécialiste, pourrait-on dire.

Lady Colveden hochait la tête en signe d'assentiment aux propos de son époux. Nigel, qui n'était pas au courant des malheureuses habitudes de Dickie, ne comprenait rien, mais il répondit gaiement :

— Bon, ce n'était jamais qu'une petite plaisanterie, après tout. Dites donc, quelle plaie pour vous deux si j'ai raison et que vous vous faites tremper par la pluie en rentrant ce soir !

— Dans ce cas, fit Juliana d'un ton morose, j'emprunterai un parapluie et Dickie n'aura qu'à se faire mouiller, lui, puisque, de toute façon, il paraît convaincu qu'il ne va *vraiment* pas pleuvoir ! Qu'importe le tonnerre qui gronde de temps à autre depuis une demi-heure !

— Oh, Miss Popjoy ! s'empressa aussitôt de proposer Nigel. Je ne serais que trop heureux de vous ramener à l'hôtel... tous les deux, je veux dire, si ça ne vous ennuie pas de vous serrer un peu. Je n'ai qu'une petite MG.

Juliana le gratifia de la pleine puissance de son beau sourire :

— Nigel, vous êtes vraiment un amour, et merci de votre aimable proposition que, pour ma part, je serais ravie d'accepter. Mais Dickie sera sans doute très content de marcher, ajouta-t-elle, l'air rembruni et le ton sévère. Il pourra ainsi constater par lui-même si son pari valait ou non la peine.

Elle finissait sa phrase quand un autre grondement sourd se fit entendre dans le lointain de cette chaude nuit d'été.

CHAPITRE XV

Quand les convives se séparèrent, c'est un Nigel aux anges qui ouvrit la porte de sa voiture de sport à Juliana. Malgré la pluie tombant à verse qui avait inévitablement suivi le tonnerre, Dickie, arborant une mine piteuse que Nigel seul ne pouvait comprendre, décida de parcourir à pied les quelque huit cents mètres séparant Rytham Hall du *George and Dragon*. Il insista même.

— Non, on sera serrés comme des sardines là-dedans, mon vieux, assura-t-il Nigel qui dut en convenir. Mieux vaut que la dame ait un trajet confortable — une goutte de pluie ne me fera pas de mal, franchement. Je ne suis pas une guimauve !

Juliana marmonna une remarque — était-il vraiment question de la consistance du cerveau de Mr. Nash ? se demanda Nigel, aussi stupéfait que mort d'amour. Mais il n'eut pas le temps d'interroger la jeune femme que celle-ci lui sourit, déclarant qu'il était son chevalier servant et qu'elle avait parfaitement confiance dans sa capacité de l'aider. Nigel, fou de joie, ne vit pas la rougeur coupable qui empourpra les joues déjà colorées de Mr. Nash, tandis que ses parents rencontraient le magnifique regard de Juliana, une expression d'excuse dans le leur.

Dickie semblait prêt à racheter son erreur par ce martyre, aussi lady Colveden lui proposa une torche qu'il accepta, déclinant cependant l'offre du parapluie de golf de sir George. Peut-être Mr. Nash sentait-il qu'il ne fallait pas que ses souffrances fussent trop soulagées — à moins que son sentiment de culpabilité ne fût aggravé par des souvenirs de Miss Seeton et de la croisière grecque, tapis dans son subconscient.

Quoi qu'il en fût, Dickie partit d'un pas résolu, bravant l'orage, tandis que Nigel arrivait en bas du perron hors d'haleine et porteur d'un grand plaid qui servait normalement pour les pique-niques.

— Il ne faut pas que vous attrapiez froid, Miss Popjoy, déclara-t-il en drapant le plaid autour des élégants genoux de la jeune femme. Le chauffage de mon vieux tacot n'est guère efficace, je le crains. Il faudrait aller bien plus loin que le pub pour qu'il commence à produire de la chaleur.

Juliana était trop flattée par ses chevaleresques attentions et trop fâchée avec Dickie pour rappeler à Nigel que la distance les séparant du *George and Dragon* excluait que la pire circulation sanguine eût le temps de se figer à cause du froid. Aussi Colveden fils eut-il droit à un sourire de remerciement qui lui donna envie de s'emparer d'une lance et d'un bouclier et de s'élancer au galop à la conquête de la gloire. Les quelques mètres à parcourir dans Marsh Road paraissaient bien faciles et fort brefs, à côté des visions à la sir Galahad[1] qui défilaient devant ses yeux.

Ils eurent vite fait de dépasser Dickie : la torche luisait faiblement à travers la pluie battante mais Juliana endurcit son cœur en repensant que son cher et tendre avait manqué à sa parole, et elle dit à Nigel de poursuivre. Ce qu'il fit, résolvant cependant de revenir ensuite chercher Mr. Nash pour lui éviter d'être complètement trempé.

— C'est vraiment une nuit à ne pas mettre un chien

1. Un des chevaliers de la Table ronde. (*N. d. T.*)

dehors ! remarqua Nigel quand la voiture, les essuie-glaces raclant frénétiquement le pare-brise, parvint au bout de Marsh Road. Je vois que Miss Seeton est déjà couchée... et qui l'en blâmerait ? fit-il en passant devant *Sweetbriars* et voyant apparaître les lumières du *George and Dragon*. Si je vous dépose à la porte, vous pourriez vous précipiter à l'intérieur, ça ne vous ennuierait pas ? Si Miss Seeton n'avait pas éteint, je pourrais faire un saut chez elle pour emprunter un parapluie, mais je peux aussi enlever ma veste pour vous couvrir la tête, si ça n'est pas trop grave que vos cheveux...

— Nigel, mon cher, ne vous inquiétez pas de moi ! Tout ira bien, ce n'est pas loin ! Je survivrai.

— Et changez-vous vite en arrivant, insista le chevalier servant de Miss Popjoy.

Nigel songea que sir Galahad eût préféré trucider des dragons que mentionner des sous-vêtements humides (il en rougit dans le noir) ou des chaussures trempées. Enfin, on était bien obligé de s'adapter à son époque et, apparemment, Miss Popjoy ne s'était pas offensée de sa remarque, grâce au ciel...

Pour preuve : Nigel en était encore à manœuvrer sa MG, l'approchant si près des marches de l'entrée du *George* qu'elle serait carrément montée sur le paillasson s'il n'avait levé le pied, quand Juliana se pencha vers lui et lui planta un baiser sur la joue, très gentiment.

— Quel charmant garçon vous êtes, mon cher ! Et remerciez encore votre mère de ma part, voulez-vous, pour cette délicieuse soirée ? J'y ai pris beaucoup de plaisir.

— Ça alors ! s'exclama Nigel avant de retrouver suffisamment ses esprits pour se précipiter dehors et ouvrir la porte à sa passagère.

Sa proposition d'abriter la jeune femme avec sa veste lui était complètement sortie de la tête mais cela n'eut guère d'importance : Juliana n'eut qu'à faire cinq petits pas précautionneux pour se retrouver dans le hall de l'hôtel. Nigel appuya sur la sonnette de l'entrée, salua Charley Mountfitchet avec effusion et souhaita bonne nuit à Miss Popjoy d'un ton d'adoration.

Il nageait dans une telle béatitude sur le chemin du retour que la vue de Dickie Nash, bravant toujours l'orage et déplorant de ne pas porter des chaussures mieux adaptées à la campagne que ses élégants souliers, ne suffit pas à lui rappeler son intention de le ramener en voiture. Nigel poursuivit sa route, le cœur en fête. Dickie, commençant à regretter la pénitence qu'il s'était imposée, continuait à avancer sous la pluie, sans un poil de sec sur sa lamentable personne.

Juliana avait prévenu Charley Mountfitchet que son autre client ne tarderait pas à arriver, de sorte que le patron du *George and Dragon* était prêt pour les coups de sonnette angoissés qui annoncèrent l'apparition dégoulinante de Dickie sur le seuil de la porte. Mr. Nash s'efforça d'afficher un air insouciant pour dissimuler cette entrée solitaire et trempée, mais Charley n'en fut pas dupe.

— Miss Popjoy est remontée il y a dix minutes, informa-t-il le malheureux Dickie. Je lui ai proposé un grog pour chasser le froid mais elle a refusé — elle a ajouté que vous en auriez peut-être envie. Vous êtes rentré à pied du château, non ? s'enquit Charley avec un sourire entendu. Vilaine nuit pour une balade, diraient certains, mais Miss Popjoy m'a assuré que vous êtes... amateur de grand air.

Dickie éternua. De l'eau lui dégoulinait des cheveux sur les sourcils et sur les joues, et il s'apitoya sur son propre sort comme il ne l'avait pas fait depuis des années. Au regret et au sentiment de culpabilité que lui inspirait le pari lancé à Nigel s'ajoutait la détresse physique — un tourment dont Juliana paraissait bien consciente, songea-t-il soudain. Bon, tant qu'elle était prête à accepter cette douche écossaise en réparation de son manquement à sa parole...

— Un whisky bien tassé, voilà ce qu'il vous faut, Mr. Nash ! suggéra Charley quand Dickie éternua une deuxième fois. Offert par la maison... Venez donc, et je vous en servirai un double.

Dickie, rasséréné à la pensée que Juliana lui pardonnerait quand elle comprendrait ce qu'il avait enduré, suivit volontiers le patron au bar.

Ce fut plusieurs doubles whiskies plus tard que Mr. Nash monta enfin se coucher. Il était toujours trempé, indubitablement, mais il pouvait maintenant l'accepter avec un certain détachement, expliqua-t-il à Charley Mountfitchet quand ce dernier le suivit à l'étage, s'assurant qu'il mettait bien sa clé dans la bonne porte. Le patron lui souhaita bonne nuit, puis s'attarda dans le couloir, au cas où l'accueil de Miss Popjoy à son cher et tendre, soûl comme une bourrique et toujours trempé, serait assez animé pour faire des gorges chaudes à Plummergen quand les protagonistes de l'histoire ne seraient plus là. Et au cas où les Standon, logés tout près, se réveilleraient, dérangés par un vacarme dont, pour une fois, ils ne seraient pas les auteurs.

Cependant, à part un bruit et un juron émanant de Mr. Nash se cognant sans doute contre un meuble, seul un silence de pierre résonna derrière les murs de la Suite au ruban bleu et Charley s'en fut en croisant les doigts pour qu'il ne se passât rien d'autre.

Quand Dickie eut allumé la lumière cherchée à tâtons, il s'aperçut que le meuble qu'il avait heurté était le confortable divan : Juliana l'avait enlevé de sa place normale, près de la fenêtre, pour le mettre aussi loin que possible du lit *king size*. Et sur ce divan, Juliana dormait à poings fermés, enveloppée de couvertures rabattues sur sa tête.

— Chut ! s'admonesta Dickie, comprenant qu'il ne serait pas pardonné aussi vite qu'il l'avait espéré. Faut pas la réveiller ! Tout aura l'air bien mieux après une bonne nuit de s... s... ah, aah, atchoum ! Atchoum !

Si cette bruyante agression des tympans ne tira pas sa compagne de son profond sommeil, les couvertures bougèrent insensiblement et une ouïe fine eût peut-être perçu un claquement de langue irrité. Cependant, Dickie n'était guère à même de prêter une oreille attentive dans son état présent.

— Un bain chaud, avant que je ne succombe à une pneumonie ! annonça-t-il, l'œil sur le divan et la silhouette enveloppée dans les couvertures — qui ne broncha pas.

Reniflant bruyamment, il réprima un autre éternuement mais s'autorisa à claquer des dents. Il commençait à s'apitoyer sérieusement sur son sort. Pourtant, toutes ces manœuvres n'avaient encore suscité aucune réaction.

Se sentant vaciller, planté sur place, il crut prudent d'amorcer un mouvement. Avec précaution, il mit un pied devant l'autre et gagna tant bien que mal la fenêtre. Il tâta le radiateur qui était froid.

D'une voix légèrement pâteuse, il souligna cet état de choses déplorable à l'attention des oreilles de vipère de la couverture sur le divan, mais son épreuve n'inspirait toujours pas le moindre soupçon de commisération. Il soupira et éternua encore, ce qui eut pour effet de raviver sa mémoire.

— Ah oui, un bain chaud ! fit-il en se dirigeant vers la salle de bains.

Celle-ci se trouvant au bout de la suite, cela voulait dire qu'il tournait le dos à Juliana et qu'il ne vit donc pas l'œil maléfique qui l'observait par-dessus la couverture à peine rabattue. Il ferma la porte assez bruyamment.

Juliana retint son souffle et resta couchée là, à tendre l'oreille et à s'inquiéter, jusqu'à ce qu'il eût pris son bain et réapparût sans s'être noyé malgré son état de stupeur éthylique. Elle en fut si soulagée qu'elle s'offrit le luxe d'une brève remarque :

— Tu t'es lavé de tes péchés, Dickie ? lança-t-elle.

Mais, avant qu'il pût répondre, elle avait déjà tiré les couvertures sur sa tête. Mr. Nash, dégrisé par la vapeur, se trouva à court de mots et, marmonnant des excuses, s'effondra entre des draps honteux pour lui et sombra dans un sommeil lourd.

Et se réveilla deux heures plus tard en grelottant. La pluie tombait toujours et le radiateur demeurait obstinément froid. C'était l'été, se rappela-t-il, bien que de la variété anglaise. Il était trop fatigué pour reprendre un bain.

Mais tandis qu'il songeait à l'agréable chaleur qui avait envahi ses os transis quand il était dans l'eau, il lui vint une idée lumineuse. Se glissant à pas de loup dans la salle de bains, il boucha la baignoire et ouvrit le robinet d'eau chaude à fond. Quand le bain fut plein à ras bord, la vapeur monta, l'enveloppant de brumeuses volutes, et il bloqua la porte en position ouverte afin que toute cette chaleur humide se répandît — jusqu'au dernier atome — dans la chambre où il avait eu si froid. Si seulement Juliana n'avait pas emporté la moitié des couvertures ! Mais, bon, elle avait raison d'être un peu fâchée contre lui, supposait-il, une promesse est une promesse. Et il ne pouvait pas vraiment mettre ça sur le compte de l'excellent bordeaux de sir George, bien que le jeune Nigel l'eût un brin provoqué. C'était un drôle d'oiseau, non ? Oiseaux — freux, corbeaux, vautours...

Les yeux de Dickie se fermèrent et il dériva doucement vers le sommeil. D'où il émergea de nouveau, un peu plus tard, grelottant. L'eau du bain n'était plus chaude et lui, pauvre Dickie Nash qui s'était fait tremper jusqu'aux os, il avait froid.

À deux reprises encore, pendant la nuit, il répéta le même manège avec l'eau chaude, s'étonnant que les gargouillis de la baignoire se vidant ne réveillent pas Juliana. Mais, épuisée par la fatigue et l'émotion, Miss Popjoy dormait maintenant aussi profondément qu'elle l'avait feint tout à l'heure. Aussi profondément que Dickie finit enfin par le faire...

Pour être réveillé par des bruits et des hurlements provenant du couloir, où les gamins Standon avaient repris leurs espiègleries habituelles. Ils se précipitèrent hors de leur chambre en criant, réclamant du bacon, des flageolets sauce tomate et du pain frit avec un enthousiasme qui déclencha dans le dos fragile de Dickie des frissons, lesquels se propagèrent ensuite jusque dans son estomac plus délicat encore. Les gosses s'offrirent ensuite une belle bagarre, au cours de laquelle différentes parties de leurs énergiques petites personnes vinrent rebondir contre la porte de la Suite au ruban bleu. Ils ne cessèrent que lorsqu'un beuglement paternel leur enjoignit de descendre, sinon il ne resterait plus rien à manger pour le petit déjeuner. Poussant des cris affamés, les terreurs s'élancèrent dans le couloir et dévalèrent l'escalier, laissant Mr. Nash en piètre état : il y avait des années qu'il ne s'était senti aussi mal.

Il ne s'était pas cru capable de bouger, les yeux toujours hermétiquement clos, refusant de s'ouvrir sur les horreurs du jour. Il constata alors avec un gémissement la présence dans sa tête d'un marteau piqueur manié par un sadique chaussé de brodequins à clous. Ses paupières étaient aussi lourdes que du plomb. Les brodequins cloutés esquissèrent une petite danse. Il avala avec effort et, derrière le marteau piqueur qui creusait à plein régime, il tenta de forcer ses yeux à s'ouvrir.

Pour s'apercevoir avec horreur qu'il avait été nuitamment frappé de cécité.

CHAPITRE XVI

Dickie poussa un cri et se hâta de refermer les yeux. Il serra très fort les paupières l'une contre l'autre, déclenchant un tir de balles de golf écarlates qui bondirent devant lui. Il compta jusqu'à dix, en silence inquiet, serrant les dents. Et, retenant lentement son souffle, il rouvrit les yeux.

Il était toujours aveugle. Et c'était l'heure du petit déjeuner — il avait entendu les affreux gosses Standon le dire. Il aurait donc dû faire jour : les rideaux n'étaient de loin pas assez épais pour que tout fût si sombre, si lourd...

— C'est une punition divine, souffla-t-il, prisonnier immobile de son lit. Oh, mon Dieu, jamais je ne referai un pari de ma vie ! Juliana, où es-tu ? Juliana ?

Le froissement courroucé d'une jupe se fit entendre, puis une voix glaciale, près de son oreille.

— Dickie, je me demande si je vais jamais t'adresser la parole, à partir de maintenant ! Comment as-tu osé ? Passe encore de manquer à ta promesse solennelle de ne plus jouer... et devant les Colveden, par-dessus le marché ! Mais faire une chose pareille... Dickie, je... je ne sais quoi dire. Quant à savoir où ça nous mène, eh bien...

— J'ai besoin d'un médecin, hasarda enfin Dickie quand elle se fut mouchée avec colère et qu'elle eut tapé du pied (du moins le crut-il, sur la foi de ses sens amoindris). Juliana, je ne sais pas ce qui s'est passé, mais j'ai besoin d'un médecin.

— C'est de café noir que tu as besoin, répliqua vivement Juliana, et tu n'as qu'à souffrir comme tout un chacun qui a la gueule de bois. Je ne vois vraiment pas en quoi ça nécessite un médecin...

Ses paroles étaient lourdes de menace, et il l'interrompit avec un cri désespéré :

— Juliana, je ne vois rien et je ne peux pas bouger ! J'ai eu une attaque ou quelque chose, c'est affreux !

— Affreux, c'est le mot ! convint-elle. Le fouillis que tu as fait dans cette chambre ! C'est plus qu'affreux, c'est embarrassant. Que va-t-on dire, ou plutôt que vas-*tu* dire à Mr. Mountfitchet ? Jamais on ne pourra remettre les pieds ici et, quand les gens seront au courant — ce qui ne manquera pas d'arriver —, on sera la risée générale.

— Juliana...

— Je peux à la rigueur excuser le manquement à ta promesse par le fait que la cave des Colveden contient un bordeaux très musclé et que tu ne t'es peut-être pas aperçu de l'effet qu'il avait sur toi, mine de rien, mais les vapeurs que tu m'as forcée à respirer hier soir contenaient bien autre chose que du bordeaux et un doigt de porto. Du whisky, n'est-ce pas ? Mountfitchet m'a offert un petit grog hier soir pour me réchauffer, mais j'ai eu le bon sens de refuser. Pas toi, je constate, et voilà le résultat ! conclut-elle avec amertume.

— Juliana... je suis malade, réussit-il à répéter d'une voix tremblante pendant qu'elle marquait une pause pour taper du pied une fois de plus. Je ne vois rien ! Je ne peux pas bouger ! Je ne sais pas ce qui m'est arrivé...

Il y eut un mouvement soudain au-dessus de sa tête, puis un bruit terrible : quelque chose de mouillé qui se déchire.

— Ouvre les yeux, Dickie Nash, lui ordonna une

voix sévère. Cesse donc de t'apitoyer sur ton sort, ouvre les yeux et *regarde un peu* ce que tu as fait !

Miss Seeton avait fini son petit déjeuner depuis longtemps et, comme ce n'était pas un des jours où Martha venait l'aider, elle avait lavé elle-même la vaisselle. Sa tasse à café, rincée et essuyée, attendait à côté d'une bouilloire pleine d'eau, prête pour le retour de sa propriétaire, quand celle-ci rentrerait de la petite expédition qu'elle avait projetée pour faire des courses.

— À Brettenden en autocar, récapitula-t-elle à sa propre intention, regardant par la fenêtre le ciel sans nuages — tout était si net et frais après l'orage d'hier soir. Le service régulier fonctionne aujourd'hui, je peux faire l'aller-retour en quelques heures, au lieu de compter sur Jack Crabbe. Il est bien gentil mais, avec ces mots croisés qu'il invente — si intelligent de sa part ! —, il est toujours prêt à attendre que tout le monde ait fini ses commissions et moi, j'ai du pain sur la planche, aujourd'hui...

Ainsi, après plusieurs tentatives avortées pour se rappeler la tête de l'auteur de l'agression au ketchup, Miss Seeton avait décidé qu'un changement de décor et l'achat de fournitures de dessin pourraient peut-être débloquer sa créativité et l'aider à établir le portrait ressemblant que ses « collègues » — elle rougit d'un air coupable — de la police attendaient sûrement d'elle.

Elle soupira :

— Ces appointements qu'on me verse... si généreux et, en l'occurrence, si peu mérités. Mais il faut que j'essaie de faire de mon mieux, et davantage, si possible...

Elle soupira encore en ajustant son chapeau en forme de crête de coq devant la glace de l'entrée et prit son panier sur la petite table, à côté des crochets à parapluie. Elle choisit l'un de ses numéros deux pour se rendre à Brettenden et ne put s'empêcher de sourire quand son œil se posa sur son pépin numéro un, à poignée d'or, offert il y a des années par le commissaire divisionnaire Delphick, devenu depuis un bon ami. La vue de cet objet et les souvenirs qu'il évoquait lui fouettant le moral, elle décida que, par amitié pour ce cher Mr. Delphick, il fallait se surpasser et qu'en rentrant de Brettenden elle dessinerait le portrait de l'homme au ketchup.

Miss Seeton s'était donné amplement le temps d'attraper le car. Ayant bouclé la porte du cottage, elle referma la grille du jardin et s'apprêtait à remonter la Rue en direction du nord quand elle observa, étonnée, qu'en face, devant le *George and Dragon*, les deux petits Standon attendaient près d'une voiture, dont elle supposa qu'elle appartenait à leurs parents. Ils attendaient, parfaitement paisibles et silencieux, sans se trémousser ni se battre. Ce qui, aux yeux expérimentés d'une pédagogue telle que Miss Seeton, ne pouvait signifier qu'une chose.

— Une bêtise ! murmura Miss Seeton qui, n'hésitant qu'un instant, traversa la Rue et se dirigea vers la voiture, comme pour aller dire bonjour aux deux gamins.

La voyant approcher, ceux-ci se mirent à remuer les pieds, regardant par terre. Une bêtise se tramait, incontestablement : elle n'en reconnaissait que trop bien les signes et, en l'absence présumée des parents, il était clairement de son devoir de tuer dans l'œuf toute velléité de quatre cents coups.

Il avait fallu une bonne demi-heure au moins à Dickie pour retrouver ses esprits et à Juliana pour le forcer à se raser, à s'habiller et à descendre afin d'assumer les conséquences de ses actes. Elle s'était levée bien plus tôt que lui, observa-t-il, et avant même qu'il fût sorti de son lit, elle était prête, aussi superbe que d'habitude, ce qui lui conférait un injuste avantage, pensa-t-il. Et maintenant, affirmait-elle, puisque c'était lui qui avait causé tous ces ennuis (bien involontairement ! s'escrimait-il à lui répéter), c'était à lui d'aller avouer sa faute à Charley Mountfitchet. Et Juliana entendait bien veiller à ce qu'il s'exécutât.

Se tenant la tête — qui lui faisait encore un mal de chien —, le pauvre Dickie se dirigea à tâtons vers la porte de la chambre, se débattit avec la poignée, ouvrit à demi la porte et découvrit les Standon parents qui, sidérés, se hâtèrent de réintégrer leurs propres pénates. Il referma aussitôt la porte.

— Je me sens affreusement mal ! gémit-il. Et je dois avoir *l'air* épouvantable, aussi — les gens ont une frousse bleue en me voyant. Tu ne crois pas que je ferais mieux de ne pas infliger ma présence à Mr. Mountfitchet avant que je sois un peu moins...

— Non, Dickie, sûrement pas. Ça ne sert à rien de reculer l'échéance. Ça ne va pas disparaître tout seul, tu sais. Allez, dépêche-toi !

Le ton de Juliana était si sévère que Dickie, bien que gémissant toujours secrètement, reprit la direction de la porte et, cette fois, se força à en franchir le seuil.

Suivi de Juliana, il descendit l'escalier d'un pas incertain et parvint au hall d'entrée — un endroit relativement sûr. Charley Mountfitchet était là : à genoux à côté du bureau de la réception, un arrosoir à la main, il soignait un caoutchouc.

— Jamais il ne récupérera ! marmonna-t-il, versant une bonne rasade de liquide dans le riche compost du caoutchouc et caressant les feuilles pendouillantes avec une surprenante douceur. Oh, je suis pas contre un petit exercice anti-incendie, non, si la cause est bonne, mais...

Son visage s'empourpra... peut-être sous l'effet de sa position, puisqu'il était plié en deux. Il posa son arrosoir et se redressa :

— Bonjour, Miss Popjoy, Mr. Nash. Et comment allez-vous aujourd'hui ? Un peu en retard pour le petit déjeuner mais je suis sûr que je peux persuader Doris de vous préparer de quoi casser la croûte.

— Merci, Mr. Mountfitchet, mais avant d'accepter

votre offre sympathique, répondit Juliana, mon ami que voici a une confession à vous faire. Allons, Dickie ! fit-elle, claquant la langue car il semblait frappé d'un mutisme subit. Dickie, voyons !

— Voyons, Mr. Nash ! répéta Charley de son ton le plus réconfortant.

S'il ne savait pas reconnaître une gueule de bois quand il en voyait une, c'est que trente ans de métier ne lui avaient rien appris ! Mais Miss Popjoy n'avait pas besoin de rudoyer ce pauvre bougre parce qu'il avait un peu forcé la dose, la veille au soir. N'importe qui pouvait voir que Mr. Nash était de la vieille école, de ceux qui savent tenir l'alcool sans causer le moindre ennui...

— Eh bien, alors, qu'est-ce qui ne va pas, Mr. Nash ? s'enquit gentiment Charley.

Dickie semblait tout juste capable de produire des borborygmes en fixant le patron et en tortillant son nœud de cravate.

Juliana laissa échapper un ricanement exaspéré. Les superbes yeux lançaient des éclairs.

— Dickie, franchement ! Ça te ressemble bien de me laisser le soin de tout débrouiller ! Mais, tant que Mr. Mountfitchet comprend que moi, je n'ai rien à voir dans cette histoire, je suppose que je vais devoir lui fournir l'explication.

— C'est noté, Miss Popjoy ! l'assura Charley, se demandant si cette confession allait être plus grave qu'il ne l'avait supposé.

Croisant les bras, il fixa sur elle un regard de plus en plus grave qui suffit, indirectement, à anéantir encore davantage le pauvre Dickie. Charley, lui, n'avait d'yeux que pour Juliana quand celle-ci expliqua :

— Hier soir, voyez-vous, Mr. Mountfitchet, Dickie s'est fait copieusement mouiller en rentrant de chez les Colveden. On a eu beau essayer de l'en empêcher, il a insisté pour marcher, ajouta-t-elle avec un rien de méchanceté, pensant qu'il méritait châtiment de l'obliger ainsi à faire le sale boulot à sa place. En tout cas, poursuivit-elle, ignorant le cri plaintif de Mr. Nash qui s'estimait trahi, il est rentré trempé jusqu'aux os, et il était absolument gelé, le pauvre, lâcha-t-elle par inadvertance, alors il a pris un bon bain chaud pour se réchauffer...

— Une idée sensée, confirma Charley en hochant la tête tandis que Juliana s'étranglait et se taisait. Je dois dire qu'hier soir j'ai pensé en effet qu'il ferait mieux de prendre un bon bain chaud — d'ailleurs, je crois bien vous l'avoir signalé, n'est-ce pas, Mr. Nash, pendant que vous buviez votre grog ?

Si seulement le patron n'avait pas proposé de whisky à Dickie, ce dernier n'aurait peut-être pas eu une conduite aussi lamentable, songea Juliana, mais elle pouvait difficilement en vouloir à l'aubergiste d'avoir généreusement tenté d'empêcher qu'un de ses clients mourût d'une pneumonie double.

— Je... je crois en effet que vous l'avez dit, confirma Dickie, presque dans un murmure.

Juliana l'éperonna d'un doigt dans le dos : il n'avait qu'à continuer, maintenant qu'il était lancé.

— Euh, alors... alors, c'est ce que j'ai fait. J'ai pris un bain chaud, voyez-vous...

Du doigt, Juliana l'aiguillonna de nouveau et il en resta la bouche ouverte, le souffle coupé. Puis rejetant les épaules en arrière, il se redressa et fit face au peloton d'exécution.

— Ensuite, je me suis couché et, quand je me suis réveillé un peu plus tard, j'étais encore glacé, alors j'ai fait couler un autre bain chaud mais, comme j'étais trop fatigué pour me mettre dedans, je me suis dit qu'en laissant la porte ouverte la vapeur réchaufferait la chambre... j'adore les bains turcs, ajouta-t-il comme si cela expliquait le remède inhabituel qu'il avait trouvé au froid d'une nuit d'été.

— Écoutez, si vous vous inquiétez d'avoir vidé le ballon d'eau chaude, s'empressa de remarquer Charley, ce n'est pas la peine de vous faire du souci, Mr. Nash.

Si c'était ça, le grand crime qu'il avait à confesser, on pouvait se permettre de se détendre et de réconforter un peu le pauvre gars. Élevant la voix pour dominer le grondement d'une moto dans la rue, il déclara avec fierté :

— J'ai une chaudière à gaz dernier cri au sous-sol. Elle vous chauffe des quantités d'eau en un clin d'œil. Oubliez donc ça et ne vous bilez pas : je vous facturerai pas ça en plus sur la note !

Il fit la grimace à cause de la moto qui continuait à pétarader devant l'hôtel, puis rassura Dickie d'un sourire. Ce pauvre Mr. Nash qui se torturait pour ça — gentil de sa part, malgré tout. Il y en a beaucoup qui penseraient même pas à vous le signaler. Mais qu'est-ce qu'il avait à hocher la tête comme ça, le grand bêta, avec une figure d'enterrement, sans compter que Miss Popjoy non plus ne semblait pas très gaie ?

Le bruit de moteur tourna soudain au vrombissement puis s'estompa à mesure que la moto, sans doute, gagnait le haut de la Rue. Quelqu'un poussa la porte et entra dans l'hôtel, saluant le petit groupe d'un signe de tête. Charley se rembrunit :

— Vous êtes en retard, Maureen ! reprocha-t-il à la jeune femme qui avait fait cette entrée bien peu cérémonieuse et jeté son casque sur le bureau de la réception. Et, vous savez, je n'apprécie pas particulièrement votre Wayne et sa stupide machine qui crache de l'huile sur mon macadam tout neuf. Ce parking n'est pas un circuit de course, ma petite, et vous feriez bien de vous en souvenir, l'un et l'autre. Bon, de toute façon, ajouta-t-il alors qu'elle ouvrait sa bouche très maquillée pour répliquer, pas le temps de parler de ça maintenant. Filez à la cuisine et voyez avec Doris ce qu'il y a à faire !

Maureen s'exécuta avec brusquerie. Charley se retourna vers Juliana et Dickie, troquant son expression irritée pour l'air de l'hôte poli qui s'enquiert de ses clients.

— Y a-t-il autre chose, Mr. Nash, Miss Popjoy ? Juste que je suis plutôt occupé, le matin...

— Je crains que vous ne soyez, euh, encore plus occupé avant la fin de la matinée, reprit Dickie alors que l'aubergiste semblait sur le point de les quitter. Voyez-vous... le bain... la vapeur... je suis vraiment navré, et bien sûr, nous... ou plutôt *je*, rectifia-t-il quand Juliana le piqua de nouveau du doigt, je prendrai les frais à ma charge mais... Mais le papier peint s'est décollé des murs et il est par terre, tout mouillé, j'en ai peur, conclut Dickie qui ferma les yeux, soulagé d'avoir enfin réussi à s'expliquer, et ne souhaitant pas avoir à regarder Charley Mountfitchet en face.

Il s'ensuivit un long silence, lourd de non-dit.

CHAPITRE XVII

Un patron d'hôtel en voit des vertes et des pas mûres dans son existence professionnelle, surtout si, comme Charley Mountfitchet, il habite Plummergen, où tout ou presque est possible. Et le possible était souvent devenu réalité, depuis l'installation de Miss Seeton au village. Néanmoins, Dickie et Juliana furent surpris du flegme avec lequel, après ce qui leur parut une éternité, Charley réagit au récit de la mésaventure de Mr. Nash, et du calme qu'il manifesta en les accompagnant à l'étage pour constater les dégâts. Il semblait plus perturbé par le peu de hâte manifestée par Maureen pour s'atteler à sa tâche matinale que par le papier étalé par terre dans toute la chambre.

— Heureusement qu'on n'a pas encore eu le temps de changer la moquette, fit-il, survolant les dommages depuis le pas de la porte. De la colle sur mon bel Axminster tout neuf : là, je peux pas dire que ça me ferait plaisir, mais, euh, c'est comme ça, ce sont des choses qui arrivent... et on est assurés. Ça pourrait être pire. Il faudra pas plus d'une journée de travail pour réparer ça, si j'arrive à mettre la main sur mon beau-frère et deux de ses copains. Et vous ne voyez pas d'inconvénient à prendre une autre chambre pendant qu'on arrange celle-ci, n'est-ce pas ? Bon, alors, descendez donc grignoter un morceau pour le petit déjeuner

— dites à Doris que c'est moi qui vous envoie ! — pendant que moi, je passe quelques coups de fil.

C'est un couple à la mine honteuse quoique soulagée qui se glissa, bon dernier, dans la salle à manger du *George and Dragon*, s'installa à une table et conversa à voix basse, content que le pire fût terminé. Doris, qui préparait le couvert du déjeuner, consentit à leur servir du pain grillé et du café, apparemment contente de couper à une commande compliquée qui l'aurait obligée à cuisiner quelque chose à cette heure tardive ou à ordonner à Maureen de le faire. Doris accepta donc gaiement et fila aussitôt préparer ce qu'ils voulaient, avec une ardeur à l'ouvrage qui poussa Maureen à déserter la cuisine pour la réception (elle avait dépensé toute son énergie la veille au soir, à fêter l'anniversaire de Wayne).

Elle traînait donc là avec un plumeau, prenant l'air de celle qui a sérieusement l'intention de travailler. Plantée à côté du caoutchouc, elle passait les plumes sur les feuilles avec indolence, écoutant Charley bouche bée.

Quand le patron eut fini d'alerter son équipe de décorateurs au complet, même Maureen avait compris ce qui s'était passé dans la Suite au ruban bleu.

— Ça alors, Mr. Mountfitchet, quelle rigolade ! s'exclama-t-elle, résumant l'histoire à sa manière. C'est tordant, s'pas ?

— Non, pas vraiment, répondit Charley, la fixant d'un œil sévère. Pour commencer, ça signifie un surcroît de travail pour vous, ma petite, parce que vous allez devoir changer tous les lits, et Doris n'a pas le temps de vous donner un coup de main, comme elle le fait d'habitude. Mais, quant à savoir où les mettre, ajouta-t-il, pensant à haute voix, je ne suis pas sûr...

Maureen haussa les épaules :

— Je vois pas où est le problème : de toute façon, je dois faire les chambres des Standon. Je veux dire, j'ai pas envie de passer mon temps à changer la literie d'une chambre à l'autre, hein ? C'est pas comme si on me comptait ça en heures sup'...

— Les Standon ? s'étonna Charley avec une mimique d'interrogation. Ne racontez donc pas de bêtises, Maureen ! Les Standon occupent toujours leurs chambres, ils ont réservé jusqu'à la fin de la semaine.

Maureen le regarda, la bouche ouverte :

— Dans ce cas, pourquoi qu'ils étaient en train de fourrer leurs valises dans la voiture, là, tout de suite ? Moi et Wayne, on les a vus, ils sont partis juste avant que...

— Quoi ?

Le cri de Charley réduisit instantanément Maureen au silence ; elle en lâcha son plumeau. Il l'ignora, feuilletant les pages du registre, vérifiant les reçus enfilés sur le pique-notes, les revérifiant. Puis il cria en direction de la cuisine pour appeler Doris.

Les pendeloques du lustre de cristal de l'entrée résonnaient encore de son cri quand la porte tapissée de feutre vert s'ouvrit sur la serveuse en chef qui arrivait à toute allure.

— Mais que se passe-t-il donc, nom de nom ? Je suis en train de faire des toasts...

— Pour l'instant, peu importe les toasts ! interrompit Charley. Les Standon : Maureen prétend qu'ils sont partis. C'est avec vous qu'ils ont réglé les formalités de départ ?

— Non, pas du tout. Vous ne voulez pas dire... Non, c'est pas possible ! Les gosses étaient des calamités, mais le vieux monsieur était un vrai...

— Maureen, vous êtes bien sûre ? demanda le patron soucieux, dardant un regard pénétrant sur la fille étonnée. N'importe qui peut se tromper de bonne foi, petite. Ils ne sont pas partis en emportant armes et bagages, si ?

Maureen hocha la tête :

— Vaut mieux aller voir les chambres, Mr. Mountfitchet, et constater vous-même. J'suis pas du genre à inventer les choses. Allez jeter un œil, et vous verrez que j'ai raison.

Charley jura en abattant son poing sur le registre de l'hôtel.

— Oh, j'y vais, ne craignez rien, et avant de monter, je vais boucler la porte ! Vous, restez ici, Doris, et ne laissez pas filer notre fameux couple qui est dans la salle à manger. Maureen, allez à la cuisine et surveillez la porte de derrière...

Il était à mi-hauteur de l'escalier quand il eut fini de donner ses ordres et il n'entendit pas la suggestion de Doris : ce serait mieux que Maureen restât à la réception pendant qu'elle-même irait vérifier où en étaient ses toasts, qu'elle craignait de ne pas avoir retirés du grille-pain, dans sa hâte. C'était tout juste si on pouvait compter sur Maureen pour griller du pain dans des conditions normales, alors, quant à parer à une urgence si les toasts brûlaient... En revanche, une porte bouclée (dont Charley avait empoché la clé) ne devrait pas trop surmener son intellect.

Charley redescendit, un air sombre remplaçant sa mine normalement avenante.

— Z'ont filé à la cloche de bois ! se borna-t-il à déclarer, fondant droit sur le téléphone.

Sans se soucier de trouver Maureen à la place qu'il avait assignée à Doris, il composa un numéro qu'il n'eut pas besoin de chercher : il appelait Potter, l'agent de police de Plummergen.

Juliana et Dickie en étaient à leur troisième tasse de café, se demandant ce qui était arrivé à leurs toasts mais ne voulant pas faire d'histoire, quand la porte de la salle à manger s'ouvrit brusquement et Charley Mountfitchet s'avança d'un pas martial, flanqué de Maureen (toujours armée de son plumeau) et d'un agent de police en uniforme.

Dickie repoussa sa chaise et se leva promptement, avec une exclamation affolée :

— Mais voyons ! Je vous ai dit que nous réglerions volontiers les frais de remise en état... tout de même, on peut trouver un arrangement convenable, non ? On ne pourrait pas en discuter ? Vous n'agissez pas de manière un peu, euh, hâtive ?

— Je dirais que ça dépend, Mr. Nash, répliqua Charley tandis que Maureen brandissait son plumeau et que Potter gratifait ces clients douteux de ce regard officiel qui s'avérait si utile à l'heure de fermeture officielle du pub.

Dickie, sidéré, cessa de résister. Juliana, consternée, protesta dans un dernier sursaut d'énergie :

— Je sais que ça ne sert absolument à rien de s'excuser sans preuve tangible de...

— Terminé, tout ça, maintenant ! aboya Charley. Ça faisait juste partie du camouflage, hein ? Combien de fois avez-vous déjà eu recours à ce petit tour, Mr. Nash ? Le numéro est parfaitement rodé, n'est-ce pas ? De parfaits leurres, vous deux, et j'étais si occupé à écouter votre histoire à dormir debout que je n'ai pas remarqué vos complices qui filaient avec armes et bagages ! Ah, vous devez vous croire très malins ! Ces gosses faisaient un tel remue-ménage, toute la sainte journée, qu'on s'estimait heureux quand ils se tenaient tranquilles et qu'on ne se méfiait pas... et c'est là-dessus que vous misez, n'est-ce pas ? Sauf que, cette fois-ci, vous êtes tombés sur Charley Mountfitchet, et qu'il n'est pas du genre à prendre de telles combines à la légère : il y a une cellule qui vous attend tous les deux à la police, qu'est-ce que vous croyez !

Les événements avaient pris ce tour dangereux quand Doris émergea de la cuisine, de la suie dans les cheveux et l'air contrarié.

— Une minute, Mr. Mountfitchet ! déclara-t-elle d'un ton solennel tandis que l'agent Potter échauffait ses muscles, s'apprêtant à jouer son rôle, au grand dam de Juliana et Dickie, stupéfaits et horrifiés. On n'a pas vraiment eu le temps de réfléchir à tout ça, mais il y a une chose que je dois signaler : ces deux-là ont déjeuné ici hier avec Miss Seeton et ils sont sortis en voiture avec elle dans l'après-midi. Donc, elle doit les connaître et elle pourrait peut-être se porter garante : si ça se trouve, c'est jamais qu'une coïncidence étrange, ce qui s'est passé. Voilà ce que j'ai pensé.

— Ah oui, fit Charley, considérant Doris avec un certain intérêt. Vraiment ? Et ils ont aussi dîné au château hier soir. Mais d'un autre côté, sir George est un magistrat et il doit connaître des gens de tout poil. Cela dit, il n'est pas impossible que je sois allé un peu vite en besogne et que des excuses... pourtant, je ne sais pas, reprit-il, songeur, tandis qu'un début de soulagement commençait à se peindre sur les visages de Dickie et Juliana. Je ne sais pas...

— Et alors, la belle affaire, si y sont amis de Miss Seeton ! glapit Maureen, méprisante. Celle-là, des amis bizarres, elle en a à la pelle, tout le monde le sait. Les Standon, tenez, par exemple : elle leur a parlé juste avant qu'ils s'en aillent, hein !

La « bizarrerie » de Miss Seeton avait fait l'objet de chaudes discussions dès les premiers temps de son installation à Plummergen, et le débat avait scindé le village en deux camps. Selon les uns, c'était une sorcière... pour le moins. Les autres soutenaient que c'était une dame parfaitement honorable et normale à qui — simplement — il arrivait des aventures, sans qu'elle les provoquât, et que sa façon de réagir auxdites aventures honorait le village.

Maureen, elle, n'était pas de cet avis.

— L'a taillé une fameuse bavette avec eux, c'est sûr, aimable comme tout, et si vous m'croyez pas, vous avez qu'à d'mander à mon Wayne, pasqu'il les a vus aussi.

La suspicion revenait subrepticement dans le regard de Charley qui se tourna vers l'agent Potter :

— Je crois bien qu'il y a là quelque chose qu'il faudrait examiner de près, hein !

— Eh bien, moi pas ! l'informa rondement Doris. Si Miss Seeton considère que ces deux-là sont corrects, alors là, c'est sûrement le cas. Tout le monde le sait ! affirma-t-elle en fusillant Maureen du regard. Tenez, hier, quand elle a déjeuné là avec eux, elle avait son parapluie à poignée d'or et elle le sortirait pas pour des gens louches, non ?

Un argument qui coupa le sifflet de Maureen et convainquit le reste de la compagnie. Dickie et Juliana même en furent impressionnés. L'agent Potter remarqua que ça vaudrait peut-être la peine que Mr. Mountfitchet — oh, juste pour sa tranquillité d'esprit ! — traverse la rue pour aller à *Sweetbriars* demander l'avis de Miss Seeton. Mais il était quant à lui prêt à accepter la preuve du parapluie à poignée d'or et suggérait que le patron de l'auberge en fît de même.

— Sinon, ajouta-t-il en entendant Charley marmonner indistinctement, vous pourriez donner un coup de fil à sir George, mais je doute pas que vous aurez le même son de cloche de sa part. Un peu plus bref, ça va de soi, releva-t-il avec un petit sourire, mais le même air, vous pouvez en être sûr !

Oui, supposait Charley. Et, compte tenu du parapluie de Miss Seeton, il ne voyait pas vraiment le besoin d'aller ennuyer les gens. Il regrettait le petit quiproquo et espérait que Miss Popjoy et Mr. Nash pouvaient comprendre son point de vue...

Mais tout à fait, confirmèrent Juliana et Dickie.

— Bon, eh bien, maintenant, Charley, il ne reste plus qu'à régler le problème de ces clients qui se sont évanouis dans la nature, déclara l'agent Potter, qui accepta une tasse de café et participa amicalement au petit déjeuner tardif du couple.

Avec un reniflement désapprobateur, Maureen disparut pour aller vaquer à quelque occupation de son invention, laissant à Doris le soin de produire d'énormes quantités de toasts beurrés, le patron ayant déclaré qu'il se joindrait lui aussi volontiers aux ex-suspects pour bien montrer que personne n'en voulait à personne.

— Sans compter, ajouta Potter en puisant généreusement dans le pot de marmelade, qu'on n'attrapera pas ces fameux Standon — si c'est leur vrai nom, ce qui reste à voir — sans déposition de la part de tous ceux qui les ont vus. Alors, pendant qu'on casse une croûte, vous pouvez réfléchir à leur signalement et je n'aurai plus ensuite qu'à noter. Comme ça, on gagne du temps, voyez-vous, conclut l'agent Potter.

Tout le monde en fut d'accord, même si, dans son for intérieur, Charley doutait qu'on pût arriver à grand-chose.

La petite compagnie s'entendait fort bien et l'on avait même réussi à se rappeler quelques détails au sujet des Standon qui, de l'avis de Potter, devraient être utiles. C'est alors que la porte de la salle à manger s'ouvrit brusquement, avec presque autant de force que tout à l'heure. Ils s'arrêtèrent tous de manger et se retournèrent.

Les yeux brillants et les joues presque aussi rouges que ses lèvres peintes, Maureen entra, plus excitée que ne l'avaient jamais vue son patron ou l'agent Potter (lequel pensa d'instinct : « De la drogue ! »).

— Je vous l'avais bien dit, lança-t-elle, haletante, à Charley Mountfitchet, mais vous avez pas voulu écouter. Je l'ai dit qu'elle était dans le coup avec eux, et vous m'avez pas crue, hein ? Eh bien, vous aviez tort et moi, raison !

— Parlez donc clairement, petite ! Tort et raison à propos de qui ? Et dans le coup avec qui d'autre ? Vous vous énervez encore à propos de rien, voilà tout !

— Ah non, que non ! protesta Maureen en promenant un regard triomphant sur les convives attablés. Je viens de faire ce que vous auriez dû faire, Charley Mountfitchet. Et vous pouvez pas vous plaindre que personne vous a averti. Miss Seeton, voilà de qui je cause ! lâcha-t-elle dans un silence subit et un brin tendu. J'suis allée pour lui demander, s'pas, vu qu'elle habite en face, à moins de cinq minutes d'ici. Et est-ce que je l'ai trouvée chez elle ? demanda-t-elle sans attendre la réponse des autres. Non, l'était point là ! Voilà pourquoi qu'elle parlait aux Standon quand on l'a vue, Wayne et moi. Elle s'apprêtait à filer, voilà quoi !

Le visage de Charley ne trahit que l'ombre d'un soupçon fugitif : il restait malgré tout prêt à accepter la thèse du parapluie à poignée d'or, qui faisait la fierté et la joie de Miss Seeton — tout le village le savait. Cependant, l'agent Potter avait l'air inquiet. Non, il ne croyait pas une minute que Miss Seeton fût de mèche avec ces escrocs de Standon, mais si le témoignage de Maureen était exact et si la vieille dame avait été vue en conversation avec eux juste avant qu'ils ne décampent...

Se serait-il agi de n'importe qui d'autre, ça n'aurait pas eu d'importance. Mais Potter connaissait Miss Seeton de longue date. La marmelade lui parut soudain très amère. Décidément, il arrivait toujours à Miss Seeton des tas de choses qui n'arrivent à nul autre !

Avalant le morceau de toast qu'il avait dans la bouche, il se leva promptement :

— Bon, on ferait mieux de monter à Ashford, annonça-t-il à la surprise générale. Plus logique de faire les dépositions là-bas, voyez, quant au signalement des Standon, à leur voiture et ainsi de suite. Et plus vite nous serons en route, mieux ce sera.

Il se garda bien de révéler la raison secrète de ce changement de plan inattendu : il craignait que Miss Seeton n'eût été enlevée...

CHAPITRE XVIII

Arrivée à Ashford, la compagnie de Plummergen découvrit que le commissaire principal Chris Brinton était sorti et que la durée de son absence était inconnue. L'enquêteur Mutford, préposé à l'accueil, prit un malin plaisir à s'étendre à loisir sur ce contretemps.

— Un meurtre épouvantable, qu'on vient juste de nous signaler, annonça-t-il, ravi. Un gars débité en lanières, du côté de Ruckinge. Peux pas vous donner la moindre idée de l'heure à laquelle rentrera Mr. Brinton, j'en ai peur. Oh, bien sûr, y a le jeune Foxon qui vient de rentrer, c'est-à-dire, si vous avez pas peur d'en prendre plein la vue...

L'agent Potter, qui avait déjà eu affaire à l'enquêteur Foxon, n'était pas gêné par les vêtements « civils » du jeune homme. Bon, eh bien, puisqu'on ne pouvait pas suivre la procédure prévue, on verrait Foxon. Et après tout, ce dernier connaissait Miss Seeton et il était de l'équipe de Brinton.

La procédure avait été instituée quelques années plus tôt par le commissaire principal, stipulant qu'on devait l'informer — au besoin par téléphone, chez lui — du moindre (« je répète, du *moindre* ») incident survenant à Plummergen ou en rapport avec Miss Seeton. (Ce en sus des rapports hebdomadaires qu'il avait insisté que Potter lui fournît désormais, peu après l'arrivée de la dame dans le village.) Brinton s'était dit, en donnant ces ordres permanents, qu'il valait mieux pécher par excès de précautions que regretter de ne pas en avoir pris. Depuis, il avait cependant eu plusieurs fois l'occasion de penser que l'ignorance était un bonheur.

Bientôt, Dickie, Juliana, Maureen et Doris se retrouvèrent chacun dans une pièce réservée aux interrogatoires, où on leur montra des photos de l'identité judiciaire et où l'on prit leur déposition. Potter avait consenti à ce que Charley vînt plus tard, tout seul : on comprenait que le patron n'eût guère envie de laisser son hôtel sans surveillance, surtout après ce qui s'était passé. Potter était justement en train d'expliquer à Foxon le détail des événements, qu'il avait glané auprès des autres ; de lui décrire les Standon et leur arnaque, ainsi que la possibilité que Miss Seeton eût quelque chose à voir avec eux.

— Et je n'aimerais pas trancher la question de savoir si elle a été kidnappée ou pas, conclut-il, mais il m'a semblé que vous — ou Mr. Brinton, plutôt — devriez être mis au courant, vu qu'elle est des nôtres, en quelque sorte.

Foxon pouvait difficilement imaginer une personne qui ressemblât moins à un membre du commissariat — avec leurs bâtons — que Miss Seeton et son parapluie. Jetant un coup d'œil sur sa montre, il eut un petit rire amusé :

— Eh bien, à moins qu'ils ne l'aient poursuivie jusqu'à Brettenden et coincée là, elle est parfaitement en sécurité — pour une fois. Je l'ai moi-même rencontrée, il n'y a pas quarante minutes de ça. Elle était venue faire un saut d'une ou deux heures, pour acheter deux, trois bricoles...

Potter se tapa le front :

— Mais oui, c'est le jour du marché, naturellement ! Elle a dû prendre le car, imbécile que je suis de ne pas y avoir pensé ! Seulement, comme ça concernait Miss Seeton et sachant ce dont elle est capable...

Foxon opina du bonnet. Il le savait, et comment ! Peu de gens étaient mieux placés que lui pour cela...

— Je remettrai votre rapport à Mr. Brinton dès l'instant de son retour, ça va de soi. On ne veut pas prendre de risques, s'agissant de Miss Seeton, même très indirectement. Quand vous aurez ramené les autres à Plummergen, mieux vaudrait vérifier qu'elle est bien rentrée chez elle — il y a un car toutes les deux heures, les jours de marché, non ? Elle m'a dit qu'elle n'avait pas l'intention de s'attarder. Elle avait juste envie de changer un peu de décor, paraît-il.

Il n'ajouta pas qu'il avait réussi à la convaincre d'user de ses talents artistiques pour l'aider à choisir sa tenue civile parmi les derniers vêtements à la mode, et qu'elle l'avait détourné de ses roses et ses mauves préférés au profit d'une chemise orange foncé à pois verts — nettement plus habillée (selon son goût à lui).

— Que diriez-vous de nous téléphoner, si jamais elle n'était pas rentrée par le prochain car ? En l'absence d'appel de votre part, on se concentrera sur l'arnaque, en supposant que la petite conversation de Miss Seeton avec les Standon était une pure coïncidence.

Si la suggestion convenait à Potter, elle ne fut pas du goût du commissaire principal quand il rentra, peu après le départ de Potter. Il darda un regard furibond sur son subordonné qui lui paraissait bien trop gai.

— Au diable les coïncidences ! Comme si je n'avais déjà pas assez de pain sur la planche, avec ce meurtre à l'arme blanche. Et vous qui allez vous pavaner dans les boutiques, pour une fois de votre vie que vous auriez pu être d'une quelconque utilité... conclut-il avec un reniflement agacé et une grimace excédée.

— Je suis navré, monsieur, répondit Foxon, dissimulant un sourire. Mais s'il faut que j'aille traîner dans cette disco sans qu'on sache qui je suis, j'ai besoin d'habits un peu élégants. Il y avait des soldes et, ajouta-t-il avec malice, Miss Seeton m'a aidé à choisir, monsieur. Un excellent sens des couleurs, qu'elle a, monsieur, un œil d'artiste, naturellement.

Ceux de Brinton s'étaient réduits à des fentes :

— Vous essayez de m'énerver, Foxon, et je crois bien que vous avez réussi. Juste parce que Potter a joué les diseuses de bonne aventure en nous avertissant que Miss Seeton était sur le point de reprendre du service... et vous savez bien qu'il n'y a pas de coïncidences, avec elle...

— Ah ça, oui, monsieur, je suis parfaitement d'accord avec vous là-dessus ! Mais je me suis dit que vous apprécieriez la diversion, de ne pas avoir à penser à tout le reste, ne serait-ce qu'un instant ou deux, monsieur. Dans le genre « quand on se tape la tête contre un mur de brique »...

Brinton gémit et s'arracha les cheveux :

— Parce que ça fait du bien quand on s'arrête, mon petit ? Vous êtes dingue, mais complètement dingue. Vous savez fort bien que rien ne pourrait me faire oublier un seul instant que Miss Seeton est embarquée dans une nouvelle affaire, même si celle-ci n'est pas tout à fait du calibre de celles où elle intervient d'habitude, ajouta-t-il en plissant le front.

— Pourtant, monsieur... reprit Foxon qui s'arrêta net en remarquant le regard noir du commissaire principal posé sur lui. Pardon, monsieur. Sérieusement, je sais ce que vous voulez dire : arnaquer un hôtel, ce n'est pas tout à fait à ranger dans la même catégorie que les affaires qu'elle traite d'ordinaire, ou d'ailleurs que ce meurtre à l'arme blanche, monsieur, dont vous alliez me parler.

Là-dessus, Foxon s'assit, attendant que Brinton lui évoquât le meurtre qui lui avait évité d'assister aux premières manifestations des derniers exploits de Miss Seeton.

— Pfft ! s'exclama Brinton avec une grimace.

Il hocha ensuite vivement la tête et décrocha son téléphone.

— Le standard ? Passez-moi le poste de Plummergen, et que ça saute ! Oui, expliqua-t-il en surprenant le regard étonné de Foxon, je sais qu'en principe les meurtres ont la priorité numéro un et, normalement, je suis d'accord. Mais pas cette fois-ci. Notre cadavre n'est pas une grande perte pour le monde, croyez-moi, et du fait que Miss Seeton s'occupe de l'autre, je pense... Allô ? C'est vous, Mrs. Potter ? Ici Brinton. Votre mari est de retour ? Ah bon, je vois... Eh bien, quand il rentrera, pouvez-vous lui demander de ramener Miss Seeton à Ashford dès que possible ?... Non, rien de grave, mais si elle voulait bien... Merci, oui, s'il vous plaît, n'oubliez pas de transmettre mon message.

Il raccrocha avec un claquement, poussa un long soupir de soulagement et essuya son front trempé avec un grand mouchoir blanc.

— Bon, j'ai fait mon possible pour désamorcer la bombe, grogna-t-il. Et on ne peut rien faire de plus avant qu'elle n'arrive. Alors, puisqu'il le faut, accordons notre pleine attention à cette histoire de meurtre au couteau qui semble tant vous intéresser. Dieu sait pourquoi, d'ailleurs ! Je vous l'ai dit, c'est plutôt un bon débarras, dans le cas présent. Vous pourriez même ajouter que je serais presque content de serrer la main de celui qui l'a expédié — presque, répéta-t-il en soupirant.

— Et pourquoi, monsieur ? Qui était-ce donc ?

— Gerald Sacombe. Oui, poursuivit-il sur fond d'exclamations de la part de Foxon, le dealer. Et, apparemment, un sacré sale type, en dehors même de ces activités-là. Accessoirement, il faisait des photos pornos, à en croire ce qu'on a trouvé en fouillant chez lui. Et à voir la façon dont on l'a dépecé, on dirait que celui qui a fait le travail y a vraiment pris plaisir. On aurait cru une tranche de steak cru, habillée de rubans rose pâle.

Foxon fit la grimace :

— Un junkie fou de rage, monsieur ?

— Possible. Mais, comme j'ai dit, quelle importance ? À mon avis, le monde se portera mieux sans notre Gerald, mais si vous racontez à qui que ce soit que j'ai dit ça, je vous colle à l'îlotage pour l'été, avec tous ces touristes qui posent des questions imbéciles et qui prennent les sens uniques à l'envers en plein centre ville !

Foxon pâlit :

— Votre secret sera bien gardé, monsieur, et, de toute façon, je serais plutôt d'accord avec vous, à propos de Sacombe. Ça fait une éternité qu'on lui court après, non ?

— Et quelqu'un d'autre l'a rattrapé avant nous ! fit Brinton avec un haussement d'épaules. Dommage ! J'aurais bien aimé lui mettre la main au collet, mais ce fumier-là a toujours été trop malin pour nous. Je donnerais cher pour savoir comment il organisait ses approvisionnements, mais je suppose que, maintenant, on n'a guère de chance de découvrir quoi que ce soit. Ce qui est une des deux raisons qui me font regretter son trépas, Foxon. L'autre, avant que vous me posiez la question, c'est que celui qui a fait le coup l'a vraiment salement esquinté. Même le photographe en était blanc comme un linge ; pourtant, vous le savez, ils prétendent toujours qu'ils ont déjà tout vu. Donc, je peux pas dire que j'apprécie l'idée d'un dingue en liberté, qui se balade dans la nature par chez nous. On risque de passer un mauvais quart d'heure.

Foxon fit une grimace éloquente et frissonna.

— Comme vous avez si bien dit, monsieur : « Pfft ! » Espérons que vous vous trompez...

L'agent Potter ayant déposé ses témoins au *George and Dragon* et recommandé à Charley de se rendre à Ashford quand il voudrait, il décida que sa voiture de police aurait besoin d'un petit contrôle. Ce qui lui fournissait une excellente excuse pour traîner devant le garage Crabbe (en face duquel se trouvait l'arrêt du car) pendant que Jack Crabbe nettoyait le pare-brise, regardait sous le capot et vérifiait l'état des pneus. Jack, qui avait compris à demi-mot l'intention du représentant local de l'autorité, était ravi de jouer la comédie, feignant de déplorer le peu de soin que prenait la police du Kent de leurs véhicules de patrouille. Il s'amusait comme un petit fou, se lamentant à haute voix de l'état déplorable du joint de culasse de Potter et se répandant en récriminations du même genre.

Le car de Brettenden arriva, déversant une foule de passagers chargés de paquets. Au nombre desquels figurait Miss Seeton avec son petit panier d'osier, pas assez lourd ni encombrant pour justifier qu'il lui proposât de l'aider, songea Potter. Mais elle était de retour sans encombre, c'était l'essentiel. Il remercia Jack pour son dur labeur, le menaçant dans sa barbe de le verbaliser pour excès de vitesse la prochaine fois qu'il conduirait le car familial pour aller en ville, et regagna gaiement le poste.

Là, il trouva sa femme l'attendant avec le message du commissaire principal Brinton, au lieu de la tasse de thé dont il s'était réjoui à l'avance.

— Le plus tôt sera le mieux, il a dit, rapporta-t-elle à son mari qui paraissait déçu. Tu ferais mieux d'aller à *Sweetbriars* la chercher : si jamais c'était vraiment urgent ! Suppose qu'ils aient de nouveau besoin d'elle à Scotland Yard ?

— Ils enverraient une voiture pour la chercher, comme les autres fois.

— Mais pas si c'était une de ces affaires secrètes qu'elle traite pour eux, de temps en temps. Quand ils veulent pas qu'on sache où elle est passée. Mr. Brinton avait l'air un peu, euh, préoccupé. Voulait pas rentrer dans les détails au téléphone, je pense, commenta Mabel Potter, hochant la tête d'un air avisé. Tu verras ce que je te dis : c'est Scotland Yard pour Miss Seeton, et le Pébroque vengeur va se retrouver dans les journaux avant longtemps, tu verras si j'ai pas raison...

Ça paraissait tellement plausible que Potter en oublia complètement sa soif, la chaleur et, sans même s'arrêter pour faire reluire ses boutons, il sauta dans la voiture, descendit la Rue, et se rendit droit à *Sweetbriars*.

Miss Seeton avait apprécié sa sortie à Brettenden, où elle avait acheté des crayons avec des mines de différentes épaisseurs et un nouveau bloc à dessin. Maintenant, peut-être pourrait-elle dessiner le visage de cet homme qui l'avait effrayée avec son « foutu » sale tour (elle rougit en usant du terme)... Et elle n'aurait plus l'impression d'avoir trahi la confiance de tout le monde en étant incapable de se souvenir de sa tête. Ce cher Mr. Delphick avait paru si, euh, pas exactement « plein de reproches », car il était trop compréhensif pour ne pas savoir qu'il y a des moments où l'on a beau se donner du mal, l'inspiration ne vient pas. Mais il était en droit d'attendre...

— Oh ! là, là !

Miss Seeton, qui s'affairait dans son salon, avait jeté un coup d'œil par la fenêtre et vu la voiture de police se garer devant chez elle. La police ! Mr. Delphick était de toute évidence plus fâché de son échec qu'elle ne l'avait supposé. Voilà qu'on lui envoyait son collègue, l'agent Potter, pour la réprimander...

Miss Seeton avait des yeux inquiets en ouvrant sa porte à Potter qui frappait gaiement.

— Mon Dieu, Mr. Potter, c'est Mr. Delphick qui vous envoie ? demanda-t-elle à son visiteur d'une voix aussi préoccupée que son visage. Je regrette vraiment, mais...

— Non, je ne crois pas, interrompit Potter à la hâte, sachant trop à quel point elle pouvait digresser si l'on ne coupait pas le fil de ses réflexions. Non, répéta-t-il de façon moins péremptoire, se souvenant de l'allusion de sa femme. Non, c'est Mr. Brinton qui a dit qu'il aimerait vous voir, si ça ne vous ennuie pas, et dès que possible, si vous voulez bien. Je suis censé vous emmener avec la voiture — je l'ai fait réviser spécialement, ajouta-t-il, repensant à Jack Crabbe et à ses commentaires sur les joints de culasse.

Il en sourit. Miss Seeton crut à tort lui voir un air entendu et méprisant. La raison eut beau lui dire que ça ne ressemblait guère à Mr. Potter, son sentiment de culpabilité lui affirma qu'elle ne l'avait pas volé.

— Oh ! là, là, oui, de fait je vous ai vu au garage mais je n'avais pas idée... Et pourtant, conclut-elle avec un soupir, ça ne sert à rien de remettre à plus tard. J'enfile mon chapeau et je prends mon parapluie, bien sûr, et nous pourrons y aller immédiatement.

Sa mauvaise conscience la tourmentait tant qu'elle en oublia d'emporter son matériel à dessin.

CHAPITRE XIX

Miss Seeton lui parut si morose et pensive pendant le voyage que Potter se sentit obligé de lui raconter une de ses aventures les plus récentes — et sortables — pour tenter de la dérider. La pauvre petite dame, on aurait dit qu'elle venait de perdre un shilling pour ne retrouver que six pence ensuite. Mais, là, il avait de quoi la faire rire...

— C'était sur l'autoroute, voyez, un gars qui allait à Douvres en voiture avec une cargaison de pigeons voyageurs, de nouveaux volatiles qu'il commençait à entraîner pour une course quelconque, là-haut, dans le Yorkshire. Bon, il tombe en panne entre deux téléphones de secours et il va pour se rabattre sur la bande d'arrêt d'urgence — y avait un bruit d'enfer sous le capot et ça crachait de la fumée bleue par-derrière — quand voilà-t-il pas que deux de mes collègues en patrouille s'arrêtent derrière lui et lui proposent d'appeler directement les dépanneurs du RAC ou de l'AA[1], pour lui épargner la peine de marcher jusqu'au téléphone.

1. Le *Royal Automobile Club* et l'*Automobile Association* sont deux sociétés concurrentes qui assurent, entre autres, le dépannage des automobilistes. (*N. d. T.*)

— Si gentil de la part de vos collègues, remarqua Miss Seeton, mais on s'y serait attendu, naturellement.

— Bon, c'est ce que tout le monde penserait, n'est-ce pas ? Sauf que l'gars en question, il les remercie de leur offre, mais il répond qu'il a une meilleure façon d'appeler au secours, vu qu'il a simplement brûlé de l'huile et que quelques litres régleront le problème. Il va envoyer les pigeons à son paternel qui habite avec lui et qui l'aide à entraîner les volatiles, et il leur attachera un message aux pattes, demandant à son vieux père d'apporter un bidon d'huile. Ça lui évitera la note du RAC, parce que, naturellement, ils sont bien obligés de facturer le déplacement et tout.

— Je suppose que oui, reconnut Miss Seeton bien qu'elle n'eût guère de notion en la matière.

Potter éclata de rire :

— On dit que le temps, c'est de l'argent, s'pas ? Eh bien, ça a dû coûter une petite fortune à ce fameux gars aux pigeons, je crois bien. Il a raconté à mes potes qu'il serait chez lui dans une dizaine de minutes : ses pigeons étaient encore en apprentissage, mais comme on n'était pas trop loin de la maison, ça irait. Eh bien ! Deux heures plus tard, il téléphonait pour demander qu'on le dépanne, et qu'importe si ça coûtait de l'argent. Pas très content, non plus, le bonhomme, de penser que ses pigeons s'étaient perdus en route et devaient être des bêtes de mauvaise race, pas valables pour les courses, alors qu'il avait allongé plus de deux cents tickets pièce, si vous pouvez le croire !

Miss Seeton le pouvait : elle avait approfondi ses connaissances en matière d'oiseaux, depuis qu'elle avait quitté Londres pour s'installer à la campagne, et, en tout cas, les pigeons voyageurs l'intéressaient particulièrement en ce moment.

— Oh, mon Dieu, j'espère qu'il ne les a pas tous perdus. Et que, c'est-à-dire, qu'ils ont survécu à leur épreuve...

Flottèrent devant ses yeux d'horribles visions de tourte au pigeon, spécialité de l'époque élisabéthaine.

Potter eut un petit rire :

— Pensez-vous, ils ont survécu ! Z'ont fait exactement ce qu'on attendait d'eux. Des oiseaux de première qualité, il avait dit, et je le crois volontiers. Ils sont rentrés au bercail dans les dix minutes qui ont suivi leur lâcher, avec leurs petits messages attachés aux pattes. Et saviez-vous, Miss Seeton, qu'un pigeon peut porter pas mal de poids, avec sa petite cartouche métallique et tout, sans compter le bout de papier froissé qu'il leur avait attaché à la patte par un élastique. Seulement son père, figurez-vous, il a pas eu idée de chercher des messages, si bien que le type, il s'est donné tout ce mal pour rien. Le vieux bonhomme savait que son fils avait emmené les pigeons pour les entraîner à revenir, et c'est ce qu'il a cru qu'ils faisaient quand il les a vus rappliquer l'un après l'autre. Alors, malgré tout ça, le pauvre gars a encore dû payer le RAC pour qu'on lui apporte de l'huile de moteur ! conclut Potter en riant.

Miss Seeton sourit poliment, bien qu'elle ne vît rien de très amusant à la mésaventure du pauvre homme. Il avait dû tellement s'inquiéter, croyant ses pigeons perdus alors qu'ils ne l'étaient pas, comme il l'avait ensuite constaté. Mais elle savait, d'après ce que Mrs. Ongar des Ailes blessées lui avait appris, que les pigeons de course peuvent valoir une fortune. Les pigeons voyageurs aussi — même si ça ne changeait pas grand-chose quand on était coincé sur une autoroute, à court d'huile. Car il devait en falloir, de l'huile, imaginait-elle, pour qu'une voiture marchât convenablement, et Mr. Potter devait le penser, sinon pourquoi lui aurait-il raconté cette histoire-là ?

Elle supposa qu'il s'attendait à ce qu'elle lui racontât aussi quelque chose, en échange, et comme le souvenir des Ailes blessées occupait encore beaucoup son esprit, elle décrivit à Potter la découverte et le sauvetage du pigeon voyageur épuisé par la tempête qu'elle avait nourri au Chirrup et qui avait passé la nuit chez elle, le temps de reprendre des forces.

— Aussi bien qu'il soit reparti, remarqua Potter. Tibs est de mauvais poil en ce moment, et on ne sait jamais ce qu'il peut aller inventer.

Tibs était le chat des Potter. La seule personne de Plummergen qui eût la moindre autorité sur cette créature, un gros félin vindicatif que beaucoup de gens du village croyaient possédé des mauvais esprits, était Miss Amelia Potter, cinq ans. Il était arrivé à Miss Seeton de l'emporter sur l'animal mais ce n'était pas, dans l'ensemble, des expériences qu'elle était pressée de renouveler.

— Les chats, ajouta Miss Seeton, ont d'étranges humeurs, c'est certain. Ce sont de mystérieuses créatures, imprévisibles...

— Comme certaines personnes, du reste, souligna Potter. Tenez, on m'a raconté ce matin — l'enquêteur Mutford, c'était — qu'il y a un type l'autre jour qui a complètement perdu les pédales (à cause de la tempête, qu'il a dit !). Il s'est précipité dehors avec un fusil et il a truffé de plombs un des chats du voisinage, en pestant et en hurlant contre la pauvre bête !

— Doux Jésus ! fit Miss Seeton d'une voix faible.

L'agent Potter était furieux contre lui-même : loin de l'avoir déridée, la pauvre petite dame, il avait apparemment aggravé la situation...

Quel ne fut son soulagement quand, quelques silencieuses minutes plus tard, il déposa sa passagère saine et sauve au poste de police d'Ashford et reprit la route de Plummergen pour y boire une tasse de thé bien fort !

Le commissaire principal Brinton salua Miss Seeton poliment mais l'esprit un peu ailleurs, car il restait malgré lui préoccupé par la pensée de feu (sinon regretté) Gerald Sacombe. Un air désapprobateur passa brièvement sur son visage quand il remarqua qu'elle avait oublié son matériel de dessin, et puis il se ressaisit : bien sûr qu'elle pourrait se débrouiller avec ce qu'on lui trouverait sur place. Les Anglais savent très bien improviser. Il adressa donc à Miss Seeton un sourire qu'il voulait rassurant.

— Si vous êtes sûre que vous ne voulez pas de thé ou autre chose, je vais vous emmener à la salle d'interrogatoire et vous laisser faire, si ça ne vous ennuie pas. Nous avons une sale affaire sur les bras, et tout le monde est aux postes de manœuvre, je le crains. Ça ne vous gêne pas de rester seule un moment, n'est-ce pas ? Vous voyez, on a besoin de mon bureau pour enquêter sur un meurtre.

— Un meurtre ? Oh non ! Sûrement pas, non ! s'exclama Miss Seeton en tripotant nerveusement le fermoir de son sac. Je veux dire, le pauvre homme n'a pas été poignardé *pour de bon*, n'est-ce pas ?

Brinton la regarda, stupéfait :

— S'il ne l'a pas été, c'est qu'il portait des lames de rasoir en guise de sous-vêtements et qu'il a descendu une pente raide en roulé-boulé. Jamais je n'avais vu quelqu'un dans cet état-là !

— Mais... ce n'était donc pas que du ketchup ? Je suis sûre que ce pauvre Mr. Thundridge a dit... oh ! s'exclama-t-elle soudain, remarquant enfin l'étonnement de Brinton et piquant un fard. Oh ! là, là ! comme j'ai dû vous paraître incohérente ! Je suis vraiment navrée. Figurez-vous, j'ai cru que vous... c'est-à-dire, que Mr. Delphick vous avait demandé de me demander... après ce qui est arrivé l'autre jour, voyez-vous... quand on m'a arrêtée... précisa-t-elle, rougissant de nouveau.

La réaction de Brinton fut encore plus spectaculaire : il en resta bouche bée, les yeux exorbités. Sa voix, quand elle lui revint, n'était qu'un souffle rauque :

— Arrêtée ? Miss Seeton, non, vous ne voulez pas dire que...

Et il resta planté là à hocher la tête tandis que l'intéressée rougissait de plus belle.

— Oh ! mon Dieu, si, une erreur stupide... de ma

part, je veux dire, car il faut excuser ce pauvre Mr. Thundridge. Il a eu son costume gâché, mais ça ressemblait tellement à du sang et il avait l'air si convaincant... l'homme au ketchup, j'entends. Et ce pauvre Mr. Delphick... oh, bien sûr, il ne m'a rien dit parce qu'il est trop gentil... mais il a été très déçu par mon inaptitude à lui fournir un portrait ressemblant de cet homme... ou même un portrait tout court. Alors, naturellement, quand Mr. Potter est venu me chercher, j'ai pensé qu'il avait dû appeler de Scotland Yard pour que je réessaie... Mr. Delphick, je veux dire, pas Mr. Potter, bien que, lui aussi, il conviendrait de le considérer comme collègue, non ?

Miss Seeton prit une longue inspiration qui permit à Brinton de l'interrompre avant qu'elle pût poursuivre. Levant la main pour l'arrêter, il déclara :

— Je vous en prie, ne prenez pas la peine de vous expliquer davantage, Miss Seeton. Je préférerais que vous *me* laissiez le soin de vous expliquer.

Ce qu'il fit, lentement et avec soin, en l'accompagnant dans le couloir jusqu'à l'une des salles d'interrogatoire — celle qui avait la plus grande fenêtre, où il avait ordonné qu'on installât un fauteuil confortable. Il fit apporter du papier et des crayons, n'osant poser la question évidente : pourquoi Miss Seeton avait-elle omis de prendre son matériel, si elle supposait qu'on allait lui demander d'exécuter des croquis pour Scotland Yard ? Il y avait belle lurette qu'il savait à quel point l'inattendu pouvait la décontenancer et, à en juger par son récit, elle avait été plus que déroutée par l'arrivée de l'agent Potter dans sa voiture de police.

— Alors, nous aimerions bien que vous nous dessiniez ces gens-là, si vous le pouvez, conclut-il tandis que Miss Seeton l'écoutait avec un vague sourire de soulagement mais un regard qui reflétait encore un état de choc. Pensez-vous être en mesure de le faire ?

— Je ferai mon possible, sans aucun doute, Mr. Brinton. Une telle... une telle rouerie — je répugne à penser cela des Standon, ils avaient l'air d'une famille tout à fait normale et heureuse, mais gruger Mr. Mountfitchet de cette manière... s'indigna-t-elle, les yeux brillants, les joues roses. C'est de toute évidence mon devoir pur et simple de tenter de vous être utile, même si je ne les ai vus qu'une seule fois. Mais, bien sûr, les circonstances n'étaient pas aussi, euh, difficiles que celles de ma petite... mésaventure de l'autre jour.

Là-dessus, Brinton l'abandonna à sa besogne et se dépêcha de réintégrer son bureau pour s'occuper activement de l'affaire du dealer assassiné, Gerald Sacombe.

Il était si absorbé par sa tâche qu'il perdit toute notion du temps. Il ne reprit conscience de l'existence de l'autre affaire que lorsque Miss Seeton (qui avait attendu qu'on vînt chercher ses croquis, n'aimant pas déranger des personnes très mobilisées par leur travail, elle le savait) s'aventura enfin hors de son antre pour rejoindre le hall d'entrée du poste et s'adresser au policier qui trônait à la réception. Le téléphone sonna désespérément sur le bureau du commissaire principal et l'enquêteur Mutford (qui avait entendu parler de Miss Seeton sans avoir encore fait sa connaissance, et trouvait maintenant l'expérience trop épuisante pour un homme de son âge) se hâta de transmettre l'imbroglio à son chef, avec un soupir de soulagement sorti du cœur.

Brinton laissa à Foxon et au reste de l'équipe le soin de poursuivre le travail pendant qu'il accourait à la rescousse, se demandant malgré tout, tandis qu'il parcourait le couloir à grandes enjambées, lequel des deux avait le plus besoin qu'on le tirât de là : Mutford ou Miss Seeton ? Il avait sa petite idée là-dessus...

— Ah, vous voilà enfin, monsieur !

L'accueil de Mutford indiqua à Brinton qu'il avait bien deviné. On aurait dit que le pauvre homme avait été ligoté dans un sac, la tête à l'envers, et jeté sur un manège tournant à toute allure.

— Voici Miss Seeton, monsieur, et voilà Mr. Brinton, Miss !

Sur ces mots, Mutford battit aussitôt en retraite derrière son bureau, dans le petit sanctuaire de la réception, avant que son supérieur n'eût le temps de faire la moindre réflexion. Miss Seeton le suivit du regard avec un sourire de commisération.

— Ce pauvre enquêteur Mutford ! confia-t-elle à Brinton qui dut prendre sur lui pour ne pas réagir. Il a tant de choses en tête, semble-t-il... comme vous-même, naturellement, monsieur le commissaire principal. Excusez-moi de vous déranger ainsi, alors que vous êtes si affairé, mais Mr. Mutford a pensé qu'il valait mieux...

— Évidemment, lâcha Brinton, et ça ne m'étonne pas le moins du monde ! Bon, peu importe, enchaîna-t-il, s'avisant qu'elle le regardait d'un air interrogateur. Vous avez fini les croquis ? Je suis désolé de ne pas être revenu vous voir plus tôt mais... Maintenant, si nous les regardions ? proposa-t-il en l'entraînant vers un des fauteuils recouverts de plastique qui étaient alignés contre un mur.

Ayant installé Miss Seeton aussi confortablement que possible, Brinton s'assit à ses côtés et prit les dessins qu'elle lui tendait.

— J'espère que c'est ce que vous vouliez, monsieur le commissaire principal, fit-elle avec élan, pendant qu'il examinait les fruits de son labeur.

Le premier dessin montrait une salle à manger d'hôtel, esquissée à grands traits ; deux petits garçons qui se battaient devant une table et trois adultes qui les couvaient d'un regard affectueux. L'un d'eux était un vieillard aux cheveux blancs, visiblement plus âgé que l'autre homme, et il avait des béquilles, l'air distingué et une moustache militaire. La ressemblance de la femme avec lui semblait confirmer les dires des Standon qui se prétendaient père et fille.

— Ça correspond aux dépositions des témoins, marmonna Brinton.

Il examina le plus jeune des deux hommes : physique

moins caractéristique, tête légèrement tournée de côté, et, à la différence de sa femme ou de son beau-père, il ne regardait pas ses fils querelleurs, mais au-delà.

— Comme si, réfléchit Brinton à haute voix, les quatre cents coups des gamins ne le ravissaient pas autant que les deux autres. Intéressant...

Le deuxième dessin de Miss Seeton paraissait confirmer cette théorie. Les gamins, debout à présent, avaient manifestement été interrompus en plein pugilat, vu le désordre de leur tenue et l'expression de leur visage : belliqueuse pour l'aîné, soulagée pour le cadet. Leurs traits étaient plus distincts que sur le premier croquis, ainsi que ceux de l'homme qui les avait séparés et qui, maintenant, les tenait par le collet, à distance l'un de l'autre. Il avait l'air beaucoup moins permissif et nettement plus fâché qu'avant mais, là encore, les liens du sang étaient évidents.

— Une affaire de famille, lâcha Brinton entre ses dents.

Il revint au premier dessin pour l'étudier de plus près.

— Oui, en combinant ces dessins et les portraits-robots établis après que les autres ont vu le trombinoscope de l'identité judiciaire, on sait au moins à quoi ressemblent nos malfrats. Et, si je peux me permettre, Miss Seeton, vos dessins me donnent une meilleure idée de la tête qu'ils ont que nos autres machins. Attention, quant à savoir si on les pincera, là, c'est une autre paire de manches. Tout ce qu'on peut faire, c'est diffuser leurs portraits dans les hôtels de la région en les avertissant de ce qui est arrivé. Dix contre un qu'ils recommenceront, maintenant que le truc a réussi une fois.

Il s'attendait à moitié à ce que Miss Seeton déplorât la médiocrité des valeurs morales des parents et son regrettable effet sur les esprits d'enfants innocents, et il fut étonné quand elle resta coite. Il se retourna pour la regarder en face et fut encore plus surpris de constater qu'elle semblait mal à l'aise. Non, tout de même, elle ne se dégonflait pas ? Elle ne regrettait pas d'avoir contribué à l'identification de ces gens-là ?

Ou bien serait-ce...

Il se rappela l'attitude de son vieil ami, le commissaire divisionnaire Delphick, face à Miss Seeton quand celle-ci lui faisait des dessins et qu'elle avait l'air coupable ensuite. Le geste encourageant et la voix réconfortante, il s'enquit :

— Miss Seeton, où est l'autre ? Je suis sûr que vous avez fait plus de deux dessins, non ? Vous avez eu amplement le temps d'en faire dix !

— Oh, mon Dieu ! s'exclama Miss Seeton, qui soupira. Je crains... c'est-à-dire, je me sens un peu bête parce que... je suis sûre que vous n'auriez pas envie de voir celui-là, monsieur le commissaire principal. Il n'a rien à voir avec ces escrocs de Standon, je vous assure. Une simple référence à la conversation que nous avons eue en venant ici dans la voiture, Mr. Potter et moi. Comme c'est le premier croquis que j'ai fait, j'imagine que c'était encore, euh, frais dans mon subconscient... la conversation, je veux dire. Les autres que j'ai dessinés, ceux que vous vouliez, ne ressemblent en rien à...

Elle laissa mourir sa phrase car Brinton, imitant toujours en cela l'exemple de son collègue, se contentait d'attendre en la fixant. Elle sourit, ouvrit son sac à main. Et tira de ses profondeurs une feuille de papier pliée en deux qu'elle lui tendit en murmurant d'une voix déconfite qu'elle avait cherché une corbeille, n'en avait pas trouvé et n'avait pas voulu laisser ça sur le bureau pour que n'importe qui pût voir ses enfantillages, et elle espérait qu'il ne serait pas fâché contre elle qui avait tenté de subtiliser un bien de la police dans un local de police...

Brinton, qui commençait à connaître l'oiseau, répondit :

— Ne vous inquiétez pas du tout pour ça. Il n'y a pas de mal, Miss Seeton !

CHAPITRE XX

Le commissaire principal Brinton téléphonait à son collègue de Scotland Yard, le commissaire divisionnaire Delphick.

— Ça n'avait aucun sens à mes yeux, expliqua-t-il après avoir exigé un récit complet de l'arrestation de Miss Seeton qu'il avait parachevé en narrant ses propres mésaventures. Elle a dessiné des quantités de têtes... euh, trois en tout cas — deux hommes et une femme — mélangées à des oiseaux qui volent dans tous les sens. Et le plus bête, c'est que tout cela se passe à *l'intérieur*, un intérieur d'aspect très démodé, par-dessus le marché. Dans le genre étranger, aussi, ajouta-t-il après une pause que Delphick n'avait pas su combler par une remarque adéquate. Bon, elle m'avait bien dit que je n'avais pas vraiment besoin de le voir, ce dessin, et maintenant je suis obligé de me ranger à son avis.

— Ne va pas trop vite en besogne, Chris ! Nous savons tous les deux ce que ça signifie, quand Miss Seeton commence à produire, euh, des dessins qui n'ont pas l'air tout à fait adéquats : c'est que son talent de médium, ou appelle ça comme tu voudras, a passé la surmultipliée, expliqua l'Oracle, conscient que c'était l'éventuelle médiumnité de Miss Seeton — il n'avait jamais vraiment pu trancher avec certitude — qui perturbait tant son vieil ami Brinton. Tu ne pourrais pas préciser un peu ta description ? suggéra-t-il, tâchant de distraire le commissaire de ses préoccupations.

Brinton ne put que s'exclamer :

— Pour rester enfermé avec une bande de tourterelles qui vous volent au-dessus de la tête, il faut être aussi dingue que je suis en train de le devenir, je crois bien, à tâcher d'interpréter un des dessins de Miss Seeton ! Pour ça, il faut quelqu'un qui la comprenne et on sait tous parfaitement de qui il s'agit : toi, l'Oracle. Et ne m'as-tu pas dit que, de toute façon, tu devais bientôt venir ici ? Tu pourras m'interpréter ce dessin avant qu'on se plonge dans l'affaire du meurtre.

— Oui, c'est plutôt dommage qu'on ait liquidé Sacombe, on comptait sur lui pour nous mettre sur la piste, pour la partie de l'enquête qui nous concerne. D'après les éléments que nous possédons, il aurait bien valu la peine qu'on le file...

— Mais *nous*, on l'a filé, lui rappela Brinton d'un ton lugubre, et ça ne nous a menés à rien du tout.

— Il était intelligent, reconnut Delphick, et c'est pour ça qu'il était dangereux — et potentiellement utile. Si on avait seulement découvert comment fonctionnait le système de distribution, on aurait pu établir l'existence d'un lien avec l'étape londonienne de l'opération, là où se trouve le fric, la grosse galette. Juste ce chaînon essentiel qui nous manque. Et on aurait pu mettre un terme à une partie au moins de ce petit négoce répugnant. Mais le système — quel que soit son mode de fonctionnement — s'est révélé jusqu'à présent trop efficace pour notre goût. Ce qui signifie, ajouta-t-il songeur, que ça devrait être très facile pour un autre de prendre le contrôle... Ah, si seulement ils avaient tenté le coup quand il était encore en vie !

— Comment ? Tu as vraiment envie de voir éclater des fusillades un peu partout dans le Kent, et de ramasser des cadavres à la pelle quand les copains auront fini de s'envoyer mutuellement *ad patres* ?

Delphick s'éclaircit la gorge :

— Ça peut te sembler une hérésie, Chris, mais si *vraiment* les copains se liquidaient mutuellement, ça éviterait beaucoup de travail à des gens comme nous. Tant que les passants innocents ne se retrouvent pas embarqués là-dedans... et, soyons francs, combien de fois...

— Justement ! remarqua Brinton avec ironie tandis que Delphick laissait mourir sa phrase, un peu gêné. On en revient à Miss Seeton, tu vois. Alors, tu comprends pourquoi je veux que ce soit toi qui t'occupes d'elle ?

Ils se souvenaient tous deux de la première fois que Miss Seeton avait eu affaire à la police, après qu'elle eut piqué dans le dos, avec son parapluie, Cesar Lebel, revendeur de drogue et voyou notoire, parce qu'elle désapprouvait le langage dont celui-ci usait et son attitude envers la jeune femme qu'il s'apprêtait à poignarder — ce qu'ignorait Miss Seeton.

— Les passants innocents, grommela Brinton, maussade. L'Oracle, rapplique dans le Kent dès que tu pourras ! Si jamais elle fourre son nez dans un autre meurtre lié à la drogue...

Il marqua une pause, espérant que Delphick affirmerait que ça ne risquait pas. Mais l'Oracle ne put guère le rassurer : depuis le temps qu'il pratiquait Miss Seeton...

Delphick reprit la question sous un autre angle, revenant à une idée déjà évoquée.

— Voyons : si la tentative de prise de contrôle de l'organisation — s'il s'agit bien de ça — était intervenue quand Sacombe vivait encore, on aurait pu suivre leurs querelles internes tout en restant à l'écart, en sécurité, et le jour où quelqu'un aurait conquis la première place, on aurait découvert la nouvelle chaîne de commandement — je suppose qu'on pourrait l'appeler comme ça. Et ça nous aurait été bien utile. Mais dans l'état actuel des choses, on sait juste qu'il manque un dealer du côté distribution, mais on n'est pas plus avancé pour ce qui est du tableau d'ensemble...

Il y eut un autre silence pensif. Ce fut Brinton qui le rompit :

— Je suppose, quoique l'idée ne me plaise guère, concéda-t-il à contrecœur, qu'*elle* s'est remise à dessiner...

— En effet. Ses dons — quels qu'ils soient ! — n'ont généralement pas tendance à s'exercer sur des bricoles de second plan, telle une bande de gens qui filent sans payer leur... hé, minute ! Chris, réfléchis un instant à la chronologie : ils ont filé *le jour même où on a découvert le corps de Sacombe* !

Brinton se livra à quelques rapides calculs et s'aperçut, en reprenant la parole, que sa voix tremblait d'excitation.

— Dickie, remarqua Miss Popjoy d'une voix songeuse, tu ne penses pas que Mentley a dû avoir largement le temps de réfléchir ?

Mr. Nash gratifia sa compagne d'un regard un rien sardonique par-dessus le bord de son verre qu'il vida presque avant de répondre :

— Eh bien, s'agissant de n'importe quelle personne sensée, je dirais que oui, mais il m'a plutôt donné l'impression d'être du genre imprévisible. J'aurais du mal à dire *comment* fonctionne son esprit, ne le connaissant pas bien, et, pour être franc, Juliana, c'est vraiment le cadet de mes soucis en ce moment. On est venus ici en vacances, et pourtant je n'ai encore rien vu, depuis cette abominable croisière, qui ressemble aussi peu à des vacances que la journée d'aujourd'hui, conclut-il en frissonnant à cette seule pensée et en se versant un autre verre.

Juliana plissa le front.

— Bon, c'est sûr qu'on a de nouveau été interrogés par la police mais, cette fois, on n'avait vraiment rien à cacher. Et, de toute façon, on a survécu la dernière fois, alors, sincèrement, je ne vois pas où est le problème maintenant.

— Je suppose que j'ai juste l'impression d'être un peu, euh, hanté par le passé, avoua-t-il avec un geste ample des mains, dépourvu de sens pour Juliana. Écoute : on n'est pas plus tôt parti en vacances que, vlan, on remet ça ! Encore des questions de la police : y a de quoi coller un complexe de persécution à n'importe qui !

— N'exagère pas, Dickie ! Et arrête de boire, si tu dois prendre le volant plus tard...

— Ah oui ? s'étonna-t-il, clignant les yeux. Pour aller où ? Et pourquoi ? Et qui l'a décidé ?

— Oui, tu vas conduire. Pour aller revoir Mentley et savoir ce qu'il en est pour les tableaux. Et c'est moi qui l'ai décidé.

— Ah bon, répondit Dickie, se calmant. Je suppose, puisque c'est toi qui le dis... Dans ce cas, on ferait bien de commander du café illico.

— Mais au moins, souligna Juliana, cette fois, on connaît le chemin, non ?

Ils se rappelaient tous les deux comment se rendre à Filkins Farm, au village de Murreystone (heureusement, car Juliana avait égaré les instructions de la sœur du pasteur). L'état de délabrement du lieu semblait avoir encore empiré depuis leur visite : il manquait un barreau de plus à la grille, la plaque portant le nom de la ferme s'était complètement décrochée et reposait contre une pierre à demi enfouie sous l'herbe haute. Quelqu'un de pressé ne l'aurait pas vue.

Soucieux de ses amortisseurs, Dickie prit son temps pour remonter l'allée pleine de nids-de-poule. Au détour du dernier virage, il ricana et remarqua :

— Les vautours sont toujours là, je vois ! Quel trou perdu !

— Miss Seeton a affirmé que c'étaient des corneilles, lui rappela Juliana avec une pointe d'ironie, gênée pour Mentley. Du moins, il me semble. Je ne comprends vraiment pas pourquoi tu éprouves le besoin de faire des plaisanteries si vaseuses, parfois. Ah, regarde, le voilà !

— Et un peu plus dynamique que l'autre jour, remarqua Dickie quand la silhouette de Mentley Collier déboucha de derrière le bâtiment à toute allure en agitant les bras et, apparemment, en criant. Il n'aime vraiment pas les visiteurs, hein ?

— Il est... chatouilleux.

Juliana poussa un soupir de soulagement quand Mentley, paraissant reconnaître la voiture, baissa les bras, se tut et se dirigea vers eux, son agitation un peu calmée.

— Le tempérament d'artiste, expliqua-t-elle en ouvrant la porte de la voiture. Bonjour, Mentley ! Tu t'es probablement demandé ce qu'on était devenus.

Mentley Collier haussa les épaules, enfouissant ses mains entre les plis de son caftan mauve.

— Bonjour, Juliana.

Il adressa alors un signe de tête à Dickie qui sortait de voiture.

— Salut, mec !

Puis il se tourna de nouveau vers son amie.

— Tu venais pour une raison précise ?

Juliana était un brin irritée par cet accueil peu affable.

— Suppose que je te réponde qu'on passait là par hasard et qu'on a eu envie de venir tailler une petite bavette amicale ?

Collier fit la grimace :

— J'te croirais pas. Personne ne passe ici par hasard. Ou alors, en bas, sur la route. Note, ça me convient bien, ce coin-là, c'est loin de tout, mec. Je te l'ai déjà expliqué.

— Je me rappelle, répondit Juliana, tâchant d'atténuer la froideur de sa voix. Et *toi*, est-ce que tu te rappelles qu'on a discuté affaires, la dernière fois, et que c'est pour ça qu'on devait repasser ?

— Ah oui, fit Mentley. Les grands maîtres anciens,

c'est ça. Ben, je croyais pas que vous vous embêteriez à repasser.

— Et pourquoi pas, bon sang de bois ! Moi, je ne perds pas de temps quand il s'agit d'affaires, Mentley. On serait revenus plus tôt, mais on a pris deux jours pour visiter un peu le coin pendant que tu réfléchissais, et puis, ce matin, on a passé la matinée coincés avec la police, et alors...

— La police ? s'exclama Mentley en reculant de deux pas, le regard éperdu. Tu veux dire les flics, mec ? Qu'est-ce que des bourges comme vous ont à raconter aux cognes ? Vous comptez me cafter aux flics, c'est ça ?

Ses mains émergèrent des plis mauves, poings fermés, tandis que ses yeux lançaient des éclairs. Juliana poussa un petit cri et recula à son tour. Dickie se planta à côté de sa compagne avec un air d'autorité.

— Ne faites pas l'imbécile, Collier ! Pourquoi est-ce que Juliana et moi — ou quiconque, d'ailleurs — aurions envie de vous « cafter » à la police, comme vous dites ? Si vous voulez parler de la proposition de Juliana, je vois mal comment vous pourriez vous inquiéter à ce propos, puisque vous ne l'avez pas acceptée — et, de toute façon, comme elle vous l'a expliqué, c'est parfaitement légal.

Dickie fusillait du regard un Mentley Collier complètement médusé. Juliana, non moins stupéfiée par cette démonstration de force, lui serra le bras et s'empressa de parler avant que les deux hommes n'eussent le temps de laisser échapper des paroles de colère qu'ils risqueraient de regretter ensuite.

— Mentley, je ne sais pas pourquoi tu t'inquiètes tant. On n'a parlé de toi à personne, pas même au fisc — alors que Dieu sait si j'ai toujours eu mes doutes, mais je n'ai rien dit ! — et quant à la police, franchement, tu n'as rien à craindre. Tant que tu signales bien clairement que ce sont des copies...

— Non, interrompit-il avec un geste brusque, ajoutant devant l'air choqué de Juliana : Merci quand même, mais c'est non. Je préfère faire mon truc à moi, Juliana, pas celui des autres. Plus maintenant. J'ai besoin d'espace et, la reproduction, c'est plus mon truc. Tu ferais mieux de trouver quelqu'un d'autre.

Là-dessus, il tourna le dos à ceux qui avaient voulu devenir ses associés et s'éloigna d'un pas saccadé sans même se retourner.

— Mentley ! appela Juliana.

Mais il continua, et elle se tourna vers Dickie :

— Ça alors ! s'exclama-t-elle, hochant la tête avec stupéfaction. Ça alors...

— Allez, on s'en va, ma belle, proposa Dickie en lui prenant le bras. Ce type-là est fou, ça fait longtemps que je te le dis, non ? Visiblement, il ne veut plus rien avoir affaire avec nous, alors... fit-il, plissant le front pour tâcher de se rappeler la formule ad hoc qui indique un départ. Eh bien, on, euh, on se casse ? lança-t-il à la manière de ses étudiants afin de la dérider.

Et ils se cassèrent, très intrigués et fort déçus.

Miss Seeton était dans son jardin, patiemment occupée à désherber les bordures de fleurs qui flanquaient son allée. La chaleur et la pluie récente avaient encouragé les graines de mauvaise herbe tapies un peu partout à germer toutes en même temps. Incroyable comme ça avait changé, en l'espace de quelques jours. Curieux, non, songeait-elle en remuant la terre avec sa petite pelle : la mauvaise herbe semble toujours bien plus résistante que les vraies plantes. Non que ce ne soient pas des plantes, bien sûr, mais il y avait tout de même de quoi s'interroger : si celles qui étaient issues des semis de Stan Bloomer étaient vraiment aussi costaudes que celles qui poussaient à partir de « semis » de mauvaise herbe (était-ce le terme correct ?), pourquoi Stan se donnait-il toujours tant de mal pour protéger ses plantes avant de les installer au jardin ? Pourquoi ne les laissait-il pas pousser sans assistance, comme la mauvaise herbe qui se ressemait et croissait toute seule chaque année, avec un succès évident...

— La survie du plus fort, je suppose, se dit Miss Seeton en se relevant de sa position agenouillée.

Quelle satisfaction c'était pour elle ! Ses genoux étaient en excellent état, ils avaient si bien réagi aux exercices recommandés dans son merveilleux manuel, *Rajeunissez de jour en jour grâce au yoga*. Avec un soupir respectueux à la pensée des mystères de la nature, elle brossa ses vêtements d'un geste et ramassa ses outils.

— Ah ! s'écria une voix inattendue, de l'autre côté de la nouvelle grille en fer forgé de Miss Seeton. Les racines de la mauvaise herbe sont encore en surface, n'est-ce pas, Miss Seeton ? Mais si on les tolère maintenant, poursuivit la voix tandis que la maîtresse de céans se retournait pour en identifier le propriétaire, elles auront vite fait d'envahir tout le jardin et d'étouffer les herbes aromatiques, par manque de soins. Ce n'est pas votre avis ? Non que j'imagine un seul instant, se hâta d'ajouter le pasteur, que vous-même ou Stan ayez des lacunes en matière d'horticulture ! Oh, que non, Seigneur ! Ce serait fort impertinent de ma part et, bien entendu, parfaitement injustifié. D'autant, poursuivit-il d'un air perplexe, que je ne suis pas sûr que Stan approuverait que l'on fasse pousser des herbes aromatiques dans le jardin de devant.

Miss Seeton crut reconnaître la citation que le pasteur avait amenée avec un si bel à-propos, car les terminales de son ancienne école de Hampstead avaient une année choisi de représenter *Henry VI* à la fin du dernier trimestre. N'étant malgré cela pas en mesure de répondre en enchaînant le vers qui suivait, elle se contenta de saluer son visiteur avec le sourire.

— Mr. Treeves ! Quel plaisir ! J'étais justement sur le point de rentrer prendre le thé... j'ai vraiment l'impression de l'avoir mérité, avec les efforts que j'ai déployés contre la mauvaise herbe, cet après-midi.

Voulez-vous vous joindre à moi ? Martha a fait un cake aux fruits, ajouta-t-elle, tentatrice.

Les yeux du révérend Arthur s'éclairèrent et il allait répondre quand il hésita, puis soupira.

— Vous êtes vraiment très aimable, Miss Seeton, et c'est avec grand plaisir que j'aurais pris une tasse de thé... le soleil, mes devoirs pastoraux, marcher dans le village !... mais je crains de devoir décliner votre invitation — à grand regret, je vous assure ! — eu égard aux remarques de ma sœur Molly, pas plus tard que ce matin, à propos de mon, euh, de mon poids.

Il soupira de nouveau : si les cakes aux fruits de Martha étaient réputés dans tout Plummergen, Molly l'était tout autant, pour avoir — elle — des yeux derrière la tête (beaucoup le pensaient). Le révérend Arthur n'avait pas exactement peur de sa sœur mais il n'avait pas souvenir d'une époque où elle ne lui eût dicté sa conduite et, somme toute, il n'avait jamais réussi à perdre l'habitude d'obéir. Mais... cette chère Molly ! Il sourit. Ça partait d'un bon cœur : peu de frères avaient droit à des attentions si assidues. Il se frotta la panse d'une main songeuse et adressa un sourire rayonnant à Miss Seeton.

Celle-ci, bien que le sachant un tantinet excentrique, était intriguée.

— Vous n'êtes pas forcé de prendre du sucre, si vous pensez qu'il ne le faut pas, observa-t-elle gentiment. Juste une petite tasse de thé... sans gâteau ?

Molly assistant à une réunion de comité à cette heure-ci, songea Miss Seeton, ce pauvre pasteur était condamné à mourir de soif jusqu'au retour de sa sœur, à moins qu'une voisine comme elle ne le prît en pitié. Car chacun savait que, pour Molly Treeves, la simple idée que le révérend Arthur pût être lâché en liberté dans sa cuisine était un véritable cauchemar.

— Je n'en dirai rien à votre sœur, ajouta Miss Seeton tandis qu'Arthur Treeves jetait un œil sur le presbytère par-dessus son épaule et poussait un nouveau soupir. Juste une tasse de thé, promit-elle en lui ouvrant sa grille neuve. Il ne faudra pas longtemps — la bouilloire est déjà remplie — et si vous préférez ne pas risquer d'être induit en tentation, je ne sortirai pas de cake pour moi.

— C'est vraiment très aimable de votre part, Miss Seeton, mais... oh, mon Dieu, je ne devrais pas vous laisser faire un sacrifice aussi héroïque à cause de moi ! affirma le pasteur, tâchant de se fortifier avant l'épreuve pendant qu'il la suivait dans l'allée et sur le côté de la maison, pour entrer par la porte de la cuisine. Serais-je plus sûr de ma propre force que vous n'auriez même pas besoin d'y penser, mais, comme nous tous, je faiblis devant la tentation... Pourtant, à quoi sert de cacher l'objet de tentation ? Comment s'assurer qu'on peut y résister s'il n'est pas clairement visible ? Sortez donc votre cake, Miss Seeton, et posez l'assiette près de moi, ou plutôt, rectifia-t-il en homme sincère, là où je peux la voir. (Son regard pétillant rencontra celui de Miss Seeton.) Peut-être... juste hors de ma portée, suggéra-t-il, car les cakes de Martha étaient incontestablement délicieux.

Miss Seeton lui rendit un regard pétillant sans répondre et elle s'affaira dans la cuisine. Il y eut un silence riche de réflexion que seuls interrompirent le chant de la bouilloire et les tintements de vaisselle. Le révérend Arthur méditait ses propres paroles.

— La tentation, déclara-t-il finalement pendant que Miss Seeton finissait de tout mettre sur son plateau. Peut-être la matière d'un sermon : jusqu'où aller et quels efforts déployer afin de pouvoir plus facilement lui résister ? Il est clair que c'est notre devoir à tous de résister à la tentation... Pourtant, sachant qu'elle existe, n'est-ce pas prudence de notre part, plutôt que faiblesse morale, de tâcher d'éviter les situations dans lesquelles la tentation peut se dissimuler ? Et la prudence figure parmi les vraies vertus... Est-il donc plus vertueux, continua le pasteur, ouvrant courtoisement la porte à

Miss Seeton qui portait son plateau au salon, de regarder les choses en face que de s'en détourner par égard pour sa propre conscience ? Car la conscience doit être notre guide en toute chose, n'est-ce pas...

Cette vérité évoqua un écho en Miss Seeton, elle-même soumise aux affres que lui imposaient sa conscience et son sens du devoir, depuis le malheureux jour où elle avait été incapable de dessiner pour le commissaire divisionnaire Delphick le moindre portrait ressemblant de l'homme au ketchup. Elle soupira à son tour tout en versant le thé. Le pasteur prit sa tasse en la remerciant ainsi que, dans un moment de distraction, une tranche de gâteau. Décidément, les deux personnes assises dans le petit salon du cottage avaient ample matière à réflexion...

CHAPITRE XXI

Delphick et Ranger arrivèrent sans tarder au poste de police d'Ashford où l'enquêteur chargé de la réception les accueillit avec un large sourire de soulagement et les accompagna lui-même à travers le labyrinthe de couloirs menant à la porte du commissaire principal Brinton.

— Un plaisir, monsieur, un réel plaisir ! affirma l'enquêteur avec un enthousiasme qui étonna quelque peu ses collègues de Scotland Yard.

— Mais quelle mouche a donc piqué l'enquêteur Mutford ? s'exclama Delphick avant que Brinton eût eu le temps de formuler le moindre salut. Il nous a accueillis comme le bon Dieu, ce qui nous change pas mal de son attitude habituelle... non, toujours correct, tu me comprends, mais jamais il n'a été si content de nous voir ! Pas le moindre murmure sur la police métropolitaine qui essaie d'éclipser celle du Kent... Que s'est-il donc passé pour précipiter une transformation aussi spectaculaire ?

Brinton posa sur son ami un regard fatigué :

— Devine, et tu as le choix entre trois possibilités — s'il t'en faut tant. Ça ne devrait pas être trop difficile pour l'officier de police judiciaire que tu es censé être.

Delphick considéra brièvement Brinton, puis se tourna pour adresser un clin d'œil à Ranger :

— Inspecteur, reconnaissez-vous, comme je crois le faire, l'air d'un homme qui a souffert sous la férule innocente de Miss S, votre chère tante d'adoption, Tante Em ? précisa-t-il, s'installant allégrement dans le fauteuil le plus confortable. Dois-je en déduire que Mutford, lui aussi, s'est trouvé dans la ligne de feu ?

Brinton confirma d'un hochement de tête morose :

— Ne me demande pas ce qu'elle a dit ou fait, parce que je l'ignore. Mutford était une boule de nerfs quand elle est repartie — entièrement ma faute, bien entendu. Je n'aurais pas dû la laisser seule faire ses croquis Sacombe, j'aurais dû me douter qu'un meurtre dans le milieu de la drogue passait après la nécessité de garder un œil sur votre... je veux dire sur notre dessinatrice préférée qui entrait en pleine crise créatrice...

— T'en es sûr ? s'enquit Delphick.

Brinton haussa les épaules d'un air désespéré et soupira, le fixant d'un œil hagard. Il n'était pas vraiment nécessaire de préciser la question.

Delphick hocha la tête, esquissant un petit sourire :

— Eh bien, montre-nous-en plutôt la preuve, Chris !

Sans un mot, Brinton farfouilla sous le sous-main de son bureau et en tira les trois dessins que Miss Seeton avait exécutés, plus tôt ce jour-là. Il soumit d'abord les deux premiers au commissaire divisionnaire et attendit.

— Alors ceux-là, murmura Delphick en examinant les groupes représentant la famille, ce sont les Standon, dont on sait qu'ils ont arnaqué le *George and Dragon* et qu'on pourrait suspecter d'un lien avec le meurtre de Sacombe, à cause de la coïncidence de l'heure. Oui, je vois. D'excellents portraits, je dirais, bien que je ne connaisse aucun d'eux. Bob, jetez donc un coup d'œil là-dessus ! Et ça, qu'est-ce que c'est ? demanda-t-il à Brinton qui lui tendait une petite liasse de papiers.

— Des portraits-robots et des photos de l'identité judiciaire, un choix établi grâce aux autres témoins — des témoins *ordinaires*, eux — qui ont vu les

Standon au *George*. Clients, serveuses et *tutti quanti*. Regarde-les en parallèle avec les dessins et...

— Et on reconnaît immédiatement les Standon, oui. Bon, voulez-vous... Merci.

Delphick prit les dessins que lui tendait la main serviable de son inspecteur et les disposa sur le bureau de Brinton, à côté des photos de l'identité judiciaire.

— Ah, oui, c'est certain. Mais tu sais aussi bien que moi, Chris, que le trombinoscope et les portraits-robots auraient pratiquement suffi. Les dessins de Miss Seeton sont des portraits fidèles, voire excellents, comme je l'ai remarqué tout à l'heure, mais un appareil photo en aurait fait autant. Qu'a-t-elle dessiné qu'un appareil *n'aurait pas pu* enregistrer, et pourquoi cela semble-t-il te causer tant de souci ?

— J'ai fait distribuer des copies de tout ça, précisa Brinton en indiquant du geste les papiers étalés sur son bureau, mais *voilà* quelque chose que j'ai gardé exclusivement à ton intention et à celle de Ranger, parce que j'en apprécierais une traduction. J'ai bien essayé de demander à Miss S en personne, naturellement, mais je n'ai pas saisi le quart de sa réponse. À franchement parler, je ne crois pas qu'elle comprenne elle-même.

— Non, elle ne comprend jamais, murmura Delphick, quand elle est sur « pilote automatique », pourrait-on dire. Elle est gênée devant les manifestations de ses dons particuliers, bien qu'on lui ait expliqué plus d'une fois que c'est exactement pour cela qu'on la paie...

Il devint silencieux, étudiant le troisième dessin que Brinton avait réussi à persuader Miss Seeton de lui donner. C'était un croquis au crayon, montrant un intérieur certainement pas de style moderne, comme Brinton l'en avait déjà informé, bien que les détails ne fussent pas clairs. Les ombres et la lumière, et particulièrement cette dernière, étaient représentées par quelques traits parcimonieux mais habiles ; la pièce semblait à la fois petite et spacieuse, n'étant pas encombrée de meubles

— le peu qu'il y avait était lourd et visiblement d'origine étrangère.

— L'influence hollandaise, peut-être, se dit Delphick d'un ton absent, bien que le costume ne soit pas aussi clairement dessiné qu'eux...

« Eux », c'étaient les trois têtes — deux d'hommes, une de femme —, entourées d'un invraisemblable tourbillon d'oiseaux aux ailes puissantes et aux yeux noirs et luisants. Noirs aussi les yeux d'un des hommes, avec un regard vide, alors que ceux de l'autre homme et de la femme donnaient de l'expression et de la vie à leurs visages.

Delphick se redressa :

— Nom d'un chien, mais je connais ces gens-là ! Pas tous, reprit-il tandis que Brinton et Bob Ranger s'exclamaient, mais ces deux-là, certainement. Je les ai vus l'année dernière, quand je suis allé en Grèce, au moment où Miss Seeton avait tous ces ennuis à bord du paquebot de croisière. Jennifer... non, Juliana Popjoy... et Dickie Quelque chose.

— Nash, précisa Brinton. Qui séjourne à Plummergen au *George and Dragon*. Le patron avait des doutes à leur sujet mais ses soupçons ont vite fondu, avec Miss Seeton comme garante... Eh bien, *moi*, si j'avais un hôtel et que Miss S recommandait des clients, je parierais à cinquante contre un qu'ils ont quelque chose de bizarre, croyez-moi !

Delphick sourit mais n'ajouta rien. Il continuait à se concentrer sur les trois visages.

— Van Dyck, déclara-t-il enfin. Je crois... Ce n'est pas lui qui a peint ce portrait de Charles II où il regarde à gauche, à droite et droit devant ? Et il n'était pas hollandais ?

Brinton secoua la tête — silencieux aveu de son ignorance en la matière. Bob se frotta le bout du nez, marmonnant que ça lui disait vaguement quelque chose mais qu'il ne pourrait pas jurer. Delphick opina du chef :

— Plus j'y réfléchis, et plus il me semble qu'elle croit à l'existence d'un lien avec l'étranger dans cette affaire — quelle qu'elle soit ! ajouta-t-il d'un ton ironique. Car je ne vois pas vraiment pour l'instant d'histoire d'espions ou de sécurité nationale qui puisse la concerner...

Brinton semblait nager complètement, Bob aussi. Delphick eut un petit rire amusé :

— Le Troisième Homme ! Mais ce n'est guère probable, ce serait trop obscur, même pour Miss S. Il va falloir examiner sérieusement tout ce que ça peut vouloir dire...

— C'est bien pour ça que tu es là ! lui rappela Brinton, ajoutant en désignant Ranger d'un signe de tête : Et le jeune Ranger aussi, évidemment. Avez-vous la moindre idée de ce que votre chère Tante Em essaie de nous dire, mon gars ? Prenez votre temps...

Docile, Bob regarda l'intérieur hollandais avec les trois têtes et les oiseaux tournoyant, et recommença à se frotter le bout du nez.

— Je regrette, monsieur, mais la seule chose qui me vient à l'esprit, c'est de demander qui est l'autre type... celui qui n'a pas participé à la croisière, je veux dire, ajouta-t-il en voyant Delphick dresser l'oreille. Euh, ce sont peut-être des conclusions hâtives, monsieur, mais comme vous avez reconnu les deux autres, ça paraissait justifié de supposer qu'il n'y était pas, monsieur.

— Tout à fait justifié, inspecteur ! l'assura Delphick. Je ne doute pas que j'aurais bien fini par me poser moi-même la question, mais vous m'avez coiffé au poteau. Qui est exactement ce type-là, Chris ? Je suis sûr qu'il n'était pas à bord de l'*Eurydice*, l'année dernière. Ou s'il y était, il n'avait rien à faire avec... Oh, j'espère qu'elle n'a pas mélangé ce qui est arrivé l'autre jour à Londres avec ta petite affaire des Standon partis à la cloche de bois, ou le meurtre de Gerald Sacombe, ou les deux, ou va savoir quoi encore ! Mais j'ai plutôt l'impression que ce troisième visage est celui de l'homme qui a volé le portefeuille de ce touriste grâce à la ruse du ketchup. Elle m'a promis d'essayer de le dessiner dès qu'elle serait remise de l'incident...

Brinton, déjà au courant de l'aventure, eut un ricanement lourd de sens. Bob s'éclaircit la gorge, sur la défensive. L'Oracle eut de nouveau un rire amusé.

— La meilleure façon de le savoir, c'est de le lui demander, à moins que, par hasard, elle t'ait dit qui c'était, Chris. Mais je vois à ton expression qu'elle ne l'a pas fait.

— Elle a pu le faire ! Tu sais comment elle est, c'est à peine si j'arrivais à comprendre le tiers de ce qu'elle racontait, je te l'ai déjà dit, fit le commissaire en levant les yeux au ciel. Depuis, on caresse l'idée de partir en retraite anticipée, Mutford et moi...

S'efforçant de prendre un air détaché, Delphick reprit le dessin de Miss Seeton :

— J'ai besoin de ça, naturellement, pour qu'elle identifie le bonhomme, si elle le peut, ajouta-t-il.

Bob dissimula un sourire. Ce sacré Oracle, il n'en ratait pas une ! Il mettait de côté les œuvres de Miss S depuis le début, ignorant les efforts du directeur adjoint qui essayait toujours de les piquer pour sa collection privée. À la question de sir Heavily, « Au fait, où est donc passé ce dessin ? », il répondait invariablement qu'il se trouvait en lieu sûr. Tellement sûr que Bob lui-même ne savait pas où il pouvait se trouver.

— Je vais te signer un reçu, proposa Delphick comme s'il avait perçu les pensées amusées de son inspecteur et décidé d'adopter une attitude parfaitement professionnelle. Et si tu veux le photocopier avant que Ranger et moi ne partions à Plummergen...

Brinton grogna :

— Je vais prendre des dispositions... Mais, avant que tu files royalement prendre le thé et les biscuits chez Miss Seeton, on a encore quelques bricoles à discuter. Tout ce réseau de drogue, pour commencer, sans parler du meurtre de Sacombe — une sale affaire... attends, j'ai des photos, là, quelque part...

Il plongea dans un tas de dossiers et de classeurs empilés sur un côté du bureau et en tira un jeu de photos en noir et blanc qu'il tendit à Delphick.

— Je t'ai prévenu, ajouta-t-il avant de replonger dans le tas, à la recherche du bloc de papier ligné sur lequel il prenait des notes quand ses collègues étaient arrivés de Londres. Voici le résumé des rapports, annonça-t-il.

Et les trois hommes abandonnèrent momentanément le sujet de Miss Seeton pour plancher sur l'affaire Sacombe.

Quand la voiture banalisée descendit la Rue, Delphick déclara :

— Puisque nous avons réservé au *George*, pas la peine de s'y arrêter maintenant pour prendre les chambres. J'aimerais autant parler à Miss Seeton avant que le téléphone arabe ne se déchaîne. En principe, notre voiture ne se remarque pas, ce qui n'est sûrement pas votre cas, Bob. Dès que vous... que nous serons repérés dans Plummergen, que ce soit au parking de l'hôtel ou simplement dans la rue principale, les langues iront bon train. Mais peut-être — on ne sait jamais ! — peut-être que si nous arrivons à régler rapidement notre affaire avec Miss Seeton, la pauvre femme aura droit à une petite pause, au milieu de toutes les conjectures auxquelles ce village semble adorer se livrer en permanence.

— J'en doute fort, monsieur, répondit avec un sourire de regret Bob, policier d'un mètre quatre-vingt-dix-huit et villageois d'adoption. Je vous parie qu'ils n'ont pas arrêté — hélas ! — depuis l'instant où Charley Mountfitchet a pris notre réservation. Mais, au moins, Miss S ne se rend pas compte du, euh, du branle-bas...

— On pourrait même aller jusqu'à dire qu'elle le cause, inspecteur Ranger ! Un branle-bas bien innocent, je vous l'accorde, mais tout de même causé par votre tante Em.

— Espérons que les craintes du commissaire principal Brinton ne se vérifieront pas, conclut Bob en quittant la route pour se garer dans le parking du *George*.

C'est avec plaisir que Miss Seeton accueillit ses visiteurs quand ils vinrent frapper à sa porte, deux minutes après que Bob eut garé la voiture devant l'hôtel d'en face. Une lueur dans l'œil, elle parla de pain d'épice et murmura qu'elle avait fait bouillir de l'eau moins de dix minutes plus tôt.

— À moins, bien sûr, que vous veniez à cause de ma petite aventure à Londres, l'autre jour ? ajouta-t-elle, l'inquiétude remplaçant dans ses yeux la joie de les accueillir. Oh, mon Dieu, monsieur le commissaire divisionnaire, je me suis vraiment donné du mal et le pasteur a prononcé des paroles tellement émouvantes, mais je regrette, je suis toujours incapable de me rappeler le visage de cet homme qui a joué un tour aussi... aussi méprisable...

— Ne pensez pas que je doute de votre parole, Miss Seeton, répondit Delphick avec douceur, mais êtes-vous absolument sûre de ne pas vous en souvenir ? Tenez, ce dessin que vous avez fait pour le commissaire principal Brinton... Je reconnais Mr. Nash et Miss Popjoy, évidemment, mais cet autre personnage, l'inconnu : se pourrait-il que... ?

Miss Seeton examina le dessin en clignant les yeux tandis que Delphick le lui tenait, puis considéra le divisionnaire en fronçant les sourcils, l'air inquiet :

— Oui, oui, je m'en souviens.

Delphick s'exclama, et elle continua avec une certaine gêne :

— Miss Popjoy et Mr. Nash trouveraient peut-être que c'est une... une impertinence de ma part, voyez-vous, du fait que c'est un ami... pas un des miens, parce que nous ne nous sommes rencontrés pour la première fois que l'autre après-midi, et c'est un artiste si talentueux que je doute qu'il aimerait voir son nom associé au mien. Pourtant, ses genoux, savez-vous, craquent nettement plus que les miens, je crois pouvoir le dire... mais c'est un homme relativement jeune. Mais, bien sûr, nous n'avons pas beaucoup parlé et il n'a pas dit depuis combien de temps il pratiquait, ce qui pourrait expliquer la chose. Il m'a appelée une « adepte », avoua-t-elle en rougissant, ce que j'ai pris pour un compliment, bien que le livre explique très clairement que la vanité ou l'esprit de compétition ne doivent pas intervenir là-dedans, et je n'aurais pas trouvé correct de, euh, de me moquer de lui (bien que ce ne soit pas exactement ce que je veux dire), mais toujours est-il qu'on ne peut pas se montrer trop rapide avec une personne qui serait plutôt une connaissance professionnelle qu'un ami qui, lui, excuserait peut-être une telle liberté. Et Mr. Brinton ne m'a pas demandé qui il était... je croyais qu'il devait déjà le savoir, à cause de Miss Popjoy et de Mr. Nash qui avaient regardé des photos avec Maureen, voyez-vous.

Delphick ne voyait pas, mais la vie était trop courte, décida-t-il, pour demander une traduction intégrale. Il se débrouillerait avec ce résumé, quitte à remplir les blancs avec ce que Brinton lui avait déjà dit.

— Vous connaissez cet homme-là, comme ami de Miss Popjoy et de Mr. Nash, mais n'est-ce pas aussi l'homme de Londres ? Dans ce cas, continua-t-il en la voyant opiner du bonnet, qui est-ce et où se trouve-t-il ?

— C'est Mentley Collier, déclara-t-elle aussitôt. Miss Treeves a été si aimable... Quelle chance que la voiture du pasteur soit si robuste ! Une Morris Minor, je crois, et, naturellement, il a fait de son mieux pour décourager l'importance qu'accordent certains paroissiens à cette stupide querelle entre villages, puisque ses devoirs pastoraux vont bien au-delà de notre commune... et après le concours des Villages pimpants, on aurait espéré... Ça pourra peut-être encore s'arranger, à la longue ; en tout cas, Mr. Collier a dit qu'il n'avait rien remarqué, mais c'est vrai qu'il habite un endroit isolé...

Profitant qu'elle reprenait son souffle, Delphick, qui n'en pouvait plus, l'interrompit :

— Qui se trouve où. Miss Seeton ? Quelle est son adresse ?

CHAPITRE XXII

Miss Seeton eut un air d'incompréhension.

— L'adresse de Mentley Collier ? répéta le commissaire divisionnaire. Là où vous êtes allée avec Mr. Nash et Miss Popjoy l'autre jour.

Force fut à Miss Seeton d'avouer, déconfite, qu'elle avait oublié. C'était une ferme... tristement négligée, elle le craignait. Avec une histoire qu'on racontait dans le coin, croyait-elle, où il était question d'incendie et d'un peintre dont les ambitions artistiques avaient été contrariées. Mais elle regrettait de ne pas se rappeler autre chose...

— Mais Miss Treeves sait peut-être, fit-elle, reprenant espoir.

Miss Seeton détestait décevoir les gens : Mr. Delphick comptait sur elle, elle le savait, comme l'autre jour à Londres où, déjà, elle l'avait désappointé...

— Et naturellement, Miss Popjoy et Mr. Nash le savent aussi, ajouta-t-elle avec un sourire soulagé.

Entendant cela, Delphick, qui essayait de comprendre ce que le pasteur et sa sœur venaient faire dans tout ça, la fixa :

— Vous voulez dire que Miss Popjoy et Mr. Nash sont encore à Plummergen ?

Il tenta d'éviter le regard de Bob : ils commençaient à se ressentir de l'effort qu'imposait la situation et, si jamais l'un d'eux éclatait de rire ou se mettait à s'arracher les cheveux, Miss Seeton pourrait bien ne jamais se remettre du choc.

— Naturellement, il n'y a pas de raison qu'ils n'y soient plus. Erreur de ma part, Miss Seeton, d'avoir supposé qu'ils seraient partis après avoir fait leurs dépositions à Ashford. S'ils sont au *George*, on les verra forcément à un moment ou à un autre, alors, ne vous inquiétez plus, je vous en prie.

Elle paraissait malgré tout encore tourneboulée :

— Vous ne leur direz pas, n'est-ce pas, que j'ai dessiné un petit portrait d'eux et de leur ami ? Un visage si *frappant*, presque inoubliable, bien qu'il ait l'air moins, disons, tourmenté dans le dessin que j'ai fait pour Mr. Brinton mais, là, c'était après l'orage qui avait nettoyé l'atmosphère, naturellement, et quand on est une personne sensible, le tonnerre peut vous mettre si mal à l'aise, comme cette pauvre Martha le sait à son détriment. Et Mr. Collier est de toute évidence un homme d'*humeur changeante*, ce qui pourrait se justifier par le temps, et pas seulement par le tempérament d'artiste, même si Mr. Nash, le coquin, a pas mal taquiné Miss Popjoy à ce propos, prétendant qu'il était fou... Mr. Collier, je veux dire, bien qu'il ne m'ait pas donné cette impression. Oh, bien sûr, je le connais à peine, ce qui pourrait expliquer la chose, cependant il ne m'a pas frappée comme étant le genre de personne à tirer sur le chat du voisin, comme quelqu'un l'a fait ce matin, d'après ce que m'a raconté Mr. Potter...

Elle marqua une pause, pendant laquelle Delphick rêva de compresses glacées et Bob réprima un gémissement, puis elle précisa sa pensée.

— D'après ce que m'a raconté Mr. Potter ce matin. Mais je ne me souviens pas qu'il m'ait dit où et quand, car il ne faisait que tuer le temps. Il m'a raconté une histoire très amusante, se rappela-t-elle consciencieusement, à propos d'un automobiliste avec un pigeon voyageur qui s'était trouvé à court d'huile, je crois, sur une autoroute... la voiture de l'homme, bien sûr, pas le pigeon, quoique Mrs. Ongar m'ait appris que, par temps froid, on peut donner une goutte d'huile aux oiseaux, ou de la graisse, pour la chaleur. Mais par un été tel que celui-ci, bien sûr, on n'a pas besoin de ça, n'est-ce pas ? Même le pigeon que j'ai trouvé dans mon jardin, derrière la maison, le pauvre, épuisé par l'orage, vous savez, on ne lui a donné que du Chirrup et rien d'autre... sauf de l'eau fraîche, bien sûr. Mrs. Ongar a eu la gentillesse de remarquer que j'avais bien pris soin de l'oiseau... ah, mais je n'aurais pas accepté de récompense, voyons ! protesta-t-elle, rosissant un tantinet. J'ai cru comprendre que les propriétaires de pigeons voyageurs paient très cher pour acheter leurs meilleurs éléments et qu'ils les assurent pour les courses, mais je suis contente de savoir que la pauvre bête est dans de bonnes mains et réintégrera bientôt le bercail... dans le Yorkshire, je crois que Mrs. Ongar a dit.

Delphick voulait savoir — il ne pouvait s'en empêcher. Ça n'avait sans doute rien à voir avec l'affaire, mais il se surprit à demander qui était Mrs. Ongar, bien qu'il redoutât les longues circonlocutions que lui infligerait la réponse de Miss Seeton. Il y avait toujours le risque de laisser passer quelque chose, parmi les détours et le désordre de ses propos, de rater un indice capital pour l'enquête en cours (elle-même ignorait toujours qu'elle l'avait fourni).

La question posée, Miss Seeton se lança sur le thème des vents d'altitude et des oiseaux las, du magnifique travail qu'accomplissait Mrs. Ongar au sanctuaire d'oiseaux Les Ailes blessées.

— Je crois bien que je vais en devenir membre à vie, car j'ai été très intéressée par ce qu'elle m'a raconté. Et, après tout, j'ai mes poules.

Voyant l'Oracle aux prises avec ses émotions, Bob se hâta de remarquer :

— Vous avez fait allusion à un pain d'épice quand nous sommes arrivés, fit-il, s'efforçant de prendre l'air affamé et misérable, tâche difficile pour un géant tel que lui.

Avec le cri d'horreur de l'hôtesse prise en flagrant délit d'inhospitalité, Miss Seeton se précipita à la cuisine en promettant du thé, du pain d'épice et tout ce qu'elle pourrait trouver pour satisfaire la faim de ses invités.

La porte s'étant refermée sur elle, Delphick s'avachit dans son fauteuil avec un soupir et s'essuya le front.

— Bien joué, Bob, et merci ! Je ne sais pas combien de temps encore j'aurais pu tenir... Mais, soyez gentil, allez donc aider votre tante Em à ébouillanter la théière ou autre chose. J'apprécierais une dizaine de minutes de tranquillité avant le prochain assaut, pour réfléchir à ce qu'elle a bien pu vouloir dire au juste, au cas où...

Et quand la porte du salon se rouvrit sur un Bob chargé d'un plateau et une Miss Seeton radieuse, Delphick avait en effet conclu qu'il y avait un ou deux points des propos de la maîtresse du lieu qui méritaient qu'on s'y attardât.

— Vous avez dit, Miss Seeton, que le visage de Mentley Collier dans le dessin que vous avez fait pour Mr. Brinton avait l'air « moins tourmenté », ce qui signifierait donc que ce n'est pas le seul portrait que vous ayez brossé de lui ? Ai-je raison ?

— Mais oui, en effet, confirma Miss Seeton.

Comme la théière tremblait dans sa main, Bob, qui se trouvait plus près d'elle que Delphick, tendit le bras et guida le bec de la théière vers la tasse qui attendait là, et elle versa.

— Que c'est intelligent de votre part de l'avoir compris, monsieur le commissaire divisionnaire, bien qu'on puisse s'y attendre de la part d'un officier de police judiciaire, naturellement. Je suis sûre que c'était à cause de l'orage... J'essayais de me rappeler le visage de l'homme de Londres, voyez-vous, parce que j'avais tellement honte de vous avoir déçus, vous et le commissaire Youngsbury. Pourtant, quand j'ai eu terminé ma tentative de justifier les fort généreux appointements que vous m'allouez, tout ce que j'ai réussi à faire, apparemment, c'est à représenter l'orage... ce qui ne peut vous être d'aucune utilité, surtout avec le portrait de Mr. Collier en plein milieu...

Au terme de sévères exhortations de la part de Delphick, elle ne tarda pas à fourrager dans son carton à dessins et finit par en tirer le croquis qu'elle avait dessiné ce fameux soir d'orage, après la visite à Mentley Collier en compagnie de Juliana et Dickie.

— L'orage, ai-je pensé, fit-elle en indiquant les étranges formes et images fantasmagoriques qui virevoltaient et s'enroulaient autour du visage aux yeux sans expression de l'homme qui les fixait depuis la feuille de papier. Plutôt cauchemardesque, exactement comme le dit parfois cette pauvre Martha !

— Peut-être...

Et Delphick tint le dessin à côté de celui que Brinton lui avait remis, comparant les deux portraits de l'artiste, tel que le percevait Miss Seeton, elle-même une artiste, mais possédant à l'occasion un extraordinaire don de double vue.

— Il faut en être un soi-même pour en reconnaître un autre, murmura-t-il.

Il s'efforça de faire abstraction des autres personnages du dessin et de la distraction que constituaient les formes bizarres autour du remarquable portrait de Collier.

— Un homme d'humeur changeante, avez-vous pensé, remarqua-t-il à l'adresse de Miss Seeton qui opina du chef.

Passant les deux dessins à Bob pour qu'il les examinât, il échangea avec lui un regard. Celui que lui rendit Bob était éloquent : Miss Seeton venait à son insu de les orienter dans la bonne direction. Une fois de plus.

Le thé et le pain d'épice n'avaient fait qu'émousser légèrement leur faim et, de toute façon, Delphick voulait parler à Dickie et à Juliana, pour savoir où se trouvait exactement Mentley Collier.

— Si on demande à quelqu'un d'autre, expliqua-t-il en retraversant la rue pour gagner le *George and Dragon* depuis *Sweetbriars*, la rumeur va se propager en cinq sec et je ne veux pas qu'il apprenne qu'on s'intéresse à lui.

— D'humeur changeante, marmonna Bob en envoyant un coup de pied dans un caillou. Des cauchemars et des formes bizarroïdes... de la drogue, vous pensez, monsieur ?

— Ça pourrait être le lien avec Sacombe, convint Delphick. Miss Seeton croit peut-être que des oiseaux qui descendent en piqué et des arbres tourmentés représentent le tumulte de l'esprit à l'approche d'un orage, mais j'ose ne pas m'accorder avec elle sur ce point.

— Oui, monsieur. Et, avez-vous eu l'impression, d'après ce qu'elle a raconté, qu'il s'y connaissait en yoga ? Bien sûr que tous ceux qui pratiquent le yoga ne donnent pas dans la drogue, non, se hâta de rectifier Bob, mais il a ce côté hippie — les cheveux longs, les fleurs — je sens presque l'encens d'ici, monsieur.

— Et l'odeur d'encens peut cacher une multitude de péchés ! murmura Delphick tandis qu'ils montaient les deux marches basses de l'entrée du *George*.

— Mr. Delphick ! Bonjour, jeune Bob — ou faut-il que je vous appelle « inspecteur » si vous êtes ici en service commandé ? lança Charley Mountfitchet, saluant les nouveaux venus tandis qu'il émergeait d'une porte, au fond du hall. Vous êtes allés en face bavarder avec Miss Seeton, continua-t-il en baissant la voix quand il arriva plus près d'eux. Repéré votre voiture dehors, sur le macadam du parking. Ne vous bilez pas, j'ai vos chambres et vous avez un bon dîner qui vous attend — enfin, presque. Pour vous dire vrai, ajouta-t-il avec un petit rire, je pensais que Miss Popjoy et Mr. Nash dîneraient peut-être ici ce soir mais, non, ils sont sortis. Alors, si vous ne me prêtez pas main-forte, ça sera gaspillé. Rien de compliqué, attention — le *George* était plus connu pour sa bonne cuisine simple et copieuse que pour ses plats *cordon bleu** —, mais je crois que ça vous plaira.

Sachant que, sans l'aide de Juliana et de Dickie, il faudrait retarder la visite à Mentley Collier, Delphick décida alors d'en apprendre plus long sur le compte des Standon qui avaient joué la fille de l'air. Charley, flatté à l'idée que Scotland Yard même s'était mis sur la trace de ses escrocs, se donna le mal de leur servir en personne le repas mijoté avec enthousiasme à la cuisine.

— Écoutez, ne me dites pas que vous devez travailler en dînant, Mr. Delphick : je ne veux pas que mon bon repas soit gâché et que vous vous retrouviez tous les deux avec une indigestion, fit Charley avec un clin d'œil, ajoutant en se tapotant l'aile du nez : Je vous ai déniché une bouteille que vous trouverez à votre goût, j'espère — offerte par la maison, ça va de soi, en guise d'encouragement, vous pourriez dire. Ensuite, vous pourrez me poser toutes les questions que vous voudrez, je n'ai pas l'intention d'aller où que ce soit ce soir. J'ai aussi envie que vous de voir les Standon arrêtés.

Le dîner terminé, il entraîna ses deux clients au bar et versa trois grands whiskies qu'il apporta à la table à laquelle ils s'étaient installés. Il prit une chaise et s'assit.

— Maintenant parlons affaires. À la vôtre ! dit-il.

— Oui, Mr. Mountfitchet, parlons un peu des Standon.

Delphick tourna son regard vers Bob.

— Pas besoin de prendre de notes pour le moment mais on passera mettre Ashford au courant demain, alors, si l'un de nous a une idée lumineuse, il faudra, euh, veiller à ce qu'on se souvienne bien, dit-il avec un coup d'œil sur leurs verres de whisky qui contenaient chacun au moins une quadruple mesure.

Charley eut un rire amusé :

— Pensez, Mr. Delphick, une goutte ou deux ne risquent pas de vous embrouiller les idées, j'en suis sûr, alors ne vous en faites pas, soupira-t-il. Je me rends compte que vous n'êtes pas vraiment de service, mais j'aurais bien aimé voir le jeune Bob me débiter le petit baratin d'avertissement : « Tout ce que vous déclarez sera consigné par écrit... » Cela dit, si vous n'en voyez pas le besoin, tant pis. Ce n'est pas moi qui vais vous apprendre votre boulot, pas plus que je ne vous laisserais me dicter le mien, fit-il, vidant son verre et le posant sur la table avec un claquement décidé avant de se caler dans son fauteuil, les bras croisés, les yeux brillants. Eh bien, allez-y, messieurs, mais chacun son tour, s'il vous plaît !

Il y avait longtemps qu'ils n'avaient pas eu un témoin aussi coopératif et capable. Miss Seeton était toujours prête à les aider mais, pour coopérer, il faut communiquer, ce qui n'était pas son fort — Bob même devait l'avouer. Delphick et son inspecteur écoutèrent avec grand intérêt tout ce que Charley put leur apprendre sur le compte des Standon.

— Mais je ne crois pas que c'était leur vrai nom, maintenant que j'y pense. Quoique, quand ils sont arrivés, je les aie pris pour des amateurs d'oiseaux, toujours à se balader dans la campagne, guère encombrés de bagages, pas assez pour s'endimancher et visiter des demeures historiques et autres curiosités de ce genre. Plutôt sympathique, même, la famille, à part les gamins — notez bien qu'à la façon dont le vieux fait valser son monde, je me suis demandé ce qui risquait de lui arriver par une sombre nuit...

L'expression de ses auditeurs l'incitant à poursuivre, il s'exécuta après avoir proposé du whisky à la ronde — dont il fut le seul à se resservir. Et, la gorge dûment lubrifiée, il reprit :

— Ah, les plaisanteries cachent souvent des vérités mais, là où il y a de l'argent, il y a toujours quelqu'un pour le dépenser. Et Mr. Standon, le *vieux* Mr. Standon, il était regardant avec ses sous, et sa fille et son mari essayaient d'être dans ses petits papiers. Ses paroles avaient force de loi. Oh, maintenant je me rends compte que ça faisait partie de son numéro mais, quand on m'a raconté qu'il avait contraint son gendre à prendre le nom de sa fille, j'ai pas pu m'empêcher de penser qu'il n'y a pas beaucoup d'hommes qui aimeraient ça, héritage ou pas ! Voilà ce que je me suis dit, parole !

— Et ça se comprend, remarqua Delphick, qui avait souvent rencontré des exemples de cupidité familiale se soldant par un décès ou un accident commodes.

— Pas beaucoup d'hommes qui aimeraient ça, héritage ou pas ! répéta-t-il, et je peux pas dire que le jeune Mr. Standon avait l'air ravi, même si on sait maintenant qu'il jouait un rôle. Le vieux monsieur, c'était lui qui menait la danse — vous verrez que c'est lui qu'aura combiné toute cette manigance ! Les gamins, ils étaient trop jeunes pour faire autre chose qu'exécuter. Quant à la fille, elle s'alignait sur tout ce que disait le père, ça crevait les yeux. Ah, mais le gendre ! Lui, j'y ai jamais cru — un gars dont il faut se méfier, que j'ai pensé, et pas juste de la manière qui s'est déjà vérifiée à mes dépens. Vous regardait pratiquement jamais en face, lui, et collait parfois des claques aux gosses malgré que le vieux monsieur n'aimait pas ça... Le genre de type d'humeur changeante, ce jeune Mr. Standon, résuma le patron du *George and Dragon.*

Les deux policiers échangèrent un regard entendu.

CHAPITRE XXIII

Ç'avait été un réel plaisir, songea Delphick en s'éveillant le lendemain matin, d'avoir affaire à un témoin aussi enthousiaste que Charley Mountfitchet. Un témoin, qui plus est, généreux de ses paroles mais aussi de ses bouteilles, songea-t-il avec un sourire rétrospectif. Le commissaire divisionnaire ignora le nain qui dansait la gigue entre ses tempes. Plus un mal de tête en chausson qu'une gueule de bois pure et dure, et qui en valait bien la peine. Le whisky, qu'il eût été mal élevé de refuser après le récit de Charley, leur avait été versé d'une main libérale ; la compagnie avait été bonne et le sommeil qui avait suivi avait été reposant, reconstituant et sans rêves.

De fait, il se sentait si reposé qu'il sortit les dessins de Miss Seeton de leur chemise pour les étudier encore avant de descendre pour le petit déjeuner. Elle avait été réticente à lui donner ces croquis faits à la maison mais il l'en avait persuadée sans trop de peine : ça marchait toujours, finalement, d'en appeler à son sens du devoir. En dépit des sinistres associations avec la drogue, il eut un petit rire en regardant les oiseaux qui descendaient en piqué parmi les animaux et les fleurs, et se rappela qu'elle avait parlé de ses poules...

— Les Ailes blessées, murmura-t-il. Membre à vie, oh ! là, là ! Mais... oh !

Brusquement, il cessa de rire et examina les dessins de plus près. Bien que tracés d'un seul jet, ils étaient clairs : les visages étaient reconnaissables, pas de doute là-dessus. Et les oiseaux aussi.

— Des vautours ? s'interrogea Delphick, intrigué. Et si je ne me trompe, des pigeons au milieu de ce cauchemar... Elle a mentionné le Yorkshire... Pourtant, le cadre rappelle plutôt l'étranger...

Trois minutes plus tard, il parlait avec Babs Ongar du sanctuaire d'oiseaux Les Ailes blessées. Huit minutes plus tard, il tambourinait sur la porte de Bob Ranger, brandissant les dessins et les agitant sous le nez surpris de son inspecteur.

— Des pigeons voyageurs ! s'exclama-t-il. Ils peuvent parcourir des centaines de kilomètres sans difficulté — celui que Miss Seeton a trouvé rejoignait ses foyers dans le Yorkshire, et il avait été lâché près de Douvres. Bob, supposez que quelqu'un se serve de pigeons pour transporter de la drogue pure du Continent jusqu'en Angleterre... depuis Amsterdam, disons ?

Bob prit une profonde inspiration :

— Amsterdam est la plaque tournante de la drogue en Europe, et c'est bien aux Pays-Bas, n'est-ce pas, monsieur ? C'est la capitale de la Hollande... c'est hollandais, monsieur !

Delphick opina du bonnet.

— Comme l'intérieur qu'a dessiné Miss Seeton — Chris Brinton a bien souligné dès le départ que ça avait un air étranger. Bon, maintenant, nous savons que la drogue vient de l'étranger mais on ne sait pas par quel itinéraire ou par quelle méthode — restés indétectables jusqu'à présent. Les pigeons, c'est petit, on n'y fait pas attention et, une fois arrivés à destination, qui va remarquer qu'il y en a quelques-uns de plus ? Surtout si leur base est une maison à la campagne...

— Comme celle de Gerald Sacombe, compléta Bob, bien que je ne croie pas que Mr. Brinton ait mentionné une cage ou autre chose en rapport avec les pigeons, monsieur.

— Non, mais ça ne veut rien dire. Ils pourraient bien voler jusqu'à une base proche mais pas exactement sur place. À la campagne, qui va s'apercevoir qu'il y a quelques oiseaux en plus dans un bois, par exemple ? Et à supposer que ça arrive, Sacombe pouvait toujours répondre que c'était son nouveau hobby...

« Mrs. Ongar m'a expliqué qu'on peut acheter des pigeons bon marché pour une vingtaine de livres pièce, bien qu'il y ait des champions qui coûtent vraiment très cher. Mais je n'ai pas l'impression que nos clients courent les récompenses dans les concours — du moins pas du genre coupes et rosettes. Ce sont de bien plus sinistres prix qu'ils cherchent en faisant voler leurs volatiles — comme des vautours qui se nourrissent de leurs proies.

— Apporter la camelote pure du Continent, réfléchit Bob à haute voix, la couper pour que ça rapporte gros, la vendre, et attendre le prochain arrivage. Voilà la filière qu'il va falloir remonter, monsieur. Des tas de pigeons qui traversent la Manche : d'où viennent-ils et où vont-ils...

— L'endroit d'où ils viennent doit se trouver quelque part par ici, Bob. À distance commode de Londres mais relativement rural... et les incidents répertoriés, en rapport avec la prise de drogue, qu'on pourrait lier à ce réseau, sont tous centrés autour de ce coin-ci.

— Oh, très approximativement, monsieur, se crut obligé de souligner Bob Ranger.

Delphick hocha la tête :

— Pas si approximativement que ça, puisqu'on suspectait déjà que c'était un des endroits à surveiller, et je ne crois pas qu'Ashford aurait appelé le Yard aussi vite s'ils n'étaient pas de cet avis, même si, ajouta-t-il avec un sourire, notre venue ici avait en partie pour raison de décoder les dires de Miss Seeton, qui a fini par décrocher la timbale, comme d'habitude. Mr. Brinton aimerait parfois peut-être mieux qu'elle ressemble plus à la vieille fille traditionnelle qui tricote des lainages douillets, avec son chat, son cottage à toit de chaume avec des roses autour de la porte, mais pour ma part, je...

— Un chat ! s'exclama Bob qui faillit s'étouffer et enchaîna vite une excuse, voyant Delphick bouche bée. Je ne voulais pas vous interrompre, monsieur, mais une idée m'a frappé tout d'un coup quand vous avez parlé de Miss Seeton : les chats, ça mange les oiseaux, non, monsieur ? Même de gros oiseaux comme les pigeons ? Ce petit loubard de Tibs, le chat de la petite Amelia Potter, a coincé des volatiles bien plus gros que ça. Et Miss Seeton n'a-t-elle pas mentionné que Potter lui avait parlé d'un type fou de rage, avec une carabine, qui avait descendu le greffier du voisin ? Je me demandais, monsieur...

— Potter aussi sait peut-être où habite Mentley Collier, remarqua Delphick, la flamme de l'Oracle s'allumant dans son œil. Et il se pourrait qu'il ait remarqué s'il y a eu des vols de pigeons inhabituels dans le coin. Mais, Bob, peut-être qu'on s'emballe un peu trop...

— Non, monsieur. Pas si Miss Seeton a un rapport avec ça, sûrement pas. Tout est lié. Elle a trouvé ce pigeon le soir de l'orage, et c'est le lendemain que l'ami Sacombe a eu son compte, fit Bob qui risqua un petit rire amusé avant de poursuivre. Peut-être que la disparition des Standon était vraiment une coïncidence, monsieur, et que Miss S essaie depuis le début de nous orienter dans la bonne direction. Cet orage a dû dévier de leurs trajectoires bien d'autres pigeons que celui de Miss Seeton, alors, je vous parie dix contre un que c'était un junkie en manque qui a fait le coup et qu'il ne s'agissait pas du tout d'une tuerie pour la prise de contrôle d'un territoire — l'agression était sauvage et frénétique, à en juger par les photos ! Un tueur professionnel n'aurait pas employé une méthode si, euh, désordonnée, monsieur. Vous ne pensez pas ?

Et l'Oracle pensa. Bob attendit. Le silence dura... et fut interrompu par les gargouillements d'un ventre.

— Ce que je pense, déclara Delphick, c'est qu'on a besoin de manger un morceau si on ne veut pas se mettre à halluciner sans l'aide de drogue ! Je ne peux pas réfléchir clairement, l'estomac vide. Et je sais que c'est moi qui nous ai lancés sur cette idée-là, mais j'aimerais la remâcher encore un petit moment...

Bob, fort de la foi totale que lui inspirait Tante Em, prit un pari silencieux avec lui-même : dans moins d'une heure, ils seraient en conversation avec l'agent Potter. A parler de pigeons, de chats et de Mentley Collier.

Il n'y avait pas dix minutes que les deux policiers avaient quitté l'hôtel quand le téléphone sonna. Maureen, qui époussetait la réception d'un plumeau langoureux, finit par décrocher.

— Allô ! Oui, vous êtes bien au *George and Dragon*. Qui ça ? Ah ! fit Maureen, changeant de ton. Miss Seeton. Oui, et bonjour à vous aussi, répondit-elle, réprimant un reniflement et penchant légèrement la tête pour se concentrer. Mr. Delphick ? J'sais pas. Il était en train de déjeuner, *tout à l'heure*, mais... Bon, je suppose que je pourrais aller voir, si vous voulez... Ah, vous voulez. Bien.

Elle reposa bruyamment le combiné à côté du pique-papiers de Doris, renifla et traîna sa carcasse fatiguée pour parcourir les trois ou quatre mètres qui séparaient la réception de la salle à manger.

S'étant reposée, épuisée, contre le montant de la porte tandis que, du regard, elle survolait la salle à manger où ne se trouvaient plus que Juliana et Dickie qui venaient de descendre, Maureen fit non de la tête, poussa un soupir prodigieux et regagna le téléphone sans se presser.

— Il n'est pas là, informa-t-elle Miss Seeton.

Elle écouta un instant les craquements électriques

qu'on entendait sur la ligne, et ajouta quand ils eurent cessé :

— J'sais pas. Il est probablement remonté se laver les dents ou aut' chose... Aller le chercher ? Ben, j'sais pas. J'suis pas l'genre de fille qui va frapper aux portes des messieurs, Miss Seeton, fit-elle, lorgnant d'un œil perturbé l'escalier qui menait aux chambres. Bon, d'accord, concéda-t-elle tandis que les gazouillis reprenaient sur la ligne. Ne coupez pas... hé, non, attendez ! lança-t-elle, soudain inspirée. Si la voiture n'est plus là, c'est qu'ils sont partis aussi, non ? Vous la voyez de vot' fenêtre ? (L'effort requis pour aller à la porte et l'ouvrir était manifestement trop grand pour Maureen à cette heure matinale.) Vous ne la voyez pas ? Eh ben, c'est qu'elle y est plus, et Mr. Delphick pareil. Désolée. R'voir.

De l'autre côté de la rue, à *Sweetbriars*, Miss Seeton écouta quelques secondes la tonalité avant de raccrocher à son tour. Et resta plantée là un long moment, à réfléchir...

Mabel Potter leur répondit que son mari était sorti plus tôt que d'ordinaire ce matin-là, profitant des longues journées d'été pour patrouiller son territoire deux fois par jour, là où il pouvait. Elle pensait qu'ils avaient des chances de le rattraper au voisinage d'Iverhurst — ils savaient où ça se trouvait, non ?

— Oui, on le sait, l'assura Delphick.

Bob réprima un sourire, sachant qu'on pouvait difficilement blâmer Miss Seeton de l'incendie qui avait détruit l'église d'Iverhurst, quelques années plus tôt, mais ç'avait tout de même été une de ses affaires les plus spectaculaires.

— Merci, Mrs. Potter. Au cas où nous ne le trouverions pas, pourriez-vous, s'il vous plaît, lui demander d'appeler Ashford — qui lui transmettra les messages ? Bon, venez, inspecteur Ranger ! fit-il, et ils se dépêchèrent de rejoindre la voiture.

À la faveur des visites rendues à ses beaux-parents avec Anne, Bob avait exploré les environs de Plummergen assez en détail et connaissait maintenant la plupart des petites routes. Il réfléchit à l'itinéraire que Potter pouvait avoir suivi et l'emprunta dans la direction inverse, conduisant avec une attention soutenue. Son pari paya : une vingtaine de minutes plus tard, ils repérèrent la voiture de Potter qui arrivait à toute allure et lui firent signe.

— Un chat ? Ah oui, répondit l'agent Potter quand ses collègues lui eurent expliqué ce qu'ils voulaient savoir. Drôle d'histoire que c'est, ce gars qui a pété les plombs. Les voisins ont raconté qu'il était d'humeur changeante, mais que s'ils avaient su qu'il avait un fusil sous la main, ils n'auraient peut-être pas été aussi rapides à entamer une dispute. Pourtant, vivant au diable vauvert comme il le fait, on penserait plutôt qu'il préférerait rester en bons termes avec les rares personnes du voisinage ; mais non, pas lui. Ce chat-là, c'était l'orgueil et le bonheur de la mère Bozen, même si y en a beaucoup qui disent « bon débarras ! », vu que cette bête avait aussi mauvais tempérament que Tibs — enfin, presque, ajouta-t-il, se rappelant qu'en sa qualité de policier il était de son devoir de toujours dire la vérité.

Delphick et Bob avaient échangé des regards entendus quand Potter avait mentionné que le tireur d'élite vivait au diable vauvert : soudain, la théorie du commissaire divisionnaire semblait de nouveau prometteuse.

— Le nom du tueur du chat, s'il vous plaît, Potter ? s'enquit Delphick. Et où habite-t-il exactement ?

— Barkway, il s'appelle. Owen Barkway, l'habite de l'autre côté de Murreystone, répondit-il promptement.

C'était presque trop beau pour être vrai.

— À propos de Murreystone, poursuivit Delphick, on a entendu parler d'un artiste qui habite là, une espèce de reclus, mais on voudrait tout de même aller le voir. Vous le connaissez ?

Une question stupide à poser à un flic avec l'expérience de Potter.

— Vous voulez dire Mentley Collier — le pauvre imbécile, à se terrer tout le temps comme il le fait ! Notez bien que moi aussi, si je m'étais fabriqué une trombine pareille, avec une tignasse aussi longue que la sienne, j'aurais pas envie d'être vu par les honnêtes gens, pas avant d'avoir remis un peu d'ordre dans ma tenue ! Quant à savoir si ses tableaux sont valables ou non, je voudrais pas risquer un jugement, vu que je suis point ce que vous appelleriez porté sur l'art... Ha, ha, ha ! s'interrompit-il soudain, considérant les deux hommes de Scotland Yard d'un air entendu. Alors, « la » revoilà à l'œuvre, monsieur ? demanda-t-il avec un clin d'œil à Bob, de l'œil que Delphick ne pouvait pas voir.

Delphick savait qu'on pouvait faire confiance à Potter.

— C'est possible, on n'est pas encore sûrs en l'état actuel des choses. On en saura peut-être un peu plus long quand on aura parlé à Barkway et à Collier.

— Pour ce qui est de parler, leur signala Potter, Filkins Farm — la maison de Collier — a plus le téléphone depuis l'incendie de la ferme parce que les fils passaient par-dessus, et c'est resté vide six mois avant qu'il arrive, donc y avait pas de raison de réparer la ligne et, lui, il est pauvre comme un rat d'église, à ce qu'il prétend. Bon, Barkway, lui, il a le téléphone, mais savoir s'il aura envie de répondre, là, c'est une aut' paire de manches.

— Et il a un fusil ! releva Delphick. Pas vraiment le genre de personne à qui on a envie de rendre visite, j'en ai peur, mais il faut qu'on lui parle. Plus vous en dites sur son compte, plus il semble... intéressant. Vous n'êtes pas d'accord avec moi, inspecteur Ranger ?

Bob opina du chef. Potter avait l'air flatté.

— Je vous montrerai le chemin pour aller chez celui que vous voudrez voir en premier, monsieur, vu que je connais les raccourcis comme ma poche. Et si vous avez besoin de quelqu'un pour monter la garde à la porte de derrière, je suis votre homme. On dirait qu'y a une éternité qu'il s'est rien passé d'intéressant par ici, ajouta-t-il, semblant ne pas compter la bataille rangée entre villages qui avait eu lieu au beau milieu de Plummergen et à laquelle il avait en quelque sorte présidé, en compagnie de sir George et de Delphick en personne. Lequel des deux voulez-vous en premier, monsieur ? La maison de Collier est la plus proche d'ici.

— Eh bien, va pour Filkins Farm ! décida Delphick sur-le-champ. Ouvrez la marche, Potter, mais pas de sirène, je vous en prie. J'aimerais bien surprendre Mr. Collier quand il ne s'y attend pas.

Potter prit fièrement la tête du convoi, suivi à distance respectable par Bob qui s'interrogeait à haute voix sur les circonvolutions des routes du Kent et espérait que Potter resterait assez longtemps avec eux pour leur montrer le chemin du retour vers la civilisation. Delphick se livra à quelques commentaires sur le statut d'homme du cru que son inspecteur avait adopté, et parla de cartes routières et de sens de l'orientation.

Toujours est-il que Potter même faillit rater l'entrée de Filkins Farm. Il s'arrêta juste après la grille à trois barreaux et indiqua l'allée :

— Voulez-vous passer devant, monsieur, ou préférez-vous que je continue en tête ?

— Nous allons ouvrir la voie, décréta Delphick, et vous pouvez nous suivre et monter la garde, au cas où il tenterait de filer. En avant, Ranger, et conduisez avec précaution !

— Vous parlez, avec de pareils nids-de-poule ! marmonna Bob qui rétrograda et pensa à sa suspension.

Mais leurs précautions s'avérèrent vaines. Potter avait eu beau surveiller toutes les issues, Bob ne jamais se départir de sa vigilance, il n'y eut pas de réponse quand Delphick frappa très officiellement à la porte de la grange. Et quand, voulant s'assurer que Mentley Collier n'avait pas eu quelque accident qui l'aurait empêché de bouger, ils ouvrirent les portes de la grange et regardèrent dans tous les bâtiments de la ferme, ils ne trouvèrent personne au logis.

CHAPITRE XXIV

— Il a dû sortir faire une course, suggéra Potter. Personne ne vient livrer par ici, rapport aux amortisseurs. Le laitier prétend que ses bouteilles font un potin de tous les diables dans les caisses, sans parler de celles qui se cassent à cause des cailloux projetés par les pneus. Ou bien il a pu aller poster une lettre...

Delphick regarda sa montre :

— Puisqu'on veut aussi parler à Owen Barkway, on pourrait gagner du temps en laissant Collier pour le voyage de retour. Dans l'état actuel des choses, je ne suis pas encore sûr qu'on doive le prendre en chasse. Cela dit, on n'est pas obligés de traverser Murreystone pour aller chez Barkway ? Vous reconnaîtriez la voiture de Collier, si vous la voyiez ?

— L'en a pas, de voiture ! répondit Potter, bien informé. C'est pour ça qu'il fait ses courses dans les boutiques du coin, plutôt qu'au supermarché de Brettenden — les habitants de Murreystone ne mettent pas les pieds dans les magasins de Plummergen, surtout depuis le concours des Villages pimpants, précisa Potter, qui s'oublia au point de se tapoter le nez et d'adresser un clin d'œil au commissaire divisionnaire.

Lequel, au grand étonnement de Ranger, cligna lui aussi de l'œil avec gravité avant de déclarer :

— Dans ce cas, nous n'allons pas nous donner la

peine de chercher Mentley Collier, à moins qu'on ne le rencontre en route. On va aller droit chez Owen Barkway, Potter, dans la même formation qu'avant.

Ils repartirent donc, la voiture de Potter montrant le chemin à Scotland Yard. Et arrivèrent de nouveau chez quelqu'un qui, de toute évidence, n'aimait guère la compagnie. Il s'agissait encore d'une vieille maison au bout d'une allée, mais en bien meilleur état que Filkins Farm. L'énorme portail était bien fermé, surmonté de barbelés qui s'enroulaient dans la haie, aux endroits où celle-ci était moins épaisse.

Delphick regarda le toit de la ferme, visible par-dessus les arbres de la clôture.

— Pas de doute que le grenier fait un fameux poste de tir pour la mitrailleuse de Mr. Barkway — ses voisins ont eu plus de chance qu'ils ne le croient ! remarqua-t-il en indiquant deux ou trois maisons plus petites qu'on apercevait près de là. Je me demande à quel point ils peuvent ne pas remarquer ce qui se passe ici. Et, à propos de remarquer, Potter, je ne crois pas que vous pourrez rôder derrière cette maison-ci sans qu'on vous repère. Je suggère que vous nous suiviez et que vous soyez prêt à pourchasser d'éventuels suspects en fuite, quand je vous en donnerai l'ordre — si je le fais. Vous de même, Ranger. Allons-y, messieurs !

Potter ayant défait la chaîne qui bouclait la grille, Bob s'engagea le premier dans l'allée, attendant que son collègue le suivît. Puis il ouvrit la voie, ralentit et s'arrêta dans une cour de gravier qui valait une alarme antivol, remarqua Delphick.

— Un homme aux nerfs à fleur de peau, Owen Barkway, on dirait. Irai-je encore aggraver sa nervosité ? Bob, vous restez dehors avec Potter, au cas où. Si Barkway déclenche son artillerie ou si vous avez la moindre raison de penser que je suis en danger, usez de votre initiative.

— Je ne ferais pas mieux de vous accompagner à

l'intérieur, monsieur ? Si vous croyez que ça peut mal tourner...

— Ce que je crois ou que je sais... Disons plutôt que *j'espère* qu'il sera peut-être plus enclin à jouer les hôtes accueillants, après la malheureuse affaire du chat roux, même s'il préfère de beaucoup ne pas avoir de visite. Mais les chats, c'est bien connu, mangent les chauves-souris — et les pigeons...

Le regard de Delphick se tourna aussitôt vers un tourbillon de créatures ailées qui s'élevait derrière la maison.

— Si Miss Seeton suspecte que ça peut valoir la peine d'y aller voir de plus près, ce ne serait guère avisé de notre part de douter d'elle. Alors, ayez l'oreille aux aguets, inspecteur Ranger, et guettez les coups de feu. Et soyez vigilants tous les deux !

Ouvrant la portière, il descendit de la voiture, et ses pieds foulèrent bruyamment le gravier. Il fit un signe à Potter pendant que Bob ouvrait sa portière, prêt à l'action.

Delphick n'avait pas encore posé la main sur le heurtoir de la porte qu'il repéra un rideau qui bougeait imperceptiblement et un œil surpris. Il frappa et attendit. Personne ne répondit. Continuant à surveiller le rideau, il frappa encore. Toujours rien. Il appela Potter et Bob :

— Feriez mieux d'aller voir derrière la maison, lança-t-il.

Mais il leur fit aussitôt signe d'ignorer cet ordre, sachant que leurs pas sur le gravier masqueraient les sons à l'intérieur de la maison.

Il frappa une troisième fois, impatient. On entendit des bruits et, enfin, l'huis s'ouvrit en grinçant, lentement, mû par une main soupçonneuse, juste assez pour laisser passer la tête d'un homme. Depuis la pénombre de l'entrée, des yeux dardèrent un regard noir sur la haute silhouette vêtue de tweed du visiteur grisonnant, puis scrutèrent derrière lui les deux voitures garées sur le gravier et flanquées de leurs conducteurs vigilants.

— Mr. Barkway ? Je suis le commissaire divisionnaire...

— *Oui*, c'est les flics ! cria Owen Barkway (si c'était lui), lançant ces paroles d'avertissement vers l'arrière de la maison avant de claquer la porte au nez de Delphick.

Le cri et le claquement de porte alertèrent Bob et Potter avant que Delphick eût réagi. Sans prendre le temps d'échanger plus qu'un rapide regard, les deux hommes traversèrent la cour gravillonnée pour contourner la maison, Bob dans le sens des aiguilles d'une montre et Potter en sens inverse, pour le rejoindre.

De fait, la première rencontre qu'il fit fut celle d'une femme en robe mauve... non, pas une femme, un homme à cheveux longs : le derrière était d'une tout autre forme ! Le bonhomme se débattait, tâchant de se dépêtrer du treillage orné de roses grimpantes qui encadrait la fenêtre par laquelle il avait dû sauter, pensa Potter. Il paraissait avoir tant de mal à s'en extirper que Potter l'ignora et se dirigea très vite vers l'endroit d'où semblaient provenir des bruits de combat, là où il s'attendait à trouver l'inspecteur Ranger.

Et où il le trouva en effet. Mais quelqu'un d'autre l'avait fait avant lui : un homme dont les yeux n'étaient plus endormis et soupçonneux, mais étincelants et fous, dans une tête surmontant un corps aux poings furieux et aux jambes déchaînées.

— J'arrive, inspecteur ! lui cria Potter.

Mais Bob, fort de son mètre quatre-vingt-dix-huit et de ses cent sept kilos, lui fit — d'une main — signe de s'en aller tandis que, de l'autre, il secouait son agresseur par le collet, bien que Barkway se battît comme deux hommes de taille normale.

— Je peux me débrouiller ! lança Bob. Rattrapez son pote avant qu'il fiche le camp à... ouh !

Potter constata que, même avec le coup de genou

désespéré qu'il venait d'encaisser dans le ventre, Bob Ranger n'avait pas besoin d'aide. Laissant donc au colossal second de Delphick le soin de réprimer les futiles tentatives d'Owen Barkway pour le coincer, il retourna vers le treillage.

Il y découvrit Delphick, planté juste hors de portée du treillage, les yeux levés.

— On dirait qu'il a réussi à se dépêtrer, remarqua le commissaire divisionnaire quand Potter le rejoignit. Et puisqu'il n'arrivait pas à se libérer en descendant, il a dû décider de grimper plus haut. Logique, je suppose, mais...

— Ah, répondit Potter, c'est pour ça qu'il oscille comme ça, hein ? Je me demandais... ajouta-t-il en toussant. Vous pensez qu'il va tomber, monsieur ?

— Au secours ! lâcha une voix proche du râle, au-dessus de leurs têtes.

Un appel au secours auquel les plaisirs de la spéculation pure les rendaient sourds.

— La gravité étant ce qu'elle est, réfléchit Delphick, je suppose que oui, Potter. Naturellement, si ce treillage avait été plus solidement scellé, il aurait pu y arriver...

— Une entreprise risquée, de jouer à cache-cache parmi les roses, vous ne pensez pas, monsieur ?

— Il y a des gens qui aiment prendre des risques, Potter, remarqua Delphick, sans prêter attention aux sinistres craquements qui venaient du haut de la façade tandis que l'oscillation du treillage s'amplifiait. Ce n'est pas sans rappeler, poursuivit-il d'une voix destinée à être entendue de loin, ceux qui prennent de la drogue ou qui en vendent... risqué ! Sans parler des dangers pour la santé, celui d'être arrêté doit être...

— Au secours !

Ce n'était plus un cri étouffé mais un hurlement. Tout d'un coup, les craquements se muèrent en un épouvantable fracas — bruits de matériaux brisés, arrachés —, tandis que le treillage cédait à la poussée irrésistible des forces newtoniennes et s'effondrait. La silhouette aux cheveux longs réfugiée au sommet de la structure glapit une fois, tentant vainement de se raccrocher au mur au passage, se prit les pieds dans les décombres et bascula en arrière, pour atterrir enfin, tête la première, dans un fouillis de bruyères.

Et le silence fut.

Bientôt rompu par une voix aussi haletante qu'allègre :

— Et d'un, monsieur ! annonça l'inspecteur Ranger qui arrivait en tenant fermement par le bras un Owen Barkway en piteux état.

Ranger cligna les yeux à la vue des dégâts et s'enquit :

— Vous avez taillé les rosiers, monsieur ? Un peu sévère, comme taille, si vous me permettez la remarque. Je doute que vous décrochiez le boulot pour de bon !

— J'en doute aussi, répondit son supérieur, bien que ce ne soit guère à moi d'en décider, maintenant que Mr. Barkway est parmi nous. Qu'en dites-vous, Mr. Barkway ? À supposer, évidemment, que vous soyez bien le propriétaire des lieux.

— Oh oui, c'est lui, confirma l'agent Potter sous l'œil furibond de Barkway. Y a pas une semaine que je lui ai parlé ici même, monsieur, à propos des poursuites judiciaires qui pourraient lui être intentées pour dommages délibérés à des biens de valeur — un chat roux, en l'espèce, monsieur.

— Parfait, répondit Delphick en se dirigeant vers les débris du treillage. Alors, maintenant que les présentations sont faites — donnez-moi donc un coup de main, Potter, s'il vous plaît ! —, je répète ma question, Mr. Barkway : qu'avez-vous à dire ?

— Je veux mon avocat, répliqua Owen Barkway avant de serrer les lèvres à nouveau.

Pendant que Bob le surveillait, Delphick et Potter tentèrent de sortir le corps des bruyères.

— Pensez qu'il s'est assommé, monsieur ? s'enquit Potter en voyant le chevelu étendu, immobile et silencieux parmi les roses épineuses, malgré leurs efforts pour le faire revenir à lui. Commotion, vous croyez ? Il a pris un vieux coup en dégringolant... Notez bien, il aurait éclaté en mille morceaux s'il était tombé sur les dalles, ç'aurait pu être pire, ajouta-t-il, rasséréné.

— Oh, je pense qu'il s'en tirera, lâcha Delphick d'un ton ironique car il avait vu l'homme « inconscient » grimacer quand Potter avait mentionné les dalles. Je ne doute pas qu'il nous surprendra par la rapidité de son rétablissement... n'est-ce pas, Mr. Collier ?

Mais le chevelu était trop malin pour réagir, cette fois, ignorant qu'il avait déjà vendu la mèche. Bob, observateur avisé, lança :

— C'est vraiment Collier, monsieur ? Qu'en dit Potter ?

— Il ne peut y avoir aucun doute, inspecteur Ranger, même sans l'identification de Potter. Cet homme-là est bien celui qui figure sur les deux dessins de Miss Seeton, expliqua Delphick, s'interrompant car le visage de Mentley Collier avait de nouveau grimacé en entendant ce nom. Et je suis convaincu qu'il s'en tirera, ajouta le commissaire divisionnaire en faisant signe à Potter de s'écarter, mais ne me croyez pas sur parole, inspecteur Ranger. Je ne suis pas médecin, après tout...

Là-dessus, il lâcha brusquement le fouillis de végétation épineuse que Potter et lui s'étaient efforcés de retirer de la longue chevelure de Mentley, et le laissa retomber sur les plis du caftan mauve.

— Hé, mec ! Minute, papillon !

Mentley Collier voulut se remettre debout, n'y arriva pas, jura et retomba avec un gémissement. Delphick, l'air sombre, regarda Potter :

— Je vous avais dit qu'il vivrait, monsieur l'agent ! Je suppose qu'on ferait mieux de le dégager, mais préparez les menottes.

— Ne m'cassez pas les pieds avec vos histoires de menottes, mec, protesta aussitôt Mentley. J'ai rien fait...

— Moi non plus ! s'empressa de crier Owen Barkway. Je suis victime de brutalités policières injustifiées ! J'exige de parler à mon avocat ! Et cet homme-là est blessé, ajouta-t-il pendant que Delphick et Potter finissaient de dégager Mentley de son embrouillamini d'épines. Il faut l'hospitaliser, reprit-il d'un ton lourd de sous-entendus, on n'est jamais assez prudent, avec les blessures à la tête. Ça ne m'étonnerait pas qu'il soit grièvement blessé et frappé d'amnésie...

Le commissaire principal Brinton eut vite fait d'envoyer Barkway poireauter dans une salle d'interrogatoire pendant que le médecin de la police examinait Mentley Collier pour voir s'il présentait des signes de traumatisme. Barkway avait exigé la présence de son avocat, et Mentley réclamé qu'on l'hospitalise, sous prétexte de commotion cérébrale. Cependant, une fois privé du soutien d'Owen Barkway, Collier perdit vite de sa superbe entre les mains efficaces et éclairées du Dr Wyddial qui connaissait ce genre de numéro par cœur, et l'avait souvent vu bien mieux interprété, précisa-t-elle en remballant ses instruments.

— Rien de bien grave chez ce gars-là, à part des bosses et des ecchymoses, annonça-t-elle à Delphick venu s'enquérir du diagnostic officiel. Quelques égratignures, évidemment, mais je peux vous affirmer qu'il survivra !

Mentley la gratifia d'un regard furibond :

— Qu'est-ce que vous racontez, mec, quelques égratignures ! Je pourrais mourir de septicémie... du tétanos !

— Je vous ferai avec plaisir une piqûre antitétanique, rétorqua le médecin du tac au tac, les yeux brillants. Baissez votre pantalon et penchez-vous, mec !

ordonna-t-elle tandis que Delphick dissimulait un sourire.

Mentley pâlit.

— Pas question ! bredouilla-t-il en la voyant choisir avec un plaisir consommé la plus grosse seringue de sa trousse, sur laquelle elle enfila une énorme aiguille. La laissez pas m'toucher, mec ! cria-t-il en reculant pour se terrer dans un coin de la pièce. Je parlerai, même si j'ai pas idée de ce que vous voulez que je vous raconte, je suis juste un artiste, moi, je m'occupe de mon truc à moi, s'pas ? Jamais fait d'mal à une mouche, pas mon style. Alors, la laissez pas m'en faire, d'accord ?

Ayant jeté un rapide coup d'œil à Delphick, le Dr Wyddial opina du bonnet et démonta sa seringue.

— Dommage ! remarqua-t-elle avec un soupir, regardant dans la direction de Mentley avec un air de regret.

La transpiration perlait au front de l'artiste. Le Dr Wyddial sourit, referma sa trousse et ressortit sans un mot.

Mentley s'effondra sur une chaise en frissonnant.

— Salement dure, la bonne femme, mec ! murmura-t-il en s'essuyant le front d'une main. Des nerfs d'acier trempé !

— Pas comme les vôtres, de toute évidence, remarqua Delphick en s'asseyant en face de lui, pendant que Bob s'installait dans un coin et s'apprêtait à prendre des notes. Eh bien, si vous avez la conscience aussi tranquille que vous voulez nous le faire croire, pourquoi vous êtes-vous enfui de chez Owen Barkway par la fenêtre, en essayant de filer par le treillage ?

Mentley regarda dans le vide d'un œil fixe, déglutit bruyamment. Il se tortillait, agitant les jambes sous la table. Il prit une profonde inspiration, puis marmonna des paroles que le commissaire divisionnaire ne put entièrement saisir.

— Vous ai-je bien entendu dire « espions », Mr. Collier ?

Non, la blague nulle que j'ai faite à propos du Troisième Homme ne peut tout de même pas s'avérer féconde ! songea Delphick. Mentley recommença à se tortiller. Delphick le vit mettre son cerveau en surmultipliée. Et enfin, le peintre parla :

— Bon, euh, mec, y a trop d'emmerdes dans tout ça. Alors j'ai les nerfs — mon tempérament d'artiste. Pas que je m'attende à voir débouler les flics, naturellement, mais ils se pointent comme ça, sans prévenir, et ils me suivent. Des amis que j'ai pas revus depuis des années, des vieilles bonnes femmes qui ont l'air complètement larguées mais qui font le sale boulot des cognes à leur place. Alors, voilà qui j'ai cru que c'était, et j'avais pas envie qu'ils remettent ça, se hâta-t-il de conclure, l'air de douter qu'on croie longtemps à son histoire.

Delphick n'y crut pas un instant. La référence à la visite de Dickie Nash, Juliana Popjoy et Miss Seeton à Filkins Farm collait avec les dessins de Miss S : elle avait suggéré un rapport entre Collier et la drogue (comment, Delphick ne s'en souvenait plus exactement) et ils en avaient trouvé un.

— Nous avons des raisons de croire que Owen Barkway est un dealer de drogue, déclara-t-il. Si c'est lui l'ami que vous n'avez pas revu depuis des années, vous avez choisi un bien mauvais moment pour le retrouver !

— Non, pas lui, pas Owen, pensez-vous ! Juliana Popjoy, voilà qui je veux dire : voilà qui m'a bombardé de questions sur mes tableaux, qui a laissé cette vieille bonne femme rôder chez moi et m'espionner... s'interrompit-il pour garder bouche close.

— Alors, reprit Delphick, si Barkway n'est pas un ami, je dois en déduire que c'est un associé, et dans un sale négoce. Dans lequel je suspecte que vous jouez un rôle : l'approvisionnement en drogue, Mr. Collier. Ai-je raison, continua-t-il d'une voix forte pour noyer les protestations maladroites de Mentley, d'en déduire que vous êtes venu jusqu'ici à pied ce matin, par cette chaleur, pour le prévenir que vous craigniez que le pot aux roses ait été découvert, ou bien était-ce plutôt pour lui demander un autre fixe ? lança-t-il tandis que Mentley se tortillait de plus belle.

CHAPITRE XXV

— Et maintenant, expliqua Delphick à Bob, au volant de la voiture qui les ramenait au *George and Dragon*, allons conférer avec Miss Seeton. J'aimerais beaucoup qu'elle nous fasse une deuxième lecture de ces croquis...

Mais ils eurent beau frapper et sonner à la porte principale de *Sweetbriars*, puis à celle de derrière, Miss Seeton resta introuvable.

— Partie en courses, monsieur, je suppose, remarqua Bob.

Delphick regarda l'hôtel, en face.

— Dans ce cas, ne restons pas plantés là à l'attendre alors qu'avec un peu de chance il y a, à moins d'une minute de marche, deux personnes qui devraient pouvoir nous aider. Faute de Miss Seeton, Mr. Nash et Miss Popjoy pourront nous renseigner. Ils ont un rapport marginal avec l'affaire, semble-t-il, et si ce sont bel et bien des amis de Collier, je ne les vois cependant guère capables de clémence envers la drogue. Mais nous ne voulons pas les chambouler plus qu'il n'est nécessaire, fit-il en repensant aux yeux splendides de Miss Popjoy et à sa voix mélodieuse. Je ne tiens pas à entrer trop dans le détail, juste leur montrer les dessins et attendre leurs commentaires. Ce sont tous les deux des experts en art, d'une manière ou d'une autre.

— Barkway connaît bien le topo, ça crève les yeux, non, monsieur ? marmonna Bob quand ils refermèrent la grille de Miss Seeton pour se rendre à l'hôtel. Cette façon de ne faire que réclamer Proctor, son avocat... Si ce bonhomme arrive à obtenir la relaxe comme il y a réussi avec tant d'autres malfrats...

— En tout cas, Collier a en partie cassé le morceau et Barkway a chez lui bien trop de pièces à conviction pour pouvoir s'en tirer, même avec le meilleur avocat qui soit. Le seul argument que j'imagine qu'il puisse invoquer, c'est qu'il est victime d'un coup monté et que ces trucs-là ont été délibérément introduits chez lui — par Collier, essaiera-t-il de prétendre, si ce dernier décide de témoigner contre ses complices, mais ça ne marchera pas. Il y a l'histoire du chat roux, le pigeonnier au grenier et les quantités excessives de levure alsacienne. On fait venir la camelote pure par pigeons voyageurs, on la coupe pour la diluer vingt, cinquante ou quatre-vingts fois, et le tour est joué ! Barkway est gagnant à tous les coups, aussi longtemps qu'il ne se fait pas pincer. Sauf que, cette fois-ci, c'est arrivé...

« Et on va emballer la moitié du réseau, Bob, grâce à Miss Seeton. Les dealers n'auront guère le temps de vieillir avant de se retrouver derrière des barreaux, leur place légitime, mais ce que j'aimerais vraiment, c'est coincer toute la bande. Les gros bonnets, le sommet de la filière, là où est le fric : voilà ceux qu'on veut traquer, maintenant. Si Collier n'avait pas fini par la fermer, on aurait peut-être eu de quoi avancer. En attendant, on doit l'abandonner, lui et Barkway, aux bons soins du commissaire principal Brinton...

Ils trouvèrent Dickie et Juliana occupés à bavarder en prenant le café avec Charley Mountfitchet, totalement subjugué par les charmes épanouis de Miss Popjoy. Après l'épisode du papier peint — Dickie ayant contribué aux frais de remplacement, à l'insistance de Juliana —, le patron avait pris l'habitude de venir rejoindre ses ex-suspects à des moments convenant aux uns et aux autres, pour tailler une bavette, boire un verre, ou les deux.

Quand Delphick et Bob se joignirent à la petite compagnie, Charley partit à regret superviser les travaux de décoration de la Suite au ruban bleu : un joyeux mélange d'amis et de membres de sa famille venait d'arriver pour les entreprendre. Delphick s'excusa de les interrompre, déclina l'offre de café et tira les dessins de Miss Seeton de leur chemise.

— Ça m'intéresserait d'avoir votre opinion là-dessus, expliqua-t-il, si vous voulez bien les examiner un moment. Ne vous inquiétez pas si vous n'arrivez pas à leur trouver un sens mais, ajouta-t-il en dissimulant un sourire, s'il vous vient une idée, n'importe laquelle, dites-le-moi, je vous en prie.

Et il attendit. Dickie n'eut pas plus tôt jeté un œil rapide sur le premier dessin qu'il s'écria :

— Voilà bien le pouvoir de persuasion de la police ! Je suis épaté. Cette pauvre Juliana, qui connaît ce gars-là depuis des années, lui propose gentiment de le payer pour exécuter quelques copies de maîtres anciens pour le magasin, et est-ce qu'il accepte ? À sa réaction, on aurait dit que la dernière chose qu'il voulait, c'était un travail — n'importe lequel. Là-dessus vous rappliquez, et c'est parti ! Il vous pond un autoportrait et je vous parie... plutôt, je suis sûr qu'il ne vous l'a même pas fait payer !

— De toute façon, je ne voudrais pas de ce... de ce cauchemar accroché au mur, Dickie ! se récria Juliana avec une grimace. Quelle horrible imagination il doit avoir, et dire que pendant toutes ces années je ne me suis doutée de rien ! Maintenant, enfin, ça éclate au grand jour. C'est peut-être pour ça qu'il a refusé la commande. Quel drame ! Il sait qu'il n'est plus capable de peindre mais il n'ose pas l'avouer !

— Surtout à une vieille amie, renchérit Dickie. Je ne sais que ce que tu m'as raconté, mais s'il a perdu ses dons à ce point-là, alors je suis d'accord avec toi

— bien que, dès le départ, je n'aie guère eu une haute opinion de lui — c'est vraiment dramatique. Je me demande ce qui est arrivé.

— Va savoir ! remarqua tristement Juliana. Pauvre Mentley... Oh, excusez-moi, Mr. Delphick, je ne sais pas s'il... si Mentley vous a dit que nous sommes amis depuis des années. À l'époque, nous étions jeunes et enthousiastes, et bourrés d'idées...

Elle hocha la tête en soupirant et Delphick demanda :

— Vous êtes sûre que c'est bien un portrait de Mr. Collier, Miss Popjoy ? Pas juste un produit de l'imagination ?

Elle eut une expression de doute :

— À première vue, j'étais sûre que c'était lui, mais maintenant, à y regarder de plus près, je suppose...

— *Moi*, j'en suis toujours sûr, interrompit Dickie. Ce n'est pas seulement les cheveux longs et ces drôles d'yeux morts qu'il a quand il vous regarde, c'est... euh, la flore et la faune sont plutôt bizarres aussi, bien que je suppose que ça représente juste un mauvais rêve ou autre chose... mais le visage... c'est... c'est vraiment lui, fit-il en clignant les yeux. Ça m'étonne parce que, quand on l'étudie de près... Bon, je ne peux pas vous dire pourquoi, mais je sais que c'est lui, tout simplement.

Delphick hocha la tête. Pas un mauvais rêve, supposait-il, pas le cauchemar auquel Miss Popjoy avait fait allusion — en tout cas pas au sens littéral du terme. Plutôt le cauchemar de la drogue, l'effet déformant et horrible qu'elle a sur l'esprit : c'était sans doute pour cela que Mentley Collier avait perdu la main et le talent que Juliana lui avait connus...

— L'autre dessin, proposa Delphick en écartant la tête de cauchemar pour laisser le champ à la scène d'intérieur qui avait tant intrigué Chris Brinton.

Dickie et Juliana se penchèrent pour l'observer.

— Dis donc, mais c'est nous, là, non ? s'exclama Miss Popjoy à l'adresse de Mr. Nash, en souriant.

Même si l'on ne te voit que de dos... mais c'est bien toi, Dickie... Quoique je ne sois pas sûre de pouvoir dire pourquoi, pas plus que toi avec l'autre... C'est peut-être l'attitude que tu as, debout à côté de moi. Tu as l'air si protecteur et possessif ! Et j'adore, ajouta-t-elle en le voyant rougir, la façon dont il m'a représentée avec une robe longue et cette coiffure, le chignon bas sur la nuque, pas banal, les petites mèches bouclées et le ruban... Quel plaisir de savoir qu'il me trouve originale ! Après toutes ces années, jamais je ne m'étais doutée qu'il voyait en moi une créature exotique, une *femme fatale**...

— Tu as toi-même remarqué, lança Dickie avec une expression un brin irritée, que ce type-là avait acquis une imagination tordue depuis l'époque où tu le connaissais...

Concentré sur le dessin, il ne vit pas le regard noir que Juliana lui lança. Le front plissé, il se frotta la tête.

— Pas exotique, rectifia-t-il, étrangère, et c'est de l'étranger à la mode ancienne. Et dingue en plus, avec ces oiseaux qui volent dans tous les sens. Mais, même si c'est dingue, ça me rappelle quelque chose, une peinture... Le carrelage, le tapis persan ou autre qui sert de nappe, les tableaux aux murs...

— Ah oui, maintenant que tu le fais remarquer, moi aussi, ça me dit quelque chose. Les carreaux cernés de plomb, la manière dont les ombres sont foncées sans être noires — ce qui est ridicule parce que le dessin est au crayon, mais je suis sûre que tu vois ce que je veux dire : ce n'est pas du noir noir, il reste de la lumière dans l'obscurité... Et il s'est mis lui-même dans le dessin, ajouta-t-elle. Il me regarde, probablement avec admiration, releva-t-elle avec un petit rire amusé. Mais ne te fâche pas, Dickie ! Après tout, il t'a représenté me protégeant de ses sombres desseins, tu n'as pas besoin d'être jaloux !

— Je ne l'ai pas été un seul instant, prétendit-il.

L'audace de sa protestation coupa le souffle à

Juliana, qui en était encore à chercher une réplique cinglante quand il reprit :

— C'est évident que ce gars-là a totalement perdu la boule. Regarde un peu ce dessin : parlons de schizophrénie ! Ces énormes oiseaux qui arrivent par la fenêtre et qui tournoient dans la pièce, en dépit de quoi, la pièce même et les gens qui s'y trouvent semblent si tranquilles, très paisibles... et même Collier, bizarrement. Il a l'air d'un gentilhomme avec ses cheveux longs... ou plutôt non, il a aussi cette allure d'étranger...

— Vermeer ! conclut Juliana après une pause. À quel tableau ça me fait penser ? *La Leçon de musique* ou *Le Concert* ? Un de ces deux-là, j'en suis sûre, mais je les confonds toujours. La peinture hollandaise n'est pas ma spécialité.

Dickie se frappa le front :

— Tu as raison : Vermeer !

Delphick interrompit :

— Vermeer ? Excusez-moi, Mr. Nash. Le nom m'est familier, bien sûr, mais je n'ai pas une grande connaissance de l'artiste. Pourriez-vous en dire un peu plus long, Miss Popjoy, je vous prie ?

— Johannes Vermeer, répondit-elle, obligeante, connu de ses proches sous le nom de Jan. Né en Hollande au XVIIe siècle, une vingtaine d'années après Rembrandt. Célèbre pour sa façon d'emprisonner la lumière sur la toile mieux que quiconque ne l'avait jamais fait — les spécialistes modernes expliquent qu'il s'est peut-être servi d'un procédé tel que celui de la chambre noire pour l'aider à réaliser ses perspectives et ses choix de couleur, parce qu'il avait un œil remarquable, même selon les critères contemporains. Presque comme un photographe, seulement, euh, plus *réel*, en quelque sorte. Mais, je vous l'ai dit, je ne suis pas un expert en la matière.

— Les experts n'ont pas toujours raison, rappelle-toi, fit Dickie dans un sourire. N'est-ce pas Abraham Bredius qui a dit que Vermeer avait conquis la réalité comme un oiseau conquiert la gravité ? L'image est un peu prétentieuse mais illustre à merveille la manière dont ce gars-là, euh, réussit à rendre un moment plus réel que la réalité, comme a expliqué Juliana. Une sorte d'hyper-photographie, pourrait-on dire. Mais Bredius lui-même s'est laissé abuser par Van Meegeren, alors il ne faut pas...

— Comment ? s'exclama Bob qui était resté assis là, si silencieux, qu'on l'avait presque oublié. Excusez-moi, monsieur, fit-il, rougissant, en se tournant vers Delphick. Van Meegeren, je n'ai pas pu m'empêcher de penser...

— En effet, dit Delphick, songeur. Van Meegeren. Comment se fait-il que vous soyez au courant de cette affaire, Mr. Nash ? demanda-t-il, ajoutant avant que Dickie n'eût eu le temps de répondre : Ah mais, naturellement, Miss Seeton a dû vous en parler le jour où vous avez déjeuné ensemble ! Stupide de notre part de ne pas nous en souvenir. Mes excuses !

Dickie et Juliana se regardèrent sans comprendre. Miss Popjoy lui ayant fait signe de parler, c'est Mr. Nash qui répondit, intrigué :

— Nous n'avons pas abordé le sujet, Mr. Delphick, on n'avait pas vraiment de raison de le faire. Miss Seeton s'intéresse-t-elle aux faux ? Quand Juliana a mentionné qu'elle allait demander...

— Des faux ?

C'était au tour de Delphick d'être sidéré au point d'interrompre un témoin. Bob ne fut pas en reste, son cri suivant de peu l'exclamation du patron. Le commissaire divisionnaire inspira longuement.

— Nous ferions mieux de reprendre tout ça plus lentement, Mr. Nash. Miss Seeton vous a-t-elle parlé de sa, euh, sa petite aventure à Londres, l'autre jour, quand elle est sortie d'une galerie d'art et qu'elle a repéré — ou plutôt cru repérer — quelqu'un qui s'était fait poignarder dans le dos ? Ou bien voulez-vous parler du type qui a fabriqué des faux tableaux pendant la dernière guerre ou je ne sais plus quand ?

Il avait suffi des mines et des exclamations de Juliana et Dickie pour convaincre Delphick, avant même d'avoir conclu, qu'ils ne savaient rien de l'incident de Londres. Il fallait donc essayer de démêler cet embrouillamini, et vite. Car il existait bel et bien un lien, même s'il était lâche par endroits : la drogue, Mentley Collier, ses talents de copieur... La réaction qu'il avait eue à la pensée de Miss Seeton pouvait-elle être due à l'intérêt qu'elle aurait manifesté pour une de ses œuvres qu'il préférait ne montrer à personne ?

— Je ne suis au courant de rien pour Miss Seeton, déclara Dickie en réponse au regard interrogateur de Delphick. Au sujet de Van Meegeren, cependant, je crois en savoir autant que n'importe quel historien de l'art, même si ma spécialité est l'ère byzantine. Mais, interrogez plutôt Juliana. Elle vend des objets d'art, souvenez-vous !

— Mon Dieu, oui ! confirma Juliana quand Delphick se tourna vers elle, l'air curieux. Tous les marchands d'art du monde devraient garder l'histoire de Van Meegeren gravée sur le marbre, en guise de sinistre avertissement, bien que je doute que, de nos jours, on puisse réussir une escroquerie à si grande échelle ! Imaginez que quelqu'un essaie de fabriquer des faux de — je ne sais pas, moi — disons par exemple Samuel Palmer, fit-elle avec un petit rire. Qui voudrait prendre ce risque, avec toute l'expertise que les critiques ont accumulée ces dernières années ? Mais on peut dire que c'est Van Meegeren qui a vraiment tout démarré...

— Nous vous serions reconnaissants, mon inspecteur et moi, de bien vouloir nous résumer l'affaire — en langage de profane, ça va de soi.

Le noble front de Juliana se plissa.

— Dickie me corrigera sûrement si je me trompe. Donc, Hans Van Meegeren était un peintre hollandais, entre les deux guerres. Bien qu'ayant pas mal de succès, il pensait mériter d'être plus apprécié qu'il ne l'était. Il a donc décidé de ridiculiser les critiques en, euh, en réalisant un faux d'un chef-d'œuvre et en s'arrangeant pour qu'ils clament tous son authenticité. Il a bel et bien exécuté le tableau, et eux l'ont authentifié — enfin, la plupart d'entre eux, car il y a eu dès le départ une ou deux voix pour exprimer leur désaccord.

— Qui ont été ignorées, précisa Dickie. Pas étonnant, quand on y pense : maintenant encore, personne ne sait avec une absolue certitude combien de tableaux Vermeer a laissés. Un peu moins d'une quarantaine, en gros. Alors, quand Van Meegeren a peint *Le Christ et les disciples à Emmaüs*, il pouvait être relativement sûr que sa toile aurait le bénéfice du doute, pourvu que les détails techniques évidents soient corrects — ce qui était plus ou moins le cas —, alors le tableau a été jugé authentique, comme Juliana vous l'a expliqué.

Des déclics se faisaient dans la tête de Delphick à mesure que les maillons de la chaîne se consolidaient. Van Meegeren — contrefaçon — Mentley Collier — le dessin cauchemardesque de Miss Seeton — la drogue...

— Continuez, se borna-t-il à dire — cela suffisait.

Juliana et Dickie se regardèrent. Juliana sourit avec modestie :

— Dickie connaît forcément mieux les détails que moi. Raconte donc à Mr. Delphick ce qui s'est passé après la guerre ! proposa-t-elle à Dickie qui opina du chef.

— C'est comme ça qu'il s'est fait prendre : il a été taxé de collaboration pour avoir vendu un Vermeer à Hermann Goering. Il a été emprisonné, accusé de trahison mais, naturellement, il a soutenu à sa décharge qu'on pouvait difficilement le condamner pour avoir vendu aux nazis un trésor national néerlandais, puisqu'il l'avait peint lui-même. Sauf qu'il avait fait du trop bon boulot. Au début, ils ne l'ont pas cru, parce qu'il a prétendu avoir également peint quatre ou cinq autres faux Vermeer, ainsi que deux, euh, de Hooch, je crois, qui avaient aussi passé pour authentiques. Alors, finalement, il a proposé de peindre un autre Vermeer comme preuve, en prison — il avait déjà commencé quand il a entendu dire qu'on avait changé de chef d'accusation et qu'il était maintenant poursuivi pour faux. Vous savez, je ne peux pas m'empêcher de penser que c'était un peu retors...

Tout défenseurs de la loi qu'ils étaient, Delphick et Bob se surprirent à opiner du bonnet, compatissants, tandis que Dickie reprenait son souffle et que Juliana continuait le récit.

— Le pauvre bougre a été déclaré coupable et jeté en prison pour un an, mais il est mort — d'une crise cardiaque, je crois — avant d'entamer sa peine. Je dois avouer — bien que ce soit une histoire terrible — que Van Meegeren a quelque chose de séduisant pour la non-conformiste qui sommeille en moi... ou la masochiste, ajouta-t-elle avec un rire. De fait, je n'aimerais guère être trompée comme l'ont été les autres marchands — à l'exception de Goering, évidemment. Cependant, je ne vois pas bien ce que tout cela a à voir avec Miss Seeton, ou avec mon ami Mentley Collier, s'étonna-t-elle, tapotant « l'autoportrait » d'un doigt élégant.

Delphick fit un signe de tête évasif.

— Je crains de ne pouvoir vous éclairer pour l'instant. Mais ce que vous nous avez raconté nous est d'une grande utilité, merci, et notre prochaine étape va consister à retourner voir Miss Seeton avec ces dessins, pour lui demander de bien vouloir tenter une deuxième interprétation de son travail. Eh oui ! ajouta-t-il quand Juliana et Dickie s'exclamèrent, j'ai peur que vous ne vous soyez fourvoyés l'un et l'autre. Tout à fait par accident, bien sûr. Mais ce n'est pas votre ami Collier qui a dessiné cela, c'est Miss Seeton. Et, compte tenu de certains éléments, j'aimerais bien savoir pourquoi...

CHAPITRE XXVI

Trois minutes plus tard, ils frappaient de nouveau à la porte de *Sweetbriars*. Soulagés, ils entendirent des pas approcher.

La porte s'ouvrit sur Martha Bloomer :

— Ça par exemple, si c'est pas vous, Mr. Delphick, et le mari de not' p'tite Anne aussi ! Pour une coïncidence ! J'étais justement en train de penser à vous, à cause de Miss Emily, figurez-vous...

— Pourquoi ? demanda Delphick. Qu'est-il arrivé à Miss Seeton ? Où est-elle ?

— Partie à votre recherche, autant que j'ai pu comprendre, mais la ligne était guère bonne. Elle était pressée à cause du train, elle m'a dit...

— Le train ? Mais quel train ? Où ça ?

Martha commençait à avoir l'air un peu inquiet :

— À Brettenden, je suppose, mais elle n'a pas eu le temps d'expliquer grand-chose — le train allait justement partir, c'était celui d'avant qui partait avec du retard, qu'elle a dit, et elle avait juste appelé parce qu'elle savait que je serais chez elle à cette heure-là, à faire le ménage. C'est un de mes jours, aujourd'hui. Le plus souvent, elle laisse un mot à la cuisine pour me dire que ce n'est pas la peine de m'occuper du dîner, seulement, comme elle était partie vite pour attraper le car, elle avait oublié. Moi, quand je suis arrivée et que je l'ai pas trouvée là, j'ai cru qu'elle avait fait un saut aux magasins, voyez-vous.

— On l'a cru nous aussi, quand on est passés tout à l'heure pour la voir. Elle devait déjà être partie à notre recherche, fit-il, ajoutant en aparté à l'intention de Bob qui opina gravement du chef : Pendant qu'on était occupés à Murreystone. Vous a-t-elle expliqué, reprit-il à l'adresse de Martha, pourquoi elle voulait me... nous voir ?

Martha, qui connaissait Miss Seeton depuis des années, s'étonnait rarement de ses faits et gestes. La seule chose dont elle se souvenait, c'est que le message laissé à la hâte par sa patronne avait un rapport avec Mr. Delphick et des tableaux... et, ah oui, aussi une galerie... elle n'y avait pas fait trop attention sur le moment, prenant cela pour une des fameuses entrées en matière de Miss Emily. Et si quelqu'un savait ce que celles-ci pouvaient donner, c'était bien Mr. Delphick ! Mais il n'était pas vraiment inquiet pour Miss Emily, non ? s'enquit-elle avec l'air de celle qui commence à se tracasser pour de bon.

Force fut au commissaire divisionnaire de répondre qu'il ne savait pas s'il fallait s'inquiéter ou pas, mais qu'il saurait gré à Martha de bien vouloir le faire prévenir dès qu'elle aurait d'autres nouvelles de Miss Seeton. Le commissaire principal Brinton à Ashford transmettrait les messages...

Revenu dans sa chambre du *George and Dragon*, Delphick suivit ses propres conseils et appela Ashford, demandant à parler à Brinton. Suivit alors une longue attente, comblée par les grincements de dents de Bob et les grommellements de Delphick. Enfin, au terme de ce qui leur parut une éternité, la voix de stentor de Brinton retentit au bout du fil au milieu des craquements de la ligne.

— Chris, tu as des nouvelles de Miss Seeton ? demanda Delphick sans s'embarrasser de dire qui il était ni d'où il appelait. Et as-tu réussi à tirer autre chose de Barkway ou de Collier ?

— L'Oracle, si c'est bien toi, arrête, nom d'un chien, tu vas me coller une crise cardiaque ! Pour ce qui est des nouvelles de Miss Seeton, que dalle, ce qui est bien agréable et tranquille et j'entends que cela res... Qu'est-ce que tu as dit ?

Delphick se dispensa de répéter le juron qu'il venait de proférer.

— Barkway et Collier, Chris, qu'en est-il ?

— Collier reste motus et bouche cousue — je suppose que, de son point de vue, mieux vaut tard que jamais. Quant à Barkway, c'est un gars intelligent, d'autant plus dommage. Avec lui, c'est carrément un numéro de perroquet : tout ce qu'il répète, c'est « où est mon avocat ? ». Or, toujours pas trace du fameux Proctor. Il faudrait une heure pour le joindre en prenant un train rapide, mais vu que c'est l'assistant de ce salopard qui a pris le premier coup de fil de Barkway...

Delphick se livrait à des calculs dans sa tête :

— Elle devrait déjà être là, si elle était allée chez toi. Si elle se pointe, Chris, attrape-la et ne la lâche pas, veux-tu ? Mais j'ai la sale impression qu'elle risque de ne pas venir.

— Ça me va parfaitement, ne put s'empêcher de répondre Brinton, qui retrouva vite son sérieux. Pourquoi la panique ? Qu'est-ce que Miss S est encore allée inventer ?

— Ils prennent leur temps pour consulter les gros bonnets, enchaîna Delphick d'un ton préoccupé. Pour la défense de Barkway, je veux dire. Et je subodore que Miss Seeton figure au nombre des sujets de conversation parce que, si le gang a été informé qu'ils ont maintenant deux membres qui manquent et qu'elle est indirectement responsable de cet état de fait...

— Là, je nage, fit Brinton. Pourquoi devrait...

— Désolé, Chris, pas le temps. Il faut que j'appelle le Yard. Si elle se pointe chez toi, préviens-les, ils veilleront à me transmettre. On file à Londres dans deux minutes, l'inspecteur Ranger et moi. On reste en contact.

Delphick appuya deux fois sur la base du combiné jusqu'à l'obtention de la tonalité et composa Whitehall 1212 — le numéro resterait à jamais inchangé dans son esprit, malgré l'introduction des nouveaux codes.

— Service des fraudes, je vous prie, le commissaire Borden... demanda-t-il, martelant la table de ses doigts impatients pendant que Bob farfouillait dans sa poche de pantalon pour s'assurer que les clés de la voiture étaient bien là.

— Monsieur, osa-t-il, ne devrait-on pas vérifier auprès de la gare de Brettenden quels trains sont partis avec du retard ? Au moins, on aurait une petite idée de...

Delphick jura, interrompit la communication et tendit la main pour attraper l'annuaire, sur la table de nuit.

— J'aurais dû y penser, Bob. Ça ne tient pas debout de mettre la charrue avant les bœufs.

Neuf minutes plus tard, il recomposait le numéro de Scotland Yard. British Rail (gare de Brettenden) avait mis une éternité à décrocher, répondant allégrement aux questions anxieuses de Delphick que *tous* les trains avaient du retard et qu'on ne pouvait pas dire quand ça rentrerait dans l'ordre. Delphick ayant recouru à son grade dans la police pour exiger d'en savoir davantage, on avait fini par traîner le chef de gare au téléphone : celui-ci avait avoué que, la veille, ç'avait été l'anniversaire de Chipping, le technicien chargé des signaux, et que l'intéressé avait fait tous les pubs de Tonbridge avant de venir prendre son service. Il y avait déjà plusieurs heures qu'on subissait les retombées de cette tournée des grands ducs, et personne ne savait combien de temps il faudrait pour rattraper les retards accumulés.

— Borden ? Ici Delphick. Désolé, c'est moi qui ai appelé, il y a une dizaine de minutes, mais on a... euh...

on a été coupés. Que savez-vous de la galerie d'art Van Meegeren dans Haymarket ?

— Van Meegeren ? Pas grand-chose, monsieur, dans le sens qui, je crois, vous intéresse — ils aiment assez garder profil bas, on dirait. Le nom est une blague, évidemment, mais ça amuse les amateurs d'art. Euh, vous savez de quoi je parle, monsieur ? ajouta-t-il avec un tact prudent.

— Je viens d'écouter un exposé de dix minutes sur Vermeer, merci. Bon, maintenant c'est sur la galerie Van Meegeren qu'il me faut des renseignements, et pas sur Van Meegeren le faussaire. Et vite.

— Comme je viens de vous le dire, monsieur, il n'y a pas grand-chose à savoir, apparemment. Certains tableaux sont authentiques — pas des Vermeer, bien entendu ! — mais ils ont aussi des quantités de reproductions — pas des faux. Plutôt réputés pour leur honnêteté. Chez eux, autant que je me souvienne, les étiquettes de prix sont jaunes au lieu du rouge habituel et, de toute façon, le nom est déjà tout un programme à lui seul. Deux de nos gars se sont débrouillés pour aller à l'inauguration, histoire d'inspecter les lieux. Ils ont dit que les gens échangeaient des airs entendus en se poussant du coude et que tout le monde avait l'air de beaucoup s'amuser de la blague, avec l'allusion informulée.

— Informulée, donc ça signifie que tout le monde n'a pas forcément compris mais personne n'a voulu avouer son ignorance, de peur d'avoir l'air hors du coup. Très futé ! concéda Delphick à regret. Il y a un esprit subtil derrière tout ça, si je ne me trompe. Celui de qui ?

— Les propriétaires, monsieur ? C'est ce que je voulais dire en parlant de profil bas : nul ne sait qui a avancé le capital, mais personne ne paraît s'en soucier. Une pointe de mystère ne fait pas de mal à leur publicité...

— Ainsi, la galerie est un endroit dont on parle... Il y a beaucoup de visiteurs ? Elle est très fréquentée ?

Dans ce cas, Miss Seeton serait en sûreté parmi d'autres amateurs d'art, si elle allait faire un tour là-bas comme il le redoutait.

— Assez fréquentée, je suppose. J'y suis passé plusieurs fois et il y a généralement une ou deux personnes qui se baladent...

— Donc, ils vous connaissent. Comme flic ?

— Je ne pourrais pas dire, monsieur. Probablement. Il y a quelques années que je fais ce boulot, mais mon nom n'est pas exactement connu du grand public, comme le vôtre, monsieur, cependant...

— Donc, ça ne sert à rien de vous demander ça à vous. On ne tient pas à les effrayer avant même qu'on ait le temps d'arriver sur place, non ? Borden, trouvez-moi quelqu'un qui puisse passer l'heure qui vient à jouer les esthètes et envoyez-le à la galerie Van Meegeren pour détecter le moindre signe d'ennuis. Bon, en vérité, pour veiller sur Miss Seeton...

— Pas le Pébroque vengeur, monsieur ? s'exclama Borden d'une voix angoissée et suppliante. Vous ne voulez pas dire Miss S ?

— Je crains que si. J'ai idée qu'elle est en route vers la galerie parce qu'elle a pigé — tout à fait par hasard, bien sûr ! — que c'était là qu'on blanchissait l'argent du réseau de drogue que j'essaie de coincer depuis des mois. Et je ne veux pas qu'elle ait d'autres accidents, Borden. Vous savez comment elle est ! Elle est capable de débarquer là en toute innocence : « Mais enfin, un tel avilissement de l'art, ce n'est guère moral ! », et si on ne réussit pas à les arrêter, ils la colleront dans un sac et la jetteront dans la Tamise pour lui fermer le caquet !

Un gémissement parvint jusqu'au bout du fil et Borden capitula d'une voix défaillante :

— Envoyer quelqu'un à la galerie, monsieur. Entendu. Tout de suite..

— Demandez qu'on prépare des mandats de perquisition et nous ferons une descente quand nous serons de retour, Ranger et moi. Dites à votre homme de ne rien tenter à moins qu'il entende des bruits de tableaux qui se décrochent des murs, des appels au secours ou une mini-émeute. Là où va Miss Seeton, le chaos suit généralement dans son sillage... Au fait, il se pourrait qu'elle soit déjà sur place. Personne ne sait à quelle heure son train devait arriver. Si votre gars la voit rappliquer, dites-lui de lui coller aux basques avec la ténacité d'un sparadrap et de l'empêcher de tenter quoi que ce soit — s'il peut ! se crut-il obligé d'ajouter. On vient dès que possible. Dans l'heure, si on a de la chance avec la circulation.

Le commissaire Borden avait enfin recouvré l'usage de ses méninges :

— Mais, monsieur, je sais bien que, s'agissant de Miss S, vous êtes le seul à comprendre comment elle fonctionne, mais la galerie est réglo, monsieur, d'après nos informations. Comment est-ce qu'on pourrait blanchir de l'argent de la drogue sans avoir — au moins — éveillé nos soupçons ? A fortiori, comment Miss Seeton aurait-elle pu découvrir quelque chose à distance ? objecta-t-il d'un ton presque vexé.

— Je nourrissais *moi-même* déjà de forts soupçons avant de vous parler, mais vous m'en avez donné confirmation en mentionnant leur système d'étiquetage des prix à deux couleurs. Je suis prêt à parier que les étiquettes jaunes — apposées à des faux, à des copies, appelez-les comme vous voudrez — annoncent des prix très intéressants, pour attirer le client le moins avisé. Le genre à acheter un tableau à cause de l'opinion qu'en ont les autres, plutôt que parce qu'il en connaît la valeur intrinsèque. Il paie par chèque que la galerie porte aussitôt à la banque, et tout est pour le mieux dans le meilleur des mondes, jusqu'au jour où quelqu'un voit le tableau chez notre acheteur et lui demande où il a déniché cette excellente copie d'Untel... le peintre dont le client avait cru acheter une œuvre.

« Là-dessus, furieux, il se précipite à la galerie et demande à parler au directeur qui déclare : “Navré, nous ignorions que vous n'aviez pas compris que les étiquettes jaunes désignaient des copies”, et qui lui rend son argent. En billets usagés — des billets donnés aux revendeurs de came par des junkies en mal de fixe... Pendant ce temps-là, le chèque a été encaissé, l'argent a été blanchi. Et c'est bien pour ça que les tableaux doivent être des faux, évidemment — sinon, personne ne demanderait à être remboursé. D'où la réputation d'honnêteté sans tache de Van Meegeren...

— Ça pourrait marcher, monsieur, concéda Borden après un instant de réflexion.

— Moi, je mise sur Miss Seeton et je vous parie que ça marche *bel et bien* — et qu'elle le sait. C'est pourquoi je veux quelqu'un là-bas pour garder l'œil ouvert et le bon, de préférence un homme qui la connaisse de vue.

— Je lui dirai de tâcher de repérer le pépin, monsieur, suggéra Borden. Qui d'autre que Miss S trimballerait un parapluie depuis le Kent, un jour comme aujourd'hui ?

— Sans doute personne, commissaire. C'est bien pour ça que je veux quelqu'un à la galerie avant qu'elle n'arrive parce que, si Barkway — je vous expliquerai plus tard — a mis les propriétaires au courant de tout ce qu'a dû lui raconter Collier — je vous parlerai de lui plus tard aussi —, les gens de la galerie Van Meegeren savent, eux aussi, qui ils doivent essayer de repérer...

Comme tant d'autres de sa génération, Miss Seeton n'était guère encline à l'extravagance. Les salaires des professeurs de dessin n'étant pas plus généreux que ceux des autres enseignants rétribués selon l'échelle établie par lord Burnham, leurs retraites sont en conséquence. De plus, étant fille de parents éduqués selon les principes de la morale victorienne, elle avait elle-même appris très tôt que la complaisance et la paresse sont des péchés véniels dont il importe de se garder en tout temps.

Ce fut donc avec un léger sentiment de culpabilité que Miss Seeton, arrivant enfin à la gare de Charing Cross, se dirigea vers les taxis et rejoignit la queue. Quand elle grimpa dans un taxi noir, un peu hors d'haleine, elle demanda au chauffeur de la conduire à Scotland Yard. La dépense, songea-t-elle, était plus que justifiée par le retard du train et par les généreux appointements que lui payait la police. Le temps qu'elle gagnerait en ne prenant pas le métro était une bonne excuse, non ? Mr. Delphick ayant souhaité qu'elle fît le portrait de l'homme au ketchup pour le commissaire — était-ce Youngsbury ? —, elle s'était livrée à plusieurs tentatives infructueuses. Et puis, après la visite du commissaire divisionnaire et de ce cher Bob, elle s'était finalement rappelé le visage du malfrat. Il était donc de son devoir manifeste de soumettre les fruits de son labeur au commissaire divisionnaire, et le plus tôt serait le mieux — il ne l'avait pas pressée mais sans aucun doute fortement encouragée dans ses efforts. Et puisqu'elle n'avait pas réussi à le trouver, l'étiquette professionnelle exigeait qu'elle donnât le dessin au collègue de Mr. Delphick à Scotland Yard. Son collègue à elle aussi, supposa-t-elle en rougissant.

— J'ai pensé que c'était la meilleure chose à faire, expliqua-t-elle au commissaire Youngsbury, quand Maureen m'a dit qu'il n'était plus au lit. De vous l'apporter. Ou plutôt au commissaire divisionnaire. On hésite à critiquer les jeunes — mais je me suis rappelé que c'était pour vous qu'il m'avait demandé le dessin — et elle m'a répondu que la voiture n'était plus là non plus. Alors j'ai supposé que vous seriez content de l'avoir (bien que nous n'ayons pas été présentés l'un à l'autre cette fois-là), et que vous excuseriez la liberté que j'ai prise de vous l'apporter directement sans suivre la « procédure hiérarchique », comme dirait sir George, je pense. J'ai cru comprendre que les officiers de police sont aussi chatouilleux sur les questions de grade et de régiment que les membres d'active des autres corps, sauf que vous n'êtes pas des militaires, vous, bien sûr. Pas plus que des marins ou des hommes de l'armée de l'air. Et je sais que, à strictement parler, c'est à lui que j'aurais dû les remettre. A Mr. Delphick, je veux dire. Mais elle ne semblait pas avoir la moindre idée de l'endroit où il se trouvait, pas plus que l'inspecteur Ranger. Cependant, je suis persuadée qu'ils ne seraient jamais partis sans payer.

Le commissaire Youngsbury avait le tournis. Miss Seeton était apparemment en train de lui raconter que l'Oracle avait dragué une vulgaire cocotte dans le Kent, qu'il la partageait avec le jeune Bob Ranger — que venait faire le mystérieux sir George dans tout ça ? C'était à y perdre son latin ! — et qu'en plus ils avaient peut-être pris la poudre d'escampette avant que la fille eût eu le temps de percevoir son dû. Non, c'était impossible, il en était certain, mais comment démêler tout ça avant de s'envelopper la tête d'une serviette mouillée et de se concentrer un brin...

Il prit une très profonde inspiration et ferma les yeux.

Le clic d'un fermoir suivi d'un froissement de papier les lui fit rouvrir. Que sortait-elle de son sac à main : des photos compromettantes ?

Des portraits, certes — ou plutôt un. Une tête d'homme dessinée avec un grand luxe de détails, qu'elle lui tendit avec un salut de la tête et un sourire avant de refermer son sac et de se lever.

— Il fait si beau, commissaire, que je crois que je vais en profiter pour faire une petite promenade dans St James's Park. J'ai encore largement le temps avant la fermeture de la galerie, j'imagine, et le soleil est si agréable...

Mais le commissaire ne l'écoutait plus. Avec une grimace de concentration, il contemplait le visage dessiné si soigneusement. Et soudain, il sourit :

— C'est le type qui a fait l'arnaque au ketchup, l'autre jour, déclara-t-il à Miss Seeton radieuse, fière d'avoir enfin accompli son devoir. C'est cent fois meilleur que tous nos portraits-robots réunis. Merci beaucoup, Miss Seeton...

Il lui était très reconnaissant, certes, mais à peine fut-elle partie qu'il se précipita dans l'ascenseur pour descendre à la cantine et avaler trois grandes tasses de café noir et fort, l'une à la suite de l'autre, répondant aux questions des autres d'un air absent, le regard vide.

CHAPITRE XXVII

Miss Seeton avait totalement banni de sa mémoire la moindre trace du souvenir d'avoir été accusée de complicité dans l'agression au ketchup et d'être arrivée à Scotland Yard en état d'arrestation, la dernière fois. Car, à ses yeux, les dames comme il faut ne se fourvoient pas dans de telles aventures, donc il ne lui était rien arrivé de tel. D'autant que la fameuse aventure n'avait été qu'une méprise. La seule chose qui l'avait empêchée de réaliser complètement son projet de visiter divers musées avait été la pluie : l'averse soudaine l'avait contrainte à fuir les rues de Londres pour s'abriter, ce qui l'avait retardée...

Mais aujourd'hui, elle n'avait pas besoin d'abri. Le ciel était bleu, les rares nuages qui dansaient dans l'azur étaient de joyeuses boules de duvet sans arrière-pensée de pluie, le soleil brillait et un courageux oiseau parvenait de temps à autre à chanter plus fort que le bruit de la circulation. Miss Seeton sortit de Scotland Yard le sourire aux lèvres, le parapluie sous le bras, et aux pieds des chaussures « raisonnables » convenant à la marche. Elle avait la conscience tranquille : le reste de la journée lui appartenait, maintenant qu'elle avait remis le croquis à Mr. Youngsbury. Plus d'excuse pour prendre un taxi ! Elle gagnerait St James's Park à pied, regarderait les canards, s'assiérait peut-être un moment au soleil avant de traverser tranquillement le parc jusqu'à Piccadilly pour rejoindre la galerie, d'où elle reprendrait son circuit interrompu la dernière fois.

Elle n'avait pas la moindre idée du temps qui s'était écoulé quand elle se retrouva, hésitante, devant chez Fortnum & Mason[1], incapable de décider si ce serait trop de complaisance de sa part de s'offrir une assiette de leurs excellents sandwiches et un thé. Elle y avait réfléchi tout le temps qu'elle marchait dans le parc mais avait dû ensuite accorder toute son attention à la circulation, pour traverser les rues. La décision avait été ainsi remise à plus tard plusieurs fois mais, maintenant, il fallait trancher. Les attraits de Burlington House étaient-ils de taille à éclipser les délices de la porcelaine fine, des nappes damassées, et des triangles de pain de mie sans croûte, coupés fin comme du papier et tartinés de beurre sans sel[2] ?

Posant un regard songeur sur la Royal Academy, de l'autre côté de Piccadilly, elle eut soudain l'œil attiré par une légère bousculade, près de l'entrée de Burlington Arcade. Une bousculade qui lui rappelait quelque chose, bien que le rond-point séparant la voie réservée aux bus du reste de Piccadilly — à sens unique — l'empêchât d'en avoir une vue claire... Sans réfléchir, Miss Seeton s'avança vers le bord du trottoir tout en continuant à regarder entre les voitures pour essayer de voir ce qui se passait.

Beau spécimen d'architecture, le bâtiment de la Royal Academy est si grand qu'on l'apprécie mieux depuis le côté de Piccadilly — artère très passante — où se trouve Fortnum & Mason. Si bien qu'il y a toujours là sur le trottoir des touristes armés d'appareils

1. Épicerie de luxe et salon de thé d'un renom comparable à Fauchon en France. (*N. d. T.*)

2. Le beurre de consommation ordinaire est toujours salé ou demi-salé. (*N. d. T.*)

photo qui reculent à l'improviste, désireux de trouver le meilleur angle possible dans leur viseur.

L'un d'eux, justement, fit un pas en arrière, bloquant le passage à Miss Seeton, distraite parce qu'elle avait toujours l'attention fixée sur le haut de la rue.

— Oh là ! s'exclama Miss Seeton, tendant les bras pour arrêter un corps solide dont les lourds talons manquèrent de très peu ses orteils.

— Ouille ! gémit le photographe.

Le mouvement de bras de Miss Seeton avait projeté son parapluie devant elle et le riflard, sur sa lancée, avait frappé l'homme au bas du dos, le déséquilibrant, et lui faisant lâcher la bandoulière de l'appareil photo qui était lourd, avec son puissant téléobjectif. Il eut le réflexe de le rattraper, mais la bandoulière se prit dans son col et tordit sa veste d'un côté. La tenue en désordre et énervé, il se retourna face à son agresseur :

— Pouvez pas regarder où vous allez, non ?

— Oh, je vous demande par...

Miss Seeton s'interrompit brusquement, elle si à cheval sur la politesse. Ça lui était revenu tout d'un coup. Un visage en colère, une veste retirée d'un côté...

— Oh, excusez-moi ! lança-t-elle sans reprendre son souffle, se précipitant pour traverser la rue.

— Hé là ! cria-t-il en la voyant filer. Hé, minute ! Vous auriez pu casser...

Ses protestations se perdirent dans le grincement de freins du bus numéro 38 que son chauffeur horrifié arrêta d'urgence.

Miss Seeton, un tantinet ébranlée par sa bêtise mais sûre que le devoir l'exigeait, resta plantée sur le rond-point, surveillant de l'œil les feux de signalisation les plus proches, se demandant quand ils se décideraient à passer au rouge, pour qu'elle pût continuer sa traversée de Piccadilly. L'homme à la tache écarlate dans le dos de sa veste était de nouveau seul, l'air intrigué, suivant du regard le si aimable inconnu qui remontait Piccadilly, côté est, tâchant de se perdre dans la foule des touristes. Mais on ne trompe pas facilement un œil d'artiste : Miss Seeton reconnut la démarche, l'allure et même les vêtements de l'homme qu'elle avait rencontré devant la galerie Van Meegeren...

Un bus numéro 19 qui venait de passer au feu vert arriva en brinquebalant. Miss Seeton eut une terrible prémonition. La mâchoire décidée, brandissant son parapluie comme un bâton d'agent de police et une prière aux lèvres, elle se précipita dans le passage du véhicule qui approchait lentement. Il y eut force grincements de freins, couinements de pneus et beuglements de klaxons, mais Miss Seeton avait réussi à traverser la rue. Elle se retrouva sur le côté nord de Piccadilly au moment précis où passait le 19.

L'homme au ketchup tendit le bras et se hissa sur l'impériale : il lui avait échappé.

Miss Seeton poussa un petit cri dépité. Vite, relever le numéro ! Chercher une page blanche dans son agenda, ouvrir son sac pour prendre un crayon. Le parapluie qui lui échappe et qui tombe par terre avec bruit. Zut ! Elle se baissa pour le ramasser et son sac à main chut à son tour. Elle se releva, les bras chargés, tâchant de ne pas perdre de vue le 19 qui disparaissait, tout en se débattant pour empêcher le contenu de son sac à main de se déverser par terre. Tant et si bien que le bout de son parapluie en fut agité de mouvements désordonnés, comme si elle essayait de faire signe à quelqu'un...

— Où j'vous mène, ma p'tite dame ? lança tout d'un coup une voix rauque, tandis que le chauffeur de taxi s'approchait d'elle au pas, prêt à la prendre en charge. Qu'est-ce que ce sera pour vot'service ?

Miss Seeton, qui s'escrimait à ramener un semblant d'ordre dans sa personne et dans ses affaires, reconnut tout de suite en lui son champion — celui du droit et de l'ordre, aussi. Elle referma son sac à main avec un claquement décidé, fourra le parapluie sous son bras

— ce serait plus commode —, ouvrit la porte du taxi et grimpa dedans. Elle prit une profonde inspiration :

— Suivez ce bus !

Le chauffeur la regarda :

— Vous vous payez ma tête ?

— Non, pas le moins du monde. Il y a un... une personne dans ce bus pour qui la police a... exprimé un intérêt et...

— Là, *vraiment*, vous me faites marcher ! Écoutez, ma p'tite dame...

Miss Seeton éleva une voix à laquelle des années d'enseignement avaient conféré l'autorité nécessaire dans les moments de crise :

— Dès que nous trouverons un représentant de la force publique, toute l'affaire pourra lui être mise entre les mains. Mais, en attendant, vous gaspillez du temps.

Le chauffeur lui jeta un coup d'œil dans le rétroviseur, rencontra son regard et, sans ajouter un mot, abaissa son drapeau pour indiquer qu'il était pris. Le taxi rejoignit le flot des voitures : le 19 était tout juste visible.

Le chauffeur demanda au bout d'un moment :

— Voulez que j'me rapproche un peu, ma p'tite dame ? Comme ça, vous pourrez voir si y saute en marche, avant l'arrêt.

— C'est une bonne idée, quoiqu'il ne se doute pas que nous le poursuivons et il s'attend en toute logique à ce que cet autre pauvre homme soit occupé à nettoyer sa veste. Il se sent donc probablement plutôt sûr de lui — l'homme au ketchup, je veux dire. (Le chauffeur allait tenter une remarque mais s'en abstint.) Cependant, si ce n'est pas trop difficile de vous rapprocher du bus, faites-le, je vous prie.

— Alors, accrochez-vous ! lança-t-il.

Et, donnant un coup de volant, il mit le pied au plancher et se faufila entre deux files de véhicules dont les conducteurs furent si époustouflés qu'ils se garèrent en le voyant arriver.

— Et tout ça au nom de la loi ! marmonna-t-il dans sa barbe, en dépassant des automobilistes qui lui montraient le poing. Jamais fait ça de ma vie ! confia-t-il à Miss Seeton avec un petit rire, en venant gaiement se placer devant une Rolls-Royce grise. Pas pour la bonne cause, en tout cas. Cramponnez-vous ! Avec un peu de chance, cette fois...

Le bus avait tourné dans Piccadilly Circus, le taxi presque collé à son derrière.

— Et là, on fait quoi ? s'enquit le chauffeur. Si on s'approche plus, il risque de vous voir. Vous comptez pas lui courir après, non ?

Miss Seeton prit la mouche :

— Vous n'avez pas à craindre que je parte sans payer, l'assura-t-elle, se redressant davantage sur le siège de cuir avachi, l'air mécontent.

— J'ai pas voulu dire ça, ma p'tite dame ! Mais vous êtes pas vraiment le genre à pourchasser un type qui est peut-être deux fois grand comme vous, pour ce que je sais ! fit-il, toisant Miss Seeton dans le rétroviseur. Sinon trois fois ! Bon, conclut-il en haussant les épaules, si y nous r'père et qu'y a pas de flics dans le coin, eh bien, je ferais mieux de vous l'épingler, ma p'tite dame ! J'aime pas beaucoup qu'il arrive des bricoles à mes clients, je vous l'dis tout net !

— C'est fort gentil de votre part, répondit Miss Seeton, qui songea, apercevant dehors Éros qui leur faisait signe de son piédestal, que lord Shaftesbury eût approuvé la galanterie de cet homme. Mais je pense que ce ne sera pas nécessaire et que nous ne tarderons pas à croiser un policier.

— Jamais là quand on a besoin d'eux, ceux-là ! remarqua le taxi, mettant son clignotant pour indiquer qu'il tournait dans Haymarket. Mais quand on en a pas besoin, ça grouille de par...

— Arrêtez ! s'écria brusquement Miss Seeton (le chauffeur donna un grand coup de frein). Je veux dire... non, continuez, il ne faut pas perdre le bus de vue. Ah, mon parapluie ! fit-elle, explorant le plancher d'une main à la recherche de son pépin qui s'était envolé de ses genoux au coup de frein, tandis que de l'autre main elle se débattait pour baisser sa vitre.

— On continue ? Cette fois, vous êtes sûre ? s'enquit le taxi encore tremblant après avoir failli se faire emboutir à l'arrière, et obéissant au furieux concert de klaxons des voitures qui le suivaient. On y va !

Delphick et Ranger, qui venaient d'arriver à pied de Panton Street avec les renforts demandés au Yard, se tenaient sur le trottoir, devant la galerie Van Meegeren, réglant les derniers détails de la descente qu'ils projetaient. Le commissaire Borden confirma que les mandats de perquisition, dûment signés, attendaient dans sa poche le moment opportun. L'Oracle ouvrait la bouche pour donner l'ordre d'y aller quand Bob poussa un cri et agrippa son supérieur par la manche :

— Regardez, monsieur — non, c'est pas possible ! — ce taxi, là, vite !

Delphick fit la grimace en se retournant pour regarder dans la direction que Bob désignait du doigt. Le taxi accéléra en descendant Haymarket, projetant Miss Seeton contre son siège, invisible de l'extérieur. Delphick ouvrait toujours de grands yeux :

— Ce taxi-là, inspecteur Ranger ? Eh bien, qu'est-ce qu'il a ?

— Elle faisait des signes par la fenêtre pour appeler au secours, monsieur ! Elle nous a vus mais ils l'ont emmenée de force. Dieu sait ce qu'ils lui feront, si on ne les poursuit pas tout de suite ! s'indignait Bob, secouant le commissaire divisionnaire avec toute la vigueur d'un chien qui ronge un os. Monsieur, il faut se dépêcher ! Vous avez dit qu'ils essaieraient de se débarrasser d'elle mais, là, c'est en train de se passer, juste sous notre nez...

Delphick se libéra de la poigne frénétique de Bob et se tourna vivement vers lui :

— Vous voulez dire que c'est Miss Seeton qui est dans ce taxi ?

— C'est notre seule chance. Elle compte sur nous, déjà qu'on lui a fait faux bond à cause de notre retard ! Allez, venez, monsieur !

Borden plissait les yeux, tâchant de distinguer le bas de la rue :

— Quel taxi ? Vous avez relevé le numéro ? Là, il y en a deux ou trois.

— Tout est allé trop vite. Un de ceux qui sont juste derrière le 19, mais...

Borden se tourna vers ses hommes :

— Vous avez entendu l'inspecteur, les gars ! Prenez-les en chasse ! Le taxi qui suit le 19. Une passagère d'un certain âge, sans doute un homme aussi — il n'en faut pas plus d'un pour la maîtriser, non ? ajouta-t-il en aparté à Delphick.

Bob l'entendit et pâlit. Delphick aussi avait l'air inquiet.

— Non, pas plus d'un. Votre voiture est garée dans Oxendon Street, non ?

— En sens unique sur toute la longueur ! répondit Borden, s'apprêtant à courir. On va essayer de les devancer pour les obliger à rebrousser chemin, s'ils descendent jusqu'à Pall Mall — on vous laisse le soin de les traquer dans Haymarket, monsieur, lança-t-il avant de partir.

Bob trépignait en grinçant des dents.

— Orange Street, monsieur, allons-y ! fit-il en prenant vers le sud, jouant des coudes pour écarter de sa route angoissée les passants qui ne se méfiaient pas.

Delphick se mit à courir derrière lui, gardant un œil sur le taxi — sur tous les taxis. Trop de taxis dans cette circulation trop dense ! On aurait presque meilleur temps de les rattraper à pied, songea-t-il en haletant dans le sillage désordonné de Bob, mais même si on y arrivait, que faire ? Combien de gros bras le gang Van Meegeren avait-il cru nécessaire de mobiliser pour faire taire Miss Seeton ? Bob et lui seraient-ils capables de les maîtriser à eux deux ? Borden et son équipe feraient de leur mieux pour les rattraper, mais il y avait encore tous ces satanés sens uniques...

Bob galopait le long d'Orange Street, prêt à massacrer le premier abruti garé en double file qui lui barrerait la route. Une préposée à la circulation recula de trois pas en le voyant approcher et culbuta dans la rigole. Elle se relevait à peine quand le déplacement d'air causé par le passage de Delphick la fit reculbuter. Une camionnette de livraison qui passait allégrement régla le compte de son calepin et de son crayon quand ceux-ci lui échappèrent. Furieuse, elle s'appliquait à mémoriser l'immatriculation quand la voiture banalisée déboîta, exécuta un demi-tour insensé et démarra en trombe, à contresens, tandis qu'une énorme patte collait un gyrophare bleu sur le toit de l'auto.

Miss Seeton s'était ressaisie. Assise sur la banquette de cuir avachie, elle se pencha vers l'avant, attentive, les yeux rivés sur le bus numéro 19, devant eux. Le taxi remarqua :

— Désolé de vous avoir secouée comme ça, ma p'tite dame, mais vous m'avez plutôt arrêté en plein vol. Rien de cassé ?

— Non, merci, un rien empoussiérée, c'est tout. Et, heureusement, mon parapluie est également indemne bien que ce soit de peu d'importance, ça va de soi, à côté de la nécessité de maintenir une surveillance sur ce bus jusqu'à l'arrivée du commissaire divisionnaire Delphick, car je pense qu'il viendra. J'espère seulement, soupira-t-elle, qu'il a compris ce que j'essayais de lui dire, vu qu'il n'y avait vraiment pas de temps à perdre si nous voulions garder l'œil sur le bus, et c'était plutôt rapide, non ? Mon message, j'entends, pas le bus, parce qu'il n'a pas idée que nous le suivons et, de toute façon, ça m'étonnerait qu'il puisse persuader le conducteur d'aller plus vite avec une telle circulation. Je me demande même si on pourrait — le persuader —, car je suis sûre que ce n'est pas recommandé de distraire le chauffeur d'un véhicule en mouvement. Pourtant, si un passager devait le quitter maintenant — le bus, je veux dire — sans qu'on l'observe...

Le taxi l'assura que, quant à lui, il n'avait vu descendre personne. Mais, naturellement, il avait pas mal de choses en tête, vu qu'il l'avait envoyée valser avec son coup de frein, et tout le reste. Cela dit, oui, elle avait pigé : guère possible d'aller vite avec toutes ces voitures et, pourvu qu'ils arrivent à coller au train du bus, le type qu'elle pourchassait n'avait aucune chance de filer. D'autant qu'elle était sûre qu'il savait même pas qu'elle le suivait...

Miss Seeton lui demanda de continuer.

— Allez-y donc, Bob ! lança Delphick quand la voiture de police déboucha enfin dans Haymarket après avoir remonté la rue à contresens, laissant les automobilistes d'Orange Street pantois. Mais foncez donc, pour l'amour du ciel !

Exactement ce que Bob entendait faire. Les véhicules venant de Piccadilly Circus et se dirigeant vers le sud s'arrêtèrent net, sidérés, dans un grand couinement de pneus, quand une voiture de police déboucha d'une rue normalement en sens unique. Bob saisit l'occasion au bond et se faufila dans la trouée, jouant du volant pour se frayer un passage entre les flancs métalliques des autos qui le virent arriver et s'écartèrent autant qu'elles le purent.

Mais pas assez encore. Le 19 avait laissé Charles II Street sur sa droite, Suffolk Place sur sa gauche, et approchait rapidement de New Zealand House, au coin de Pall Mall. Les trois taxis le suivaient de près — n'importe lequel des trois aurait pu bifurquer à tout moment.

— Foncez, Bob ! ordonna Delphick, plissant les yeux pour essayer de détecter à distance la moindre activité anormale à l'intérieur des taxis noirs : des bras qu'on agite, un parapluie qu'on brandit, voire une vitre brisée, une portière qu'on ouvre en désespoir de cause. Mais foncez donc !

Miss Seeton, le regard toujours rivé droit devant, ne remarqua pas l'éclair bleu du gyrophare, à distance, mais le taxi l'avait repéré :

— On dirait que vos potes ont reçu le message cinq sur cinq ! annonça-t-il en jetant un œil dans le rétroviseur. Espérons qu'ils nous rattraperont avant Trafalgar Square — c'est encore plus encombré, par là-bas.

— Mr. Delphick fera de son mieux, j'en suis sûre, et j'avoue que ce sera un soulagement pour moi de... oh ! là, là ! les feux ont changé ! Oh non !

Les feux étaient encore à l'orange quand le 19, trop engagé pour s'arrêter, avait tourné le coin, dans Pall Mall — côté est — au moment où le feu passait au rouge. Miss Seeton, ferme défenseur de la loi, comprit qu'elle était battue.

C'est alors que le gyrophare bleu déboucha à grande allure. La sirène hurlait. Les véhicules se garèrent à son approche et le taxi poussa un soupir de soulagement.

— Maintenant, ma p'tite dame, vous pouvez les mettre au parfum ! fit-il en se rabattant pour laisser Bob arriver à sa hauteur. Voulez que je... hé là !

Tandis que Bob conduisait, Delphick avait examiné les passagers de tous les taxis qu'ils dépassaient. Un couple d'amoureux qui n'avaient même pas remarqué la sirène et dont les ébats auraient plutôt justifié d'une lumière rouge que bleue ; un homme d'affaires et son attaché-case. Et toujours pas signe de Miss S, à moins qu'on l'ait forcée à se coucher et qu'on l'ait mise dans le cirage.

— Là, ce taxi — ça doit être ça ! annonça-t-il à Bob tout en se préparant à sauter en marche quand la voiture aurait réduit sa vitesse.

L'auto ralentit et il sauta, ouvrant la porte d'un geste énergique et parcourant à grandes enjambées les quelques mètres qui le séparaient de Miss Seeton. Bob le suivit aussitôt, arrivant du côté du conducteur et prêt à lui sauter dessus, tandis que Delphick arrachait presque la portière en voyant les gestes désespérés de Miss Seeton pour appeler au secours.

— Miss Seeton, vous êtes saine et sauve ? lança-t-il, constatant, éberlué, qu'elle était seule. Qu'est-il arrivé ? Où est-il passé ?

— Mais il est dans le bus, évidemment, comme j'ai essayé de vous le dire... ! répondit-elle, tout en continuant à faire des signes frénétiques. Bien sûr, je suis ravie de vous voir tous les deux, mais ne serait-il pas plus sensé... non que j'aie l'audace de vouloir vous apprendre votre métier, vous le savez, mais supposez qu'il tente encore de s'enfuir ? Ce serait un vrai gaspillage de tous nos efforts, je ne peux m'empêcher de le penser. Figurez-vous que quand les feux ont changé...

Le regard inquiet, elle se remit à faire de grands signes, avec la même frénésie que tout à l'heure.

— Le 19, dit-elle, et maintenant, les feux repassent au vert : vous pourrez peut-être le reprendre en filature ? Ce serait tellement dommage de manquer l'occasion, je ne peux m'empêcher de le penser.

Il fallait que Delphick décide, et vite. Le kidnappeur de Miss S prenait le large — peu probable qu'il tentât autre chose maintenant que la police était là. Cela dit, Miss Seeton semblait bien moins chamboulée que lui ou que Bob qui était toujours...

— Inspecteur Ranger ! appela Delphick en abaissant la vitre de séparation du taxi. Je crois qu'à ce stade des opérations nous n'avons guère besoin d'un chauffeur au visage bleui. Vous feriez mieux de le lâcher et de retourner à la voiture pour ouvrir la voie à ce taxi. Eh oui ! Moi, je reste ici, déclara-t-il tandis que Miss Seeton s'exclamait et que le chauffeur bredouillait. Les explications, ce sera pour plus tard. Pour le moment, chauffeur...

Delphick regarda les feux de signalisation, les voitures et les bus qui avançaient au pas, écouta les klaxons furieux des véhicules qui essayaient de le persuader de redémarrer. Il porta son regard plus loin, vers Pall Mall, se demanda quelle avance avait prise le 19 et s'il avait déjà croisé le commissaire Borden et son équipe... Il prit une profonde inspiration.

— ... Suivez le bus ! ordonna le commissaire divisionnaire Delphick.

CHAPITRE XXVIII

— Arrête, l'Oracle ! s'exclama le commissaire principal Brinton. Je t'ai déjà dit quand tu m'as appelé de Londres que je ne te croyais pas — et je ne te crois toujours pas. Qui plus est, j'estime que tu devrais manifester quelques égards pour un homme avec une tension aussi haute que la mienne...

Delphick était finalement revenu au poste d'Ashford, où il était à présent assis, considérant son ami avec un sourire.

— Ça me vexe que tu doutes de ma parole, Chris. Je t'assure que c'est l'absolue vérité. Appelle le Yard, parle à qui tu voudras : le commissaire Borden de la répression des fraudes, Youngsbury ou même ces dingues qui font mine de gérer le Service de la circulation — tout le monde te racontera la même chose.

Brinton se gratta la tête et soupira :

— Miss Seeton, Miss Emily Dorothea Seeton, ta satanée Miss S : c'est *bien* d'elle que nous parlons ?

— Naturellement, confirma Delphick en haussant les épaules.

— Et tu t'imagines vraiment que je vais croire qu'elle a sauté dans un taxi londonien pour se lancer à la poursuite d'un de nos cocos à bord d'un bus. Et que toi et ton jeune géant, vous avez foncé à ses trousses dans une voiture banalisée. Et que Borden a dû prendre le sens unique à contresens et n'a rattrapé tout ce cirque ambulant qu'au moment où tu étais déjà à demi engagé dans le rond-point de Trafalgar Square et alors... et alors...

Il bredouillait, s'arrachait les cheveux en fermant les yeux.

— Non, je n'arrive toujours pas à y croire, gémit-il, mais tu t'acharnes à m'affirmer que c'est la vérité. Ainsi, Miss S a été lâchée dans les rues de Londres et *il ne s'est rien passé* ! C'est... c'est...

— Incroyable ? suggéra Delphick dans un sourire. Je sais. J'ai moi-même quelque difficulté à le croire, et pourtant j'étais là. Et laisse-moi te répéter, Chris, qu'il n'y a pas eu un seul pare-chocs abîmé, un phare brisé ou une aile enfoncée entre Piccadilly Circus et St Martin-in-the-Fields — en tout cas pas à cause de Miss Seeton. Un triomphe sur toute la ligne, à mon avis !

— Et toi, tu as arrêté le bus sans le percuter ? enchaîna Brinton d'une voix neutre.

— On y est arrivés à nous tous : la bande de Borden, Bob, et moi dans le taxi de Miss Seeton. Bob avait prévenu Borden par radio pour lui expliquer ce qu'on cherchait à faire.

— Et notre client était encore dans le satané bus et il n'a pas filé ?

— Oui à tes deux questions. Il a eu assez de jugeote pour comprendre que la partie était perdue. D'autant que Miss Seeton l'avait identifié en le voyant. On avait à peine besoin de la confirmation des portraits-robots ou de son croquis...

— Non ! s'écria Brinton en tapant sur son bureau. Ne m'en dis pas plus long ! Elle nous colle à tous une attaque, elle te fait rappliquer à Londres au grand galop, tout ça parce qu'elle est partie livrer un bon sang de dessin dont personne ne se souvenait que tu le lui avais demandé !

— Personne sauf elle, remarqua Delphick avec un

sourire. Et, depuis le temps, tu devrais savoir jusqu'où elle pousse le sens du devoir ! Elle s'est dit qu'évidemment, en mon absence, elle devait le porter au commissaire Youngsbury, au Yard...

— Et je suppose que lui, il était ravi, interrompit Brinton, regardant d'un air furibond le visage souriant qu'il avait devant lui. Tu vas me raconter qu'il l'a remerciée de tout clarifier et qu'il lui a tendu une médaille, sans penser un seul instant à signaler qu'elle était passée, alors qu'on la cherchait partout ?

— C'est plus ou moins la vérité. Youngsbury lui a été reconnaissant de son dessin, qui n'était pas une de ses créations inspirées mais plutôt le genre de portrait ordinaire que n'importe qui ou presque pourrait pondre. Mais sois juste, Chris : il ne savait pas qu'on la cherchait. Personne n'avait pensé à l'en informer — d'ailleurs, pourquoi l'aurait-on fait ? En tout cas, il n'a aucun reproche à adresser à Miss Seeton — il trouve même qu'on n'a rien inventé de mieux depuis l'eau chaude. Tu aurais dû voir sa tête quand on a débarqué au Yard avec le coco au ketchup — au fait, il s'appelle Mickey Newsell. Et ce n'est pas du tout le genre costaud qui la boucle. Quand il s'est rendu compte qu'on le tenait, il s'est mis à manger le morceau comme une bande d'affamés.

Delphick eut un rire amusé.

— Ça n'a guère aidé sa défense, faiblarde comme elle l'était déjà, qu'il n'ait pas eu l'idée de se délester de sa collection de portefeuilles de la journée. Quand on se balade avec cinq de ces trucs-là, qui portent chacun un nom et une adresse différents, il faudrait vraiment une fameuse explication — qu'il n'a pas pu donner, face à Miss Seeton qui l'a formellement reconnu.

Brinton grogna.

— Alors, le Gang du ketchup a été coincé en beauté, mais qu'en est-il des Van Meegeren ? Ils ont sûrement dû tous décamper en comprenant que la partie était finie, non ? L'avocat d'Owen Barkway a mis une éternité avant de se pointer ici : il a suffisamment traîné pour avoir le temps de prévenir toute la bande, j'en suis convaincu.

Delphick démentit d'un signe de tête.

— Je l'étais aussi. Je croyais vraiment qu'il ne resterait pas grand-chose comme pièces à conviction quand on arriverait enfin à la galerie, mais je me suis trompé. Ils ont eu du temps, certes, mais Proctor n'a pas su le mettre à profit intelligemment. J'imagine que sa réputation d'étoile la plus brillante au firmament du crime va salement en pâtir, vu le temps qu'il a mis à réagir après le coup de fil de Barkway.

— Passait sa journée à l'Oval ! s'étonna Brinton. Qui irait s'imaginer qu'un escroc de sa sorte aime le cricket ?

— Comme quoi, le patriotisme ne suffit pas, remarqua Delphick. Notre ami Proctor s'est peut-être inquiété du sort des *Ashes*[1], mais je ne pense pas que ses clients soient prêts à avaler un argument pareil. Et toi, tu ferais mieux de te méfier, à l'appeler « escroc ». C'est tout à fait le genre de type à te poursuivre en diffamation, surtout maintenant. Les Van Meegeren ne sont sûrement que les premiers d'une longue liste de clients qu'il va perdre, et le revenu qu'ils lui procuraient va lui manquer.

Brinton grogna de nouveau.

— Collier semble prendre son parti, pour quelque raison insensée, mais je suppose que la plupart des artistes sont un peu cinglés. Et je te saurais gré de ne pas mentionner Miss Seeton, merci. Non que je veuille la taxer de folie, mais...

Delphick refusa de mordre à l'appât.

— Il ne fait pas de doute que Collier n'était que

1. Nom du plus célèbre trophée de cricket qui couronne l'équipe gagnante lors des matches internationaux entre la Grande-Bretagne et l'Australie. (*N. d. T.*)

menu fretin dans un océan de requins — des requins ravis de l'abandonner à son triste sort, semble-t-il. S'ils sont d'accord sur le fait qu'il leur fournissait de faux tableaux — sauf qu'ils soutiennent que ce n'étaient que des copies, sans rien d'illégal —, ils prétendent ne pas savoir que c'était pour financer sa consommation de drogue. Et ne pas être au courant des envois par pigeons voyageurs depuis Amsterdam, pas plus que de l'existence — récemment parvenue à son terme — de Gerald Sacombe...

— Dis donc, interrompit Brinton, et si, en fin de compte, ce n'était pas un junkie déchaîné et en manque de fixe qui avait fait son affaire à Sacombe ? Owen Barkway est assez retors pour avoir liquidé l'autre zigue dans le but de s'approprier le contrôle de la distribution de deux zones à la fois. Peut-être même sur instructions de la bande Van Meegeren — souviens-toi, ils veulent bien le laisser profiter aussi des services de ce nouvel avocaillon qu'ils ont dégoté pour assurer leur défense. Barkway doit savoir quelque chose qu'ils ne veulent pas voir divulguer, sinon ils l'auraient laissé tomber, comme ils ont fait avec Collier.

— Pour commencer, il connaît la filière depuis les Pays-Bas. Il a bien fallu que quelqu'un entraîne ces pigeons voyageurs à revenir avec deux ou trois grammes de cocaïne pure dans les étuis métalliques qu'ils portent aux pattes. De la coke qu'on peut ensuite couper...

— Au diable ces satanés grammes ! cracha Brinton qui n'avait toujours pas avalé l'introduction de la monnaie décimale, sans parler des poids. Répète-moi donc ça dans nos bonnes vieilles onces et je commencerai peut-être à te comprendre !

— Un gramme, expliqua Delphick qui avait potassé les mystères de la division par dix, est égal à un vingt-huitième d'once. Par conséquent, une douzaine de pigeons peuvent porter environ une once de cocaïne, soit pour plus de mille livres en argent. Et je ne me suis pas contenté de croire Babs Ongar sur parole, ajouta-t-il devant un Brinton bouche bée, j'ai demandé à de véritables experts de vérifier les chiffres ! Oh, ça a pris un certain temps, convint-il avec un petit rire amusé. J'ai essuyé une fin de non-recevoir en bonne et due forme quand j'ai appelé la Royal Pigeon Racing Association en leur demandant de confirmer le poids qu'un oiseau est capable de porter — étui métallique compris, bien entendu — selon l'estimation des Ailes brisées. Une jeune femme plutôt énervée a bredouillé qu'elle ne savait pas vraiment, avant de me passer un gars qui m'a pratiquement raccroché au nez. Je crois qu'ils ont eu peur que j'aie moi-même l'intention de faire transporter de la drogue à des pigeons.

— On ne peut guère leur en vouloir d'être soupçonneux, grommela Brinton, avec la quantité d'escrocs qui se baladent dans la nature. Une poignée de moins qu'hier, naturellement, mais encore de trop.

— On va essayer d'en réduire encore le nombre. On mène une enquête approfondie sur les expéditions d'oiseaux depuis la Hollande et, avec un peu de chance, on devrait pouvoir remonter la filière. Mais, ce qui serait bien utile, c'est que Barkway décide de témoigner contre ses comparses.

— Il ne le fera pas, assura Brinton. Si ce n'est pas un junkie qui a liquidé Sacombe, alors c'est Barkway, comme j'ai dit, et sans l'excuse des symptômes de manque. Pourvu qu'il y ait de l'argent à la clé, ce genre de fumier est trop content de faire une saloperie à un pote... bon, à un partenaire en affaires, rectifia-t-il avec une grimace expressive. Avec ou sans instructions d'en haut. Suppose que Sacombe ait dégoté une petite arnaque bien juteuse et refusé de mettre Barkway dans le coup, ou même que Barkway ait juste inventé une histoire d'arnaque comme excuse, pour se débarrasser de lui ? avança-t-il, avant de pousser un énorme bâillement. Si tu veux mon avis, il y en a pas un pour racheter l'autre, dans le lot, et plus il y en aura d'éliminés, mieux ce sera. Qui que ce soit qui le fasse — je peux même pas dire que ça m'importe. Chaque fois qu'il y a même un petit maillon de la chaîne qui casse, ça nous facilite d'autant le boulot.

Son bâillement était contagieux : Delphick se surprit à s'étirer et à se frotter les yeux.

— La journée a été mouvementée ! Riche de satisfactions, aussi. Miss Seeton a aidé à démasquer le Gang du ketchup, ce qui fait le bonheur du commissaire Youngsbury ; elle et ses dessins sont également responsables du démantèlement partiel d'un réseau de drogue international et, si tout va bien, nous pourrons conclure ce qu'elle a commencé. On n'est pas encore sûrs de savoir qui a tué Gerald Sacombe, mais tout semble indiquer que l'assassin était lié à la filière Van Meegeren : vu que ces gens-là contrôlent un bon morceau de la région, je ne crois pas qu'ils auraient permis à une personne extérieure de mobiliser une part de leur territoire, si petite soit-elle. Collier ne tardera pas à nous fournir des réponses à ce sujet, je pense. Si tant est que, comme tu l'as toi-même relevé, ça importe vraiment de savoir qui a éliminé du paysage une petite tache comme Sacombe. Il n'en était qu'une minuscule et notre but est d'enlever les grosses — et je crois bien qu'on y est arrivés, avec l'aide de Miss Seeton.

— Et le tout, s'étonna Brinton, sans qu'il arrive de bricoles. Rien. Une simple poursuite en voiture — et en plus, sans incidents ! Ce qui doit être un vrai record, pour une affaire à laquelle participe Miss S. Pas de bobos aux personnes, pas de casse matérielle. Un jour à marquer d'une pierre blanche, ça, l'Oracle, y a pas de doute ! La seule fois où cette femme-là a démêlé un dossier sans déclencher en même temps un chaos d'une sorte ou d'une autre. Mais au fait, ajouta-t-il en se frottant le nez d'un air songeur, qu'as-tu fait d'elle ? Tu ne l'as tout de même pas laissée rentrer de Londres seule, non ? La circulation des trains était suffisamment perturbée comme ça ce matin, sans qu'on ajoute le risque qu'elle fasse empirer les choses cet après-midi.

— Au départ, elle était un peu ennuyée de gaspiller la partie retour de son billet à tarif réduit pour un aller-retour dans la journée, mais on l'a persuadée de rentrer avec nous en voiture quand elle a eu fini sa déposition au commissaire Youngsbury. Nous avons pensé, euh, que ce serait plus sûr de ne pas prendre de risques, commenta Delphick avec un sourire. Naturellement, elle a dû attendre au Yard pendant qu'on lançait nos recherches sur l'affaire Van Meegeren, mais ça ne l'a pas gênée : elle a considéré que c'était de son devoir. Notre cuisinier de la cantine s'est montré à la hauteur en lui servant le thé et des petits pains, le brave homme, mais elle a déclaré qu'elle n'avait pas vraiment faim après toutes les péripéties de la journée et, pour s'excuser de n'avoir rien mangé, elle lui a offert un croquis de lui, plutôt amusant. Il est enchanté. Et, en parlant de thé, voilà où elle est partie : j'ai remarqué qu'elle avait l'air un peu mélancolique quand la voiture est passée dans la grand-rue d'Ashford et que tous les salons de thé étaient fermés. Alors, connaissant la cantine de la police d'Ashford, j'ai dit à Bob Ranger de l'emmener à...

La sonnerie du téléphone retentit sur le bureau de Brinton au moment précis où l'on frappait à sa porte. Il cria : « Entrez ! », décrocha le combiné et le reposa, bouche bée, tandis que la porte s'ouvrait et qu'apparaissaient quatre personnages en piteux état : trois hommes de bonne taille — dont un nettement plus grand que les autres — et...

— Miss Seeton ! s'exclama Delphick, le souffle coupé, alors que Brinton ne pouvait qu'écarquiller les yeux. Foxon ! Ranger ! Bon sang, mais qu'est-ce que...

Les hommes se bornèrent à le fixer, Bob se risquant à désigner Miss Seeton d'une rapide grimace. Foxon, dont la large cravate mode ne pendait plus que par un fil, semblait résigné. Le troisième homme, un inconnu, paraissait éberlué. Miss Seeton s'avança d'un pas allègre.

— Oh, mon Dieu, monsieur le commissaire divisionnaire, je suis vraiment navrée et, bien sûr, je dois aussi vous présenter mes excuses, Mr. Brinton, puisqu'une de vos voitures de police est concernée. La vôtre aussi, Mr. Delphick, naturellement...

— Naturellement, répondit l'intéressé, tel un écho, tandis que Brinton geignait.

— Parce que ce cher B... euh, l'inspecteur Ranger était au volant, figurez-vous, quand je les ai reconnus au moment où ils sortaient de l'hôtel... On y sert un thé délicieux, très copieux ! Eux, il leur a suffi d'un regard, et ils ont sauté en voiture. Et ils ont démarré. À bien trop grande allure, je trouve, en tout cas pour un sens unique qu'on prend à l'envers, et ensuite, il y a eu aussi le feu rouge...

— Le feu rouge ! gémit Brinton. Un sens unique ! Vous n'aviez pas mis vos sirènes, bande d'abrutis ! Et de toute façon, pourquoi étiez-vous si pressés de filer après avoir vu...

Son regard se tourna vers Miss Seeton, plantée là, devant lui, l'air innocent et la tenue en bataille. Il s'étrangla et se tut.

— Pardon, monsieur, osa Foxon tandis que son compagnon inconnu essayait de trouver ses mots et que Bob Ranger se raclait la gorge avec un soin inhabituel. Mais ce n'est pas nous, monsieur, qui avons grillé le feu. Nous, on arrivait de la direction opposée, sans gêner personne, et ils nous sont rentrés en plein dedans...

— Ne m'en dites pas davantage ! supplia Brinton, tournant au violet. S'il vous plaît, tenez-vous tranquilles pendant que je... Ah, et toi aussi, tu peux la fermer ! hurla-t-il à l'intention du téléphone qui se balançait au bout de son fil en émettant des croassements insistants. (Il le raccrocha violemment et redécrocha.) Bon, prenons une chose après l'autre, déclara-t-il. Comme si je ne m'en étais pas douté...

— Eh bien, monsieur, on les a coincés ! annonça gaiement Foxon, mieux à même que les autres de juger de la résistance de Brinton à une éventuelle crise d'apoplexie. Les Standon, les resquilleurs de l'hôtel. Ils sont arrivés pour prendre des chambres au moment même où sortaient Miss Seeton et l'inspecteur Ranger ; le grand-père, les parents, les gosses, tout gentils et proprets. Ils ont reconnu Miss Seeton en même temps qu'elle les reconnaissait...

— Il marchait sans canne et il s'était teint les cheveux, expliqua Miss Seeton, mais avec l'ossature, on ne pouvait s'y tromper. Le vieux monsieur, je veux dire, bien qu'il se soit rasé la moustache. Afin de se déguiser pour commettre une nouvelle escroquerie, je suppose, mais les enfants ont hérité de la même structure de visage — hérité de sa fille. Quel dommage ! Qu'on ne leur ait jamais appris à distinguer le bien du mal — car c'est bien ça, l'escroquerie, non ? Et je crains que, pour ça, les adultes soient à blâmer. Si stupide de leur part d'avoir essayé de nier qu'ils me connaissaient — les parents, j'entends — parce que j'ai eu une assez longue conversation avec eux, pas plus tard qu'hier, et ils ne savent d'ordinaire pas aussi bien dissimuler leurs sentiments, non ? Que les adultes, veux-je dire. Et j'en ai tout de même une certaine expérience, après tout. Des enfants, c'est-à-dire. Je me flatte peut-être, fit-elle avec modestie, mais j'ai eu l'impression qu'ils étaient contents de me revoir, même si leurs parents et leur grand-père ne l'étaient guère. Car s'ils l'avaient été, ils n'auraient pas fait demi-tour pour rejoindre leur voiture au triple galop et démarrer sur les chapeaux de roues, non ?

— Et en prenant un sens unique à contresens, précisa Foxon, qui se donnait un mal fou pour parler d'une voix calme. Parce qu'ils ne connaissaient pas du tout Ashford — pas comme l'inspecteur Ranger, évidemment, après le nombre de fois qu'il est venu ici ! Lui, il savait où aller pour les coiffer au poteau, en quelque sorte, monsieur, et les forcer à faire machine arrière, sauf que...

Il renonça à cultiver un calme qui lui échappait pour de bon et se mit à pouffer, hilare, indiquant par signes à Bob de continuer le récit. Ce dernier s'exécuta, les épaules secouées par le rire :

— Sauf que je crains, monsieur, fit-il en fixant délibérément son regard quelque part entre Brinton et Delphick, pour diviser d'avance le courroux qui s'ensuivrait, qu'on n'était pas les seuls au poteau... ou plutôt aux feux. Qui étaient plutôt, euh, au rouge quand les Standon sont passés, avec Miss Seeton et moi juste derrière, et... et...

— Et Buckland et moi, reprit Foxon quand Bob dut renoncer, on arrivait de l'autre côté. Un beau tas de ferraille qu'on a fait de leur voiture, monsieur... euh, celle des Standon. Il a fallu une demi-heure aux collègues de la circulation pour démêler tout ça et rétablir le trafic, et je crois bien que le service de la voirie va nous faire cracher le prix d'une nouvelle borne — plus le p-pied du ré-ré-réverbère qui s'est retrouvé p-p-pris dans...

Foxon ne pouvait plus contenir son hilarité et Delphick, qui avait écouté avec une gaieté croissante tout en observant les réactions de Miss Seeton à l'hystérie de ses amis, tenta de garder une voix calme. Il considéra avec pitié le visage violacé de Brinton.

— « Une simple poursuite en voiture », rappela-t-il à son ami le commissaire principal. « Et en plus, sans in... sans incidents ! »

— Ah non, pas vraiment *sans incidents*, monsieur ! protesta Bob sans réfléchir, avec un geste pour indiquer l'état de ses compagnons. Je ne dirais pas exactement ça.

Delphick regarda Brinton :

— Je ne crois pas que le commissaire principal

dirait ça non plus. J'ai comme l'impression qu'il préférerait : « Un jour à marquer d'une pierre blanche... »

Et il s'abandonna au rire.

Si vous désirez être régulièrement tenu au courant de nos publications, merci de bien vouloir remplir ce questionnaire et nous le retourner :

Éditions 10/18
c/o 10 Mailing
35, rue du Sergent Bauchat
75012 Paris

NOM : ....

PRENOM : ....

ADRESSE : ....

....

CODE POSTAL : ....

VILLE : ....

PAYS : ....

AGE : ....

PROFESSION : ....

TITRE de l'ouvrage dans lequel est insérée cette page.

Haut les mains, Miss Seeton ! n° 3172

....

Cet ouvrage a été réalisé par la
SOCIÉTÉ NOUVELLE FIRMIN-DIDOT
Mesnil-sur-l'Estrée
pour le compte des Éditions 10/18
en février 2000

Imprimé en France
Dépôt légal : mars 2000
N° d'édition : 3120 – N° d'impression : 50203